必求良媛

下

風文創 387

林錦粲 著

目錄

第三十一章

周家四人怕被人看見，都坐在船篷內，周松、春杏和周祿有些不捨地回頭望著揚州城城牆，只有周媛一直埋頭膝上，一動也不動。

春杏悄悄嘆息一聲，回頭輕拍周媛的背，低聲說：「睏了嗎？靠在我身上睡吧。」

周媛也不出聲，順勢靠在春杏懷裡，埋著頭，似乎已經睡去。

周祿跟船頭撐船的二喜說話。「你這人真是的，偷偷藏在船上，可把十娘嚇著了。」

二喜一面撐船、一面歉意地憨笑。「我睡迷了，不然就出聲了。」他聽周祿私下說要趁過節出去探親，就主動要來幫著撐船，可是周祿不讓，叫他好好在家過節，不要與旁人說起此事，連家裡人也別說。

二喜答應了，當天回家琢磨了半晚，總覺得師傅一家出門，沒個跑腿幹活的人不便，夜裡就悄悄起來跑到碼頭，睡在船上。

「你這孩子也是，誰叫你多嘴跟二喜說了？」周松伸手擰了周祿的耳朵一把。「不是你多嘴，能讓他跑這一趟？」又叮囑二喜：「到了鎮江你就回去，別叫家裡著急。」

二喜搖頭。「我跟著郎君和師傅。我娘去小院看了沒人，就知道我定是跟著你們走了，再不會擔憂的，郎君放心。」

這孩子真是實心眼，怎麼趕也趕不走。早上在船上發現他時，就要他回去，可他死活不肯，他們又不能耽擱，只能讓他撐著船先出城，現在到了半途，更沒法趕他走了。周松不由有些煩惱。

鎮江距揚州很近，剛到午時，他們就到了鎮江碼頭。

周媛終於醒了過來，要二喜在碼頭守著船，說想上岸去買些東西，叫周松、周祿和春杏一同去。

周松會意，帶好隨身包袱，給二喜留了乾糧和銅錢，便率先上岸，帶著周媛他們走了。

「找個地方吃點東西、換身衣裳，再去找船。」周媛跟春杏戴上帷帽，等出了碼頭，就吩咐周松。

周松答應了，跟周祿一前一後護著周媛和春杏，行到集市裡，才找了一家客人很多的客棧進去，要了間房休息，又讓他們送飯菜上來。

他安頓好三人，自己換了黑布袍子，取下黏好的鬍子，改黏灰白長鬚，又用布帕包了頭髮，在臉上塗些灰，立刻變成了一名落魄中年男人。

「我先去找船，你們且在此地等著我，找好了我就來尋你們。」

周媛點頭。「別忘了找人傳個口信給二喜，叫他回去。」

周松應道：「放心。那我先去了。」說完悄悄開了門，看外面沒人經過，就閃身出去，從客棧後門走了。

他剛走沒一會兒，夥計就送飯菜上來，三人湊合著吃了，又各自換了裝。周祿黏上小鬍子，也穿了粗布衣裳，用布帕包頭，春杏和周媛則換了半舊布衣。這是當初他們從京師出來時就準備好的，只是一直沒機會穿。

三人把衣裳換好，就把今日早上穿的衣服單獨包了一包，讓周祿拿著，等會兒尋機會扔河裡去。這裡收拾妥當，沒一會兒，周松也回來了。

「有艘販貨船要去江州，船主是吳郡的人，會行經鎮江，船上正好還有一個空艙，我與了他些錢，說急著去洪州投親。還有半個時辰就開船，我們過去吧。」

周媛點頭，一行人悄悄出了客棧，再向碼頭行去。

走到半路，周祿忽然問：「二喜走了嗎？」

周松搖頭。「我叫一個小子去傳了話，躲著看了一會兒，看他還猶豫著沒走，不知這會兒走了沒有。」

等四人進了碼頭，周松往停船處張望，嘆氣道：「那個傻小子還在。」

幾人望過去，果然看見二喜孤伶伶坐在船上，正東張西望地往岸上看，十足等人模樣，岸上偶有來搭話的，他也不理，看起來十分可憐。

周媛狠了狠心，說道：「走吧，帶著他才是連累他們家呢！」

周松便沒有再說，引著他們向前上了那艘貨船，又在船工指引下，去了分給他們的船艙。那處船艙挨著船尾，裡面很狹小，還有些潮濕的氣味。艙內挨著牆有張用木板搭起來的床，上面有一床舊得看不出顏色的被子，勉強能睡下周媛和春杏兩人，周松和周祿看來得打地鋪。

他們出逃行李簡便，並沒有帶被褥，因此周松又去問船主討了一床被子，回來以後跟周祿嘀咕：「二喜還在那裡，有人要雇他的船，他說不走，非要等人，我看著好像要吵起來……」

周祿跟春杏偷偷看了周媛一眼，周媛整個人都是麻木的，看了看三人，揮揮手。「我不管了，你們決定。」覺得渾身沒有力氣，實在沒法思考利弊，索性不管了。

周松跟周祿低聲商量了半晌，然後結伴出去，過了好半天，眼看著船要開了，他們才帶著二喜回來。三人進得船來，還沒等說話，船身一動，接著又震動幾下，外面有喧譁聲傳來，船終於開了。

謝府世僕徐瑞新近得了個閒差，每日逛西市，順道盯著珍味居後面的小院。

這差事本是大管家安排給他爹，但他爹一來要看管城中謝家鋪子，二來想讓他在大管家面前露臉，就把這差事交給了他，讓他每日盯著周家，看周家人什麼時辰出門，什麼時辰回來，都有誰上門拜訪，然後每兩日去城外謝宅回報。

早先他還有些光景可看，不提別的，自家三公子那樣難得一見的人物，幾乎日日去周家，可真是稀奇。可惜前些日子三公子出門了，周家人也極少出來，據說是在趕中秋的點心。他便跟著無聊了起來，晚上免不了溜出去和狐朋狗友喝酒，第二日早上起得就有點晚。

這日，他出門時已過了辰時，偏偏不巧被回轉的老爹撞見，挨了兩腳。徐瑞很不爽地溜達到西市，遠遠看著周家大門緊閉，就先去吃了一碗餶飿兒，回來轉了一圈，周家大門卻還是關著。他想了想，又往後面去，見周家後院也關著門，貼門上聽，裡面一絲人聲也沒有。

正狐疑呢，後面有人拍了他一下。「你鬼鬼祟祟的幹什麼呢？」

「哎喲，大嫂，我找人。妳看見這家人了嗎？」徐瑞一看是個中年婦人，就笑嘻嘻地問話。

來的正是張大嬸。她打量了眼前的人，見他眼珠骨碌碌亂轉，不像是好人，就答道：「我沒見著，想是出門看戲去了。」

徐瑞不信。「看戲？他們家不是做點心的嗎？好好的點心不做，倒有閒情看戲？」

張大嬸也不理他，邁步往前走，丟下一句：「這不是要過節了嘛！點心做夠了，他們要歇幾天。」說完也不往周家去了，自顧自地拐去西市。

徐瑞又在周家四周轉了一圈，看著確實是沒人，便轉回珍味居前面，見那裡也沒有周家的小船，就尋了對面的小店坐著，兩眼盯著巷口和河道，等著周家人回來。

這一等就是大半天，直到月牙都高高升起了，也沒見著人。徐瑞不死心，又等了半夜，眼見確實無人回來，又去周家門口探看，見大門緊鎖，院子裡黑漆漆的，這才有些慌了，一溜煙跑回家找他爹。

誰知他爹這日跟人出去飲酒，喝得有點多，聽了他的話也不當回事。「能跑去哪兒啊？保不定在哪兒飲酒，醉了就沒回去。你明日再去看。」說完就睡了。

徐瑞無奈，只得聽了他爹的話，第二日一早又跑去周家看，還是沒人，才慌忙回來尋他爹，一同往城外找大管家報訊去了。

歐陽明簡直不敢相信自己耳朵所聽到的話。怎麼可能？堂堂公主，竟然就帶著三個從人從公主府溜了出去？可是眼前這一男一女信誓旦旦，還各有可以證明身分的東西，由不得他不信。

再想到這名女子所描述的公主樣貌，歐陽明更覺心悸，他到底是撿了什麼樣的一家人啊？為什麼十娘的長相跟女子描述的公主那麼相似？偏偏朝雲公主也是行十！

再細問起來，除了周松多了鬍子，其他三人都跟這對夫妻的描述相符。

歐陽明當即寫信，讓在吳郡看房子的下人看住周家人，然後自己帶著劉振威夫婦火速趕過去。

他去宿州本是為了談一樁買賣，順便見一個楊宇有意拉攏的官員。那官員雖對韓氏父子不滿，可秉性忠誠，並沒有另擇他主的意願，對吳王伸過來的橄欖枝也不感興趣，倒是他身邊一個幕僚動了心，過後悄悄去尋歐陽明，說想投到吳王門下。

此人姓劉，與人為幕已有十餘年，早已不甘心屈居人下，眼看如今亂世將成，正是建功立業的不世良機，又恰逢代表吳王的歐陽明到此，當即就投了過來。

他知道像他這樣沒什麼名望的人要投靠吳王，是得拿出東西來的，於是就把堂姪帶到歐陽明面前。

他的堂姪叫做劉振威，以前在京師任羽林衛都尉，奉旨戍守朝雲公主府。他的妻子不是別人，正是曾經服侍朝雲公主的婢女夏蓮。

歐陽明一路催著，終於在八月十六日趕到吳郡，誰知來接的下人稟告，周家人並不曾來過吳郡，他已分別往宿州和揚州寫信，想是因歐陽明在路上沒收到。

歐陽明分外懊惱，連船都沒下，當即轉道回揚州。四天後，他到了揚州，還沒下船，劉靜就匆匆奔上船稟告：「大官人，周家一家人跑了！」

跑了？歐陽明緩緩坐下，仔細回想，不由苦笑，看來十娘定是公主無疑，她聽說謝家和吳王都在查她，自然不肯留在這裡坐以待斃，又恰巧有他的建議，還不趁此機會離開揚州？

歐陽明坐在船上思慮片刻，帶著劉振威和夏蓮直接去了吳王府。

自從回到揚州後，謝希治就沒有機會單獨出門，家裡人看他看得很緊，連長壽和無病也不被允許單獨出去，因此還不知道周家早已人去樓空。

這日，他陪著母親裴氏和弟弟進城去吳王府，等裴氏坐下來和裴太妃說話，他就藉故告退，說帶著阿平出去走走。

裴氏瞥他一眼，並沒有多言。

謝希治鬆了口氣，快步帶著弟弟謝希平出後院，滿心思念和激動，盼著趕快離開吳王府，悄悄去周家看周媛。不料他剛出二門，就撞見了楊宇。

「懷仁？你這是急著去哪兒？姨母呢？」楊宇忙完事情，正準備進去見見姨母和表弟們。

謝希治不得不停下腳步見禮寒暄。「家母在陪太妃說話，我帶阿平出去走走。」

楊宇又跟謝希平打招呼。「阿平都這麼高了？眼看著長成大人了。」

謝希治急得不行，好不容易等楊宇跟謝希平說完話，就要告辭，還沒等他開口，下人忽然奔進來向楊宇稟告：「王爺，歐陽明到訪，說有急事求見。」

楊宇很驚訝。「歐陽明什麼時候回來的？」歐陽明行事一向極有分寸，此刻突然回揚州，又急著求見他，必定是真有急事，所以也沒猶豫，命請進來，又叫謝希治：「懷仁一塊兒來吧。」

他已經知道周家人不見的事，心知謝家還瞞著謝希治，就不想放他走。

「恐怕不大方便吧，我還是跟阿平出去走走。」謝希治分外不耐，直接開口推辭。

這麼一糾纏的工夫，謝希修已經陪歐陽明快步行了進來，看見謝希治要出門，就遠遠叫住他。「三郎你去哪兒？」

謝希治的耐性已經耗光，並不回答，逕自往外走。

謝希修跨步上前攔住他。「你先別忙著出去，聽聽歐陽明說什麼也來得及。」硬把謝希治拉進書房，又讓人帶著謝希平去另一間房裡坐。

歐陽明先看看楊宇，又瞟了謝希治難看的臉色一眼，然後低聲問謝希修：「真的要說？」

楊宇不明白情況，道：「懷仁不是外人，有話便說。」

「正是，此事早就不該再瞞著他。」謝希修快刀斬亂麻，正色告訴謝希治：「周家在十餘日前離開了揚州。」

謝希治一愣，騰地站了起來，盯著謝希修問：「你說什麼？」

謝希修面色不變，不閃不避地看著他答：「周家心虛，怕被我們查出底細，在我們從徐州回返時，已經舉家，不對，他們哪是真的一家人，反正他們跑了。祖父安排人在附近各處碼頭搜查都沒發現蹤跡，此時不知逃到了哪裡。」

歐陽明看楊宇表情糊塗，終於開口解惑。「王爺，我此次到宿州，認識了一對夫妻，他們原本都在朝雲公主府侍候，男子名叫劉振威，本是羽林衛都尉；女子原是侍奉公主的宮人，名喚夏蓮。據他們說，早在先帝駕崩之前，朝雲公主就帶著一個宮人、兩名內侍，從公主府出逃了。」

謝希治正在痛斥謝希修胡說，聽見歐陽明的敘述，覺得匪夷所思，轉頭斥了一句：「滿口胡言！」

「我本也不信，奈何那夫妻二人言之鑿鑿，還有當初公主離開公主府時留下的信件。且夏蓮所描述的公主樣貌，與我初見十娘時的模樣相差無幾，朝雲公主也行十，宮中貴人們常以十娘呼之。與她一同逃出來的內侍，一個叫張松，一個叫齊祿，那名宮人姓羅，名喚春杏，祖籍正是鹽城。」

歐陽明一字一句，將自己得到的消息清清楚楚說了出來。

謝希治呆呆立在原地，根本不能相信耳朵聽到的，心裡只有一個聲音：他們在胡說，他們是故意的，他們就是想叫我死心，一定是他們把十娘藏了起來……

歐陽明並沒有去看謝希治的神色，取出自己的荷包，從裡面抽出一封信，站起身要遞給楊宇。不料謝希治忽然反應過來，居中伸手一把奪過了信展開。

謝希治看到信上的字時，就是一呆，這確實是周媛的筆跡。他勉強抑制住澎湃的情緒，定神仔細看信。

「去涼州尋駙馬？」他忍不住喃喃出聲，心下茫然，不知該不該相信歐陽明的話。

謝希修上前抽出他手中的信，轉身遞給楊宇，又冷笑道：「明顯是託詞。」

「對。劉振威說，他們悄悄逃離公主府後，曾經想辦法打探，韓家的人在往涼州的路上來回巡查，並沒找到公主的下落，因此朝雲公主始終稱病，從未出來見人，連先帝駕崩時都沒有進宮舉哀。」歐陽明接道。

楊宇此時也看完了信，顧不上理會呆呆的謝希治，只問歐陽明：「那對夫妻呢？」

「就在外面候著。」

楊宇叫人去傳，又讓謝希修陪著謝希治出去，示意他安撫這個弟弟。誰料謝希治不肯，硬留下來聽他問話，中間還插了好幾句嘴，問了夏蓮許多問題。

謝希治越聽越心灰，等到確信夏蓮是真的識得周家四人，連周媛耳後有顆小小的朱砂痣、春杏頸間有胎記、周祿會做什麼點心都能一一道來時，他的心終於沈到了谷底。

謝希修看他一言不發地站起來，皺眉問：「你做什麼？」

謝希治不答，逕自出了門。

謝希修忙追出去攔著。「你去哪兒？」

謝希治推開他，快步往外走。

謝希修又去攔，謝希治再推開，兄弟倆糾纏半晌，最後還是楊宇出來說：「你讓他去吧。」

謝希修喘著粗氣停下，看謝希治出了門，內心有些擔憂，聽見楊宇說：「派幾個人好好跟著。」才反應過來，安排自己的親信跟上謝希治。

第三十二章

謝希治出了吳王府，隨便在門房搶了匹馬，就跨上馬背飛馳而去，一路上只不管不顧地狂奔，沒一會兒就到了珍味居門前。

他下意識先去看河中，見那裡沒有了周家的小船，心中就是一疼。下馬拐進小巷，還沒等走到周家門前，那掛在門上、已有了鏽跡的大鎖便映入了眼簾。

真的走了嗎？謝希治渾渾噩噩地走上前，使勁拉了鎖頭，那鎖紋絲不動，便去拍門。

「十娘。」他低低地叫了一聲，裡面沒有聲息，加了力道再拍。「周媛！」還是沒有聲息。

就這麼走了嗎？一股銳利的疼痛突破他昏亂的神志傳來，讓謝希治終於多了些理智。他站直身體，深深喘了口氣，不理會狂奔追來的長壽和無病，逕自往後院走。這裡的門鎖著，後門呢？會不會都在後院做點心呢？

他急匆匆轉過巷口，走沒兩步，忽然立在原地，又是鎖。

長壽看謝希治這副樣子，有些擔心，拉了拉無病的袖子。無病回頭看他一眼，又轉頭四顧，終於在地上尋到一塊大石頭，快步過去撿起來，然後直奔到周家後院門前，使勁砸了鎖頭一下，那鎖頭看似緊鎖，竟然一砸就應聲開了。

謝希治先是一愣，回過神跟在無病身後進了後院。院裡空無一人，灶是冷的、鍋是乾的，連慣常有的點心甜香都已散盡。謝希治順著小路行到連通周家院子的小門，那裡倒沒有上鎖，他輕輕一推，吱呀一聲，門開了一條縫。

濃濃的桂花香瞬間湧入鼻端，謝希治精神一振，又多了點希冀，用力把門推開，快步進了院子。

長壽和無病緊緊跟著自家主子，不料謝希治行沒幾步就停住了，長壽忙跟著頓住腳。見謝希治一動不動地望向院內，他心中好奇，也側了頭往前看，發現院裡落了一地桂花，黃澄澄的幾乎鋪滿院子，十分豔麗好看。

小僮還有心讚落花好看，謝希治卻一顆心涼了個徹底。院內門窗緊閉，落花滿地無人掃，確確實實是久無人住的模樣。

他緩緩挪動腳步，先去推開堂屋的門，裡面空曠寂寥，桌椅上都有一層浮灰。謝希治扭頭出門往西廂去，剛到門口又猛然站住，想起有一次來，這西廂窗下晾了幾件衣裳，周媛扶著滴水的頭髮忽地走出，是那樣嬌俏動人，頓覺腳上如有千斤重，再邁不開步子了。

無病和長壽悄悄看了良久，見自家公子還是一動不動，終於鼓起勇氣叫道：「公子，看來周家沒人在，咱們先回去吧。」

周家沒人在，這幾個字像是重錘般重重擊打在謝希治的心上，只覺心痛如絞、頭重腳輕，但猶不死心，還是咬牙強忍著，拉開了西廂的門。

空蕩蕩的書架落滿浮灰，案桌上花瓶裡的花已經凋謝殆盡，只剩一截枝幹，枯萎的花瓣灑了半桌，幾乎將上面橫躺著的一柄短劍也蓋住了。

謝希治一步一步緩慢地走到案桌前，終於看清了劍鞘的模樣，控制不住地笑起來。

這笑聲無半分歡悅之意，只充滿濃濃的悲傷寂寥，竟比哭聲還讓人惻然，令守在門口的長壽和無病不忍耳聞，一齊上前叫道：「公子？」

謝希治不應聲，取了案桌上的短劍，又伸手拔劍而出，當看清劍身上刻的「懷仁」二字時，忍不住又笑了起來，笑得身體都在顫抖，就在這悲慟莫名的笑聲中，他忽然用力揮劍，砍向了案桌。

長壽和無病嚇得齊齊大叫，一直守在院裡的謝希修的隨從連忙奔進來，眼見兩個僮兒一左一右扶著栽倒在地的三公子，忙上前幫忙，顧不上被砍成一半的案桌，就要抬著不省人事的三公子出去。還是無病機靈，記得回身取了短劍，才關好門跟著離開。

這裡離謝希治自己的住處近，所以無病作主，先把三公子送回去，那幾個隨從飛奔回吳王府報訊，長壽則忙著去請大夫，平靜許久的謝宅一時忙亂起來。

此時的周松也正忙著請大夫。自那日上船以後，周媛的精神就不大好，每日大半工夫都是睡著的，吃得又少，眼看著人就瘦了下來。周松等人焦急不已，知道公主這是心裡煎熬，卻又無從開解，只能拉她出去看看沿途風景，巴望著解她心憂。

不料行沒幾日，周媛就開始暈船，吐得根本吃不下飯，連喝水都吐，最後還是船娘按土法熬了一碗湯給灌下去，才慢慢不吐了，能吃下一些東西。

幾人剛鬆了口氣，眼看再有三日就到江州，誰知周媛忽然來了初潮，她疼得耐受不住，又是頭暈、又是嘔吐，本就消瘦的小臉越發沒了肉。船上沒有大夫，也沒有藥，船老闆看這樣不行，怕這些人在船上出事，到彭澤時硬是把他們留下來，讓他們先去給周媛治病。

於是周媛等人只得留在彭澤。周松怕落下痕跡，也不去投店，自去尋了一戶農家投宿，然後又去請大夫來看周媛。

也許是因為回到陸地，讓周媛心裡多了些踏實；也許是因為大夫開的藥見效，減緩了她的痛楚，她終於不再像在船上那樣輾轉反側，漸漸睡得下、吃得飽，精神好了起來。幾日後，經期結束，她終於能如常行動，眾人才真真正正放了心。

周媛身體好了，便開始思索以後的生活，他們已經在彭澤耽擱了時日，她怕再留下去會橫生枝節，所以身體剛好，就決定要走。

臨走之前，她單獨找了二喜說話。

自從在鎮江上船以後，二喜一直很老實，不多說也不多問，在船上還幫著船工、水手們幹活，連船老闆都很喜歡他，想招他上船做工。下船以後，在投宿的農家，二喜也不惜力氣，買藥熬藥之外，還經常幫著主人劈柴做事，讓主人連連誇讚。

面對這樣一個純樸的少年，周媛決定說點實話。「二喜，你心裡一定很奇怪吧，是不是覺得我們四個並不像真的一家人？」

二喜點點頭，又搖搖頭。「也像，也不像。」他不會描述，只覺得他們彼此關心照顧的勁兒像是一家人，可又不像是真的夫妻父子。

「我們並不是真的一家人。」周媛的臉色還有些蒼白，笑容也有些勉強。「其實我們是從宮裡逃出來的。阿爹和哥哥都是內侍，就是淨過身的內官，你懂嗎？」看見二喜驚訝地點頭，她又繼續說：「我和春杏都是宮人，當年先帝駕崩時，宮裡很亂，死了很多人，我們就趁亂逃了出來。」

公主的身分實在很難說出口，她也不想嚇到二喜，所以就把自己說得跟春杏一樣。「我們四人在一處共事了許多年，情分其實比親人也不差多少，為了掩人耳目，這才假扮一家人。我們這樣的身分不能被人知曉，不然連命都會丟掉的。

「你也知道，近來有些人在打聽我們，我們擔心是宮裡來人捉拿，所以趁著這個機會跑出來。二喜，我本來不想連累你們一家，所以沒有告訴你真相，可是你就這麼跟著跑了出來，我真害怕會連累張大嬸他們。」

二喜一時呆住，愣愣地想了好半晌，才又開口：「他們還沒確定不是嗎？」

沒想到二喜還挺聰明，周媛苦笑。「只怕我們一跑，那些人就確定了。」

二喜想了想，又說：「可是揚州不是京師，他們也不敢怎樣的。既然如此，我更不能回去，不然那些人豈不是會捉了我去問？反正我娘他們不知情，再問也問不出什麼來。」

他竟然知道她找他談話的目的。周媛仔細打量了二喜好一會兒，忽然一笑。「你說得對。那你當真願意跟著我們走了？以後的日子可不一定有揚州好過。」謝家還沒查到確實證據，他們這麼一走，說不定正中謝家下懷，免得謝希治「執迷不悟」，所以周媛還真不是很擔心有人找張家的麻煩。

「我不怕過苦日子，只要、只要你們別丟下我。」二喜撓了撓頭，有些不好意思地說。

周媛站起身，拍了拍他的肩，笑道：「放心，不會再丟下你了。去跟阿爹找船吧，咱們走。」

人總要向前看，後悔惋惜有什麼用？過去的已經過去，不能重來也不能修改，她現在能做的，就是一路向前，重新追尋安寧的生活。

揚州的一切，就當作是一場幻夢吧，不過是場青澀的、沒有結局的愛戀，有什麼不能忘記的？

更何況，有些感情永遠是停留在記憶裡才最美，若真的落到實處，她能承受隨之而來的利益糾葛嗎？她能坦然接受來自他人的猜疑目光嗎？

她不能。她可以承受任何人的利用，因為她也可以利用回來，但謝希治不行，那樣美好的感情若是摻雜了利用，無異於明珠蒙塵；她也可以接受任何人猜疑的目光，因為她不在乎，可是謝希治不行，如果他也猜疑地望著她，她將無法自處。

所以，還是走了的好。她曾想過要給謝希治留封信，說點什麼都好，可她卻下不了筆。她不想到最後還要寫信騙他，於是只留下那柄短劍，他見了，應該能明白她的意思。

於是，周媛一家收拾好東西，重新登上小船，悄然離開彭澤。乘船過江後，他們又換了馬車，一路向西北前行。

周媛此時並沒有想到，就因為她的這場病，讓他們免於被楊宇的人找到，從而能掌握命運的主動權，直到最後。

吳王府裡，楊宇看完信，很是懊惱，跟對面的謝希修說：「就差一步！」把信推給謝希修看。「朝雲好像生了病，在彭澤下船了，我們安排在江州的人沒能接到他們。再去彭澤，卻怎麼也尋不到人。」

「不是說他們要去洪州嗎？接著去找就是了。」謝希修指了指信說道。

楊宇搖頭。「他們這一路出逃慣會聲東擊西，哪會真的去洪州？不過我已安排人去洪州了，想來早晚會有消息。這個朝雲，她到底想去哪兒呢？」起身在屋子裡來回踱步，想了好久也沒頭緒，最後站住腳問謝希修：「懷仁怎麼樣了？」

謝希修皺起眉。「還是不省人事。我母親急得頭髮更白了些，杜先生也在家裡守著，說沒有大礙，應只是一時急痛攻心。」

楊宇聞言，長嘆一口氣。「情之一字，竟然如此害人。」嘆息完，又把消息傳給歐陽明，讓他那邊也尋些朋友去幫著找找朝雲公主的下落。

歐陽明接了消息，說一定盡力，回頭獨處時卻又忍不住擔心：十娘生病了？是又暈船了，還是別的緣故？摸出她留給他的信，又展開看了一遍。

「……暫居揚州期間，多承君厚意照拂，今日一別，未知可有再見之期，謹遺若干點心製作之法，聊表謝意。願君長命富貴，所願得償，無呂氏石崇之憂，得效陶朱公泛舟於五湖之上。」

他忍不住嘴角上揚，這個小娘子，定是對他有怨氣，不然臨走怎麼還留了這麼一封信來嘔他？

半年後。

周媛獨自待在房內，正提筆練字，一句「昨夜西風凋碧樹，獨上高樓，望盡天涯路」剛寫到「樓」字，房門就被人從外推開。她也不抬頭去看，只繼續穩穩地寫，耳中聽得進來之人嘮叨：「眼看都要三月了，天還這般冷，怎麼都比不上……」

春杏忽然停住不說了，周媛沒尋思過來，抬頭看了她一眼，問：「比不上什麼？」

「比不上京師啊。」春杏機智地改了話頭。「便是在京師，這個時節也沒有這般冷呢！」搓了搓凍僵的手，嘆氣道：「聽前院于大娘說，等過些日子天暖了，還有連陰雨，常常一下起來就是十餘天，到了盛夏又酷熱難當，真不知他們是怎麼捱下來的。」

周媛垂頭認真寫字，有些心不在焉地答：「人家都能捱，咱們自然也能。」

春杏看了她兩眼，走過去幫她研墨，柔聲說道：「我們自然無妨，可妳這半年來，時不時就要小病一回，人都瘦得沒什麼肉了，我實在擔心。」

「那是因為路上辛苦，到了信寧時又水土不服，這兩個月我不是好多了嗎？」周媛一邊慢悠悠地答話、一邊把剩下的幾個字寫完。

春杏幫著她把寫好的字放到旁邊晾著，又看她繼續往下寫道：「衣帶漸寬終不悔，為伊消得人憔悴。」忍不住問：「妳日日都寫這幾句話，是有什麼涵義嗎？」

周媛寫好了，才直起腰答：「這是人生的三重境界，求索，苦思，頓悟。我多寫一寫，看自己能不能頓悟。」說完接著寫：「眾裡尋他千百度，驀然回首，那人卻在燈火闌珊處。」寫完了站起身仔細看看，還算滿意，忽然想起來問：「什麼時辰了？周祿和二喜怎麼還沒回來？」

春杏往外面看了兩眼，也有些疑惑。「是呢，早該回來了呀，是不是風太大，路上不好走啊？」其實她剛才已經出去張望了一回，卻沒看見回來的人影。

周媛讓春杏看著紙，自己去洗手，下樓上茅房方便了一回，順便走到院門處往外張望。前院的于大娘正在屋後餵雞，遠遠看見她就打招呼。「二娘怎麼不怕冷出來了？」

當日從彭澤過江以後，周媛本打算入繁華蜀地，走鄂州，過荊州，最後到了黔州。彼時已到冬日，天漸漸冷了，他們一行累極，在信寧投宿時，周媛又染上風寒，最後眾人商量，決定不走了，暫時留在這裡。

這次周媛記取了教訓，沒有在城內居住，而是去了距縣城幾十里遠的小河鎮，找了人口最少的村子葉家灣住下來。

葉家灣因背靠高山，耕地稀少，所以村民不多。此地民風淳樸，對外來的客人十分熱情，聽說周家尋親不著無處落腳，很熱心地讓他們留下來，還幫著收拾了一處破敗無人居的木樓讓他們住。

這次他們重新調整了身分，周松依舊是父親，春杏扮成大女兒，周媛排了第二，周祿還是長子，二喜則改口叫周松師傅。因此，于大娘才管周媛叫二娘。

「哥哥們出去半日了，一直沒回來，我出來瞧瞧。」周媛笑著答道。

于大娘也跟著伸脖子望了一眼，說道：「許是路上不好走，或是買的東西多了，行得慢。」

周媛點頭，還沒等回話，遠遠看見周松自前面路上走回來，就叫了一聲：「阿爹。」

周松應了，于大娘也跟他打個招呼，然後轉身回自己家了。

第三十三章

周松進了院門，低聲跟周媛說：「有大消息。」

周媛四處看了看，跟周松快步回了木樓，問：「出了什麼事？」

「河北道起了民亂，平盧節度使張勇召集義軍，傳檄天下，要討伐韓廣平父子。」周松語速極快。「聽說柳州那邊也生了暴亂，不過嶺南節度使宋俊反應奇快，已經以雷霆之勢壓了下來。」停頓一下，看著周媛繼續說：「另外，朝雲公主『病逝』，已於正月發喪。」

周媛被這一個又一個消息炸得愣了半天，等聽清最後一個消息時，忍不住拍掌而笑。「好，終於病逝了。他們父子怎麼能等這麼久？」

周松卻沒有周媛的高興勁，有些擔憂地說道：「如此一來，妳想恢復身分就……」

周媛毫不在意。「我巴不得再沒人能挖出我的身分，咱們隱姓埋名，安安生生過完這輩子！」開始盤算。「韓肅在幽州胡來，果然引起了民憤，這下子他們更沒安生日子過了。岑向貴一家落得這麼個下場，其餘封疆大吏還不人人自危？張勇敢在這時站出來，一定是早有籌謀，看來是要亂起來了。不過北方再亂也礙不著咱們，正好安心給春杏姊姊和二喜操辦婚事。」

正月裡，他們得到消息，韓肅終於攻克幽州城，岑向貴父子戰死，一家老小於宅中自焚而亡。韓肅本是慘勝，心裡窩著一股火，卻沒處撒氣，乾脆縱容手下劫掠城中百姓。消息傳出來，全國上下物議沸騰。

當時周媛就說，韓廣平的好日子算是到頭了，果不其然，這才多久呢，就有人公然討伐他們父子。

「唉，也罷。我剛去見了保長，請他幫忙選個日子，他說看了黃曆再告訴我。」周松四處看了看。「二喜和周祿還沒回來？」

周媛點頭。「我也奇怪呢，去了大半日了。」

這大半年，二喜一直跟著他們，無論是趕路，還是安頓下來，始終勤勉老實、任勞任怨。漸漸地，他們徹底將二喜當作自己人，周媛也沒有多想，只當多了一個親人。

年後他們收拾木樓，鄰人都來幫忙，看見二喜如此能幹，就有人笑著打趣周松，說這麼能幹的徒弟，怎不招了做女婿？當時周松只一笑而過，過後卻尋周媛商量，說春杏也不小了，另尋知根知底的男人不容易，二喜如此可靠，不如成全了他們倆。

周媛愣了好半天，怎麼也不覺得這兩人會是一對。她還是希望春杏能找個情投意合而非只是條件適合的男人，所以私下去問了春杏，沒想到春杏竟含羞低頭不答，她多番追問，才知春杏確實是願意的。

周松再去問二喜，那個傻小子更是喜出望外，想都不敢想，於是這門親事就這麼順利地說定了。今日周祿和二喜出門趕集，就是為了張羅成親所需的物品，不想去了大半日，竟到現在還沒回來。

周媛看時候不早，跟春杏先去做飯，直到天都快黑了，周祿跟二喜才匆匆趕著驢車回到家。

「怎麼去了這麼久？路上遇到事了？」周媛不安地問。

颼颼的冷風裡，周祿額頭上居然還帶著汗，他有些氣喘，匆匆答了一句：「沒什麼事，就是風颳倒樹，將路堵了，不好走。」說完忙把驢車趕進院內，跟二喜去卸東西。

周媛雖然有些狐疑，但也不急著問，先跟春杏放好碗筷，又把菜盛出來，見他們還不進來，就出門去叫。

她見二喜一個人在卸貨，周祿卻低聲跟周松說著話，正想走過去聽聽，周松就忽然提高聲調，極驚訝地問了一句：「你說什麼？」

周祿示意他小聲，往木樓方向望去，看見周媛，忙悄悄推了周松一把。

周松回頭，也看見了，臉上神色變幻，最終還是嚥下了到嘴邊的話，跟周祿和二喜一起把東西卸完，才進屋吃飯。

一餐飯好幾個人都吃得食不知味，只有春杏不明就裡，挨個兒給他們盛湯，讓他們去去寒氣。

吃完飯，二喜很麻溜地收拾碗筷去了廚房。周媛看看周松，再看看周祿，問：「出了什麼事？」

周祿不答話，只看著周松。

周媛從吃飯時就一直不動聲色地打量周祿和二喜，發現他們倆都躲著她的目光，身上、衣裳也有些髒污的痕跡，本以為是遇上什麼人打架了，可兩人臉上又沒有傷痕。她實在想不明白，便也看著周松。

周松站起身走到門邊，把門開了一條縫，往外望望，然後回身低聲說道：「他們今日回來時，因為路上堵了不好走，就另走小路。在路過甘溪時，遇見了一個受傷昏迷的人。」

「你們管閒事了？」周媛轉頭看周祿，又走近瞧他的衣裳，這才發現那污漬竟是血污。

周祿點點頭，看了周松一眼，見周松示意他說出來，便低頭後退一步，說：「那個人是咱們認識的，不能不救。」

周媛非常意外。「這裡哪會有咱們認識的人，你別是認錯了吧？那人現在在哪裡？」

周祿吞了吞口水，聲音更低了。「那人是、是謝三公子。」這個名字至少有半年不曾提起，他早已把它當成禁忌，不承想今日要當著公主的面說出來。

「誰？」周媛恍惚間，以為自己聽錯了，提高音量，瞪著周祿道：「你說是誰？」

周祿飛快地看看她的面色，索性全說出來。「就是謝三公子。今日經過溪邊時，本想讓驢飲水，我們也歇一歇，不巧看見有人倒臥在溪邊。現在天涼，我們怕出人命，就過去看看，走到近前，才發現竟是謝三公子。他身上有刀傷，還跌斷了腿，我們倆就把他抬上驢車拉回葉家灣，又怕被人瞧見，先把他送去後山那邊的破屋子。」

周媛花好一會兒才消化這個事實，把紛亂的情緒拋開，先問：「溪邊沒人看見你們吧？他身上有傷，你們止血了嗎？沒留下血跡讓人追過來吧？他是腿骨斷了？你們抬他之前，有沒有先拿夾板固定？」

「溪邊沒人。這次恰好在鎮上抓了些常用藥，我跟二喜先給謝三公子止了血，包紮好了，沒有留下血跡，腿骨也用竹板紮緊了。只是我們不敢擅自作主，所以沒去請大夫。」周祿小心答道。

周媛鬆了口氣，在屋子裡來回踱步，好半晌才停下來，咬牙說道：「阿爹去請大夫。」總不能真的見死不救。「破屋那裡四處漏風，不適合養傷，還是把人接回家裡來吧。」

見到人時，周媛不敢相信，眼前的人真是丰姿瀟灑的謝三公子嗎？他怎麼這麼瘦？這名面色慘白、氣息微弱的男子，就是那個謫仙一般的人？

春杏站在周媛旁邊，看她神色震驚，目光中有著痛惜，心裡也有些難受，就輕輕搖了搖周媛的手。「我們去燒點水，大夫快來了。」

周媛喉嚨裡哽得難受，掉頭跟春杏出了屋子，一起去廚房燒水。

不久，外面有人聲，正是周松請了大夫來，還聽到他低聲解釋：「……總不好見死不救，這個世道真是……」

接著是大夫蒼老的聲音，帶著濃濃本地腔調的嘆息。「光聽說外面不太平，不承想咱們鎮裡也有這樣的事。」

「周祿看過了，都是外傷，應該不礙事的。」春杏看周媛一直發呆，就開口安慰她。

周媛下意識地點頭。「是啊，不礙事的。」可他們是在溪邊發現他的，萬一發炎感染了呢？這裡沒有消炎藥，他的身體又不好，怎麼辦？她越想越壞，最後忍受不了了，乾脆站到門口去吹風透氣。

冷風吹來，亂紛紛的腦子裡似乎清靜了，她剛覺得好受些，周祿卻忽然從房裡出來，奔進廚房。

周媛一驚。「怎麼了？」

「大夫叫我打點水去清理傷口。」周祿答道。「妳別擔心，沒事的。」說完打了一盆水，又飛快進了屋子。

周媛繼續呆呆站著，直到大夫跟著周松出來，才閃進門裡，聽他們說話。

「骨頭接好了，你們也把刀傷處理得不錯，只看今晚發不發熱。叫人去我那裡取藥，若是發熱了，就熬一帖給他灌下去……」

周松應了，讓周祿送大夫回去，順便取藥，臨了還囑咐大夫：「我一會兒就去尋保長，您老先別把此事說與旁人聽。」

大夫應得爽快。「我曉得，你放心。」說著跟周祿走了。

周媛這才出去問周松：「怎樣？不礙事嗎？」

「傷口不小，幸虧沒傷著臟腑和腸子，且看今晚。」周松面色沈重。「我先去與保長說一聲。」

周媛有些遲疑。「他不會告訴官府吧？」

周松安撫道：「我就說人還昏迷著，不知情形，叫他等等，別弄出動靜惹來賊人。再者，叫他們警醒些也好，免得有亂民混進來。」

「那好，你快去快回。」周媛看著周松出去，自己關好院門，回身進房看謝希治。

二喜剛尋了一套周松的衣服來，正想把謝希治身上那套血衣換下，就看見周媛進來，忙停了手。

周媛走到近前，見謝希治雙眼緊閉、面色慘白，臉上還有幾道血痕，像是被砂石劃破的。腹部的衣裳已經被剪開，露出包裹層層白布的傷口。

「我幫你吧。」一個人給他換衣服，容易弄到傷口。周媛沒有餘力想別的，一心只想先把謝希治的傷治好，所以沒注意二喜的呆怔，自己上前拿剪子去剪他身上的血衣，連裡面染了血的中衣都一併剪開，直到露出他光裸的胸膛，才覺得有些不對勁。

二喜忽然機靈起來，把濕布往周媛手裡一塞，然後丟下一句：「我去換水。」就端著盆子，飛快跑了出去。

周媛攥著濕布呆了半晌，想起現在天冷，忙替謝希治擦乾身上的血跡，然後把剪碎的血衣收起來團成一團，又拿被子給他蓋好，才拿著血衣出去，尋二喜來給他穿衣裳。

等一切忙活妥當，周松、周祿也回來了，五個人才坐下來商議。

「保長應了暫時不報官，還說會叫村裡的壯丁多留意有沒有生人過來。」周松揉了揉眉頭。「會是誰傷了謝公子？」

周媛檢查周祿拿回來的藥材，問了另一個問題。「他怎麼會到了這裡？」

周祿指著桌上另一邊的東西。「他身上除了這柄失了劍鞘的短劍，荷包裡只有些散碎銅錢，就沒別的了。」

周媛看了一眼，正是謝希治曾送給她、又被她留在揚州的那柄劍。

幾個人對望，誰也沒有答案，只得回到眼下可以做的事。「今晚讓周祿先看著，大家都早些休息吧。」

沒人有異議，於是便散了，各自回房去睡。

周媛躺下以後，翻來覆去，卻無論如何也睡不著，乾脆披衣而起。

她悄悄掌了燈，下樓時經過書案，正巧看見今日寫的最後一句：驀然回首，那人卻在燈火闌珊處。

她不由苦笑，提著燈輕手輕腳下樓，去了謝希治休息的房間。

「妳怎麼起來了？」周祿看見她，有些驚訝。

周媛低聲道：「睡不著。他怎麼樣？」立在門邊，往裡面看了一眼。

周祿皺眉。「好像有點發熱，我正要去熬藥。」

「那你去吧，我在這裡看著。」

謝希治依舊緊閉著雙眼，不知是不是感覺到疼痛，兩道英挺的眉毛緊緊皺著。周媛悄悄伸手在他額頭上試了試，果然有些發熱，又去摸他蓋在被子裡的手，觸手冰涼。

周媛蹙眉，正想抽出手去取湯婆子灌熱水給他取暖，不料謝希治的手忽然握緊，將她的手緊緊握在掌中。

周媛一愣，轉頭看他的臉，他依舊緊閉著雙眼，這才放下心，往外用力抽出手。但謝希治攥得牢牢的，她用的力大了，他還會發出聲音。

周媛無奈，只得坐下，將另一隻手也覆上去給謝希治暖手，然後看著他的臉發呆。

他原本就清瘦，可跟現在的他一比，以前簡直可以算是圓潤。僅僅看著這樣瘦的臉龐，周媛就有些鼻酸，他是又病了嗎？怎麼會瘦成這樣？

不知是因為太瘦，還是休息得不好，謝希治的眼窩深陷，長長的睫毛將眼下青影遮得若隱若現。周媛看得心裡酸軟無比，很想伸手去撫他的眉眼，又怕吵醒了他，只能繼續從他皺起的眉間，看到長出一層青黑茸毛的唇邊。

謝希治的手漸漸暖起來，眉頭也慢慢鬆開，疼痛似乎舒緩了，可呼吸卻漸漸粗重。周媛不放心地伸手去摸他的額頭，果然更熱了。

察覺到他的手漸漸放鬆，周媛立刻抽出被他握住的手，起身去浸濕帕子，給他覆在額頭上。把帕子放好時，見他嘴唇嚅動，好像在說夢話，她沒當回事，又去取水杯，想給他餵點水。

她剛走了兩步，身後忽然傳來一聲模糊的呼喚：「周媛。」

周媛渾身一震，站在原地不敢轉身、不敢動，就這麼停了好半晌，身後卻再沒有任何聲音。她僵硬地回過頭，眼見謝希治還是像剛才一樣躺著，一動不動，這才鬆了口氣，去倒了水來，一點一點餵進他嘴裡。

等她餵完水，周祿也端著藥回來了。兩人合力，給謝希治灌了大半碗藥。

喝完藥後，他的燒雖然沒有立時退下去，可也沒有燒得更厲害，兩人略微放心。天快亮時，又給他餵了一碗藥。

早起周松過來看，見了周媛並沒有說什麼，只讓她和周祿去休息，換他照顧。

周媛回去睡了，起來時，謝希治的燒已經退了些，又有二喜守著，她看一眼就躲了出來。

周松出門轉了一圈，回來說外面沒什麼異常，也沒見著其他生人。晚上又請大夫來看謝希治，換了金瘡藥。

謝希治一直昏迷著，每天都是晚上發燒，白天退燒，把周家眾人足足折騰了五天，才在一個風和日麗的清晨醒了過來。

第三十四章

周媛正跟春杏在堂屋裡給謝希治改衣服。謝希治身材高，周松的衣服他穿著有點短，二喜的衣服他穿著又大，於是周媛跟春杏就想改一套衣裳給他穿。

周祿飛奔來報，說謝三公子醒了。

周媛既喜且驚，手上的針一下扎進了手指頭，這下疼讓她醒過了神，一邊把手指頭塞進嘴裡含著、一邊說：「別跟他說我在這裡。」然後把衣裳一丟，起身上樓躲進房裡，剩下春杏和周祿面面相覷，無言以對。

謝希治看見守在床前的是周松和周祿，還以為自己在夢中。

「三公子？你感覺怎麼樣了？」周松低聲問。

謝希治眼看周祿飛奔出去，又聽周松開口說話，終於確定這不是夢。待周松走近，他忽然伸手抓住了周松的胳膊，張嘴想說話，卻發現喉嚨很緊，說不出來。

周松見他如此，無奈笑道：「三公子別急，先鬆手，我給你倒點水喝。」掙脫他的手，走到一旁倒了杯水，給他送來。

謝希治這才發覺自己渾身無力，腹部和腿上疼得很，想起此番出行的遭遇，微微蹙眉，使力想坐起來。

「您慢著點，別扯到了傷口。」周松忙放下杯子，先攙起他靠坐著，又把水遞給他喝。

謝希治慢慢喝了一杯水，環顧四周，終於出聲問道：「這是哪兒？你怎麼在這裡？」

周松有些猶豫，不答反問：「三公子怎麼在這兒？你怎會受傷的？」

謝希治定定看了他一會兒，忽然問：「周媛在哪兒？」問完笑了下。「或者我該問，朝雲公主可在此處？」

周媛聽了周松轉述的話，好半晌沒出聲。

周松看她神色漸漸轉冷，眼中的慌亂換成了冷靜自持，心裡只覺更疼，開口道：「妳要是不願再與他相見，我就去回絕他，等他的傷好些，悄悄把人送走便是。」

周媛緩緩搖頭。「總要問問他是怎麼知道的、何時知道的，還有誰也知道了。」

這倒是。周松想破頭也想不出，謝希治是如何知道公主的身分，只能勸道：「有話好好說，把咱們的為難說清楚，想來謝三公子不會……」

「我心中有數。」周媛整理了衣衫，深吸一口氣，起身下樓。

謝希治眼睛一眨不眨地看著周媛慢慢走進門來，她的裝束跟在揚州完全不同，青布衣裙，頭髮只用紅繩綁在頭頂，除了皮膚過於白嫩，幾乎就像個鄉野間的少女。她好像又長高了些，整個人像剛抽了條的柳枝，纖細修長，柔弱堪憐。

周媛回身關門，然後走到離他五步遠的地方停下，看著他不說話。

兩人對視，沈默了一會兒，謝希治忽然無聲地笑起來，垂頭收回目光，不再看著周媛，卻不曾止住笑。散亂的長髮垂下來擋住他的臉，周媛僅能從顫動的髮絲看出他仍在笑。

周媛在心裡豎起的高牆，隨著偽裝的冷靜一起轟然倒塌。他為什麼是這種反應？她寧願他怒目以對，或者高聲質問，哪怕痛罵她都好，她都能調整情緒應對。但她偏偏無法面對此刻無聲苦笑的謝希治，他只蒼白著臉苦笑，就比世間任何鋒利的兵刃都能刺傷人心。

她幾乎奪路而逃。

幸好謝希治在最後一刻停了下來，輕緩地喘著氣，伸手把頭髮撥到耳後，仰臉看著周媛。「妳沒什麼想與我說的嗎？」

眼前的人如此削瘦，臉頰上幾乎一點肉也沒有，越發顯得一雙黑眸大大的，亮得駭人。

周媛無法與他過於明亮的雙眸對視，收回目光，轉身坐下，答道：「你不是都知道了？還要我說什麼？」

謝希治的神情一點一點冰冷起來，一字一頓地問：「妳真的是朝雲公主？」

周媛點了點頭。

他停頓半晌，再問：「為何選了揚州留下？又為何悄悄遠走？」

這要怎麼回答？周媛垂眸沈吟，覺得很難給他答案。

謝希治等了好半晌，沒等來周媛的回答，自嘲地笑笑，還是問道：「為何不告訴我真相？」在他幾次情不自禁表白的時候，在他小心探問且深感愧疚不安的時候，為什麼她就是不肯透露，不能說明已是有夫之婦，哪怕跟他說她已心有所屬呢？

周媛不答。

「不相信我嗎？」謝希治輕飄飄的語氣好似嘆息。「連一字一句都不肯留，我在妳心裡，到底算什麼？」試探吳王和謝家態度的棋子嗎？如果是這樣，她更該說明身分才是啊！不對，萬一說明了，他不肯這麼死心眼地跳下來怎麼辦？

周媛欲言又止，謝希治冷笑著，自己接了下去。「是啊，留了劍，揮慧劍斬情絲嗎？」閉了閉眼，只覺萬分疲憊，渾身上下沒有一絲力氣。原來他這半年的執著尋找沒有絲毫意義，在她心裡，也許從沒把他的一廂情願當回事。

周媛等了一會兒，見他沒有再說話的意思，終於提起力氣問：「你是怎麼知道的？」

謝希治緩緩張開眼睛，目光清冷地看了周媛一會兒，平直答道：「歐陽明找到了妳的婢女夏蓮。」

原來如此。「那楊宇和謝家知道了？」

「吳王、我祖父、我父母、大哥、舅父、歐陽明，還有我。」謝希治似乎累極，聲音越來越低，最後三個字幾乎是含在口裡說出來的。

周媛聽說連劍南節度使裴一敏都知道了，當下一驚，顧不得別的，追問道：「楊宇想怎麼樣？」

謝希治閉上雙目，冷淡答道：「那妳得問他。」

周媛不敢逼他，只能換個問題。「你怎麼來了黔州？身上的傷是怎麼回事？」

看在他們救他一命的分上，謝希治回答了這個問題。「我奉舅父之命去嶺南見宋俊，途中遇到桂王收容的亂民。」

桂王是周媛的堂叔，封地在黔州以東三百餘里外的朗州，他是個名不見經傳的人物，怎麼敢收留亂民，還襲擊節度使派出來的人？

「那你的隨從呢？怎麼只有你在溪邊？」周媛又問。

謝希治睜開眼睛，有些疑惑。「我在溪邊？」他記得自己在隨從護衛下撤到山林，後來不知怎麼迷了路，被亂民追上，腹部中了一刀，後退時一腳踏空摔下山崖，接著就失去了知覺，並沒有溪邊的記憶。

周媛聽了他的敘述，又把周祿和二喜叫進來問，才弄明白，他們倆發現謝希治的地方，不遠處有個土坡，土坡背靠著山，估計謝希治就是從那座山上摔下來，然後順著土坡滾到了溪邊。

該問的都問了之後，周媛沒有再去見謝希治。據照顧他的周祿和二喜說，謝希治醒著時大多在發呆，並不跟他們說話，也沒要求傳遞消息或是想見誰。

周媛卻不得不開始想後路。謝希治現在是傷了動彈不得，可他早晚有痊癒的一天，而且他身邊的隨從肯定在四處尋找他。那些隨從一定既有謝家的人又有裴一敏的人，謝家上了楊宇的船，裴一敏又是楊宇的舅舅，只要他們找來，她就等於被賣給楊宇了。

周媛心情鬱鬱，把寫好的字揉成一團丟在地上，起身去尋周松商量。

「你之前搭上去容州的客商回來了沒有？有沒有打探到與七哥有關的消息？」周媛問

道。

周松搖搖頭。「我這些日子沒去鎮上，不過算算日子，他們這時剛到容州而已，哪能那麼快就回來。怎麼，妳想去郁林？」

周媛嘆氣。「沒人知道我們的身分還好，現在這麼多人都知道了，我簡直就像小白兔落入了狼群！楊宇正愁找不到由頭發難，若是我們落到他手裡，那可不就是現成的苦主？想栽給韓家什麼罪名都行。我尋思著，咱們人孤勢單，不如往南走，看看七哥那邊的情形，不論他那裡好壞，一人計短，兩人計長，總能更有些倚仗。」

「也好。聽說宋俊其人忠直，總比包藏禍心的裴一敏要好些。」他們現在就在劍南道附近，離裴一敏的勢力範圍不遠，確實難以安心。

周媛苦笑。「這個時候還能指望旁人嗎？局勢已經如此之亂，再忠直的人，也難保沒有自己的小心思，還不知道七哥能不能自保呢，咱們且先悄悄摸過去再說。你先去見保長，就說我們收留的傷者醒了，是在山那邊遭了劫匪，從山上摔下來的，請他提防，若有生人來到，還是多試探一下比較好。另外再問問他可挑好了日子？咱們先給春杏姊姊和二喜把婚事辦了。」

周松應了，又往屋子看了看，問道：「那三公子？」

「先不用管他，讓他養傷吧。」

周松回來後，說保長幫著選了三月二十八這個日子。

周媛忽然有了主意。「那好，二十八日那天，咱們把全村的人都請來，好好熱鬧熱鬧！」

於是周家人開始全力操辦婚事。謝希治那裡，除了固定換藥和送飯的時辰外，就沒人去探看了。他雖然也好奇周家人在忙什麼，但現在大家身分變換，彼此有了心結，再難如從前般自在相處，所以乾脆表現得很冷漠，完全不聞不問。

在周家養了近一個月的傷，謝希治漸漸可以自己下地，扶著床沿、桌沿活動。二喜看見他行走不便，不聲不響地給他用樹杈做了枴杖，謝希治心中感激，連聲稱謝。

二喜不好意思地撓了撓頭，見謝希治面色溫和，不似往日冷漠，就大著膽子求他。「三公子哪時再回揚州，能不能替我給家裡傳個信，就說、就說我娶妻成家了，讓他們不要惦記。」說到最後時，臉上脹得通紅，聲音也小下來。

謝希治一怔，接著說道：「好，我定想辦法幫你傳信。恭喜你，娶的是誰家姑娘？」

「就、就是春杏姊姊。」二喜的臉更加紅了，又跟謝希治道謝。「到時再請三公子吃喜酒。」說完一溜煙地跑出門了。

謝希治愣了半晌，他雖然已經知道周家人的真實身分，可在他的心裡，春杏還是周松的妻子、周媛的繼母。此刻冷不防聽說春杏要嫁給二喜，實在有些不能接受，晚上周祿來送飯時，忍不住又跟他確認。

周祿笑著證實了此事，又把給謝希治送來的香椿芽炒蛋、春筍燒肉、紅棗山藥粥、白菜肉餡的蒸餃一一放在桌上擺好，最後又端進一碗濃稠的大骨湯。

他們家本來就在飲食上精心，並不是為了自己才如此，切莫自作多情。謝希治看著一桌飯食，心裡暗暗告誡自己。

可是自清醒以來，每天的飯菜輪番在腦海裡出現，最開始的各種粥、湯，慢慢增加葷素搭配的各類菜餚，每頓飯都有他偏愛的菜，隱隱可見的用心，讓他又有些心亂。

周祿告辭出去，謝希治決定拋開那些惱人的情緒，專心吃飯，很快就把飯食吃了大半。吃飽了，他一時沒有睡意，就撐著枴杖在屋裡緩慢地來回挪動，走著走著到了銅鏡旁邊，照了照，然後呆了一下。

他居然胖了？也對，吃得好、睡得香，能不胖嗎？

這個念頭在腦海裡一閃而過，謝希治卻陡然感覺如遭雷擊，自從在揚州跟周媛分別以後，他再沒有過如此滿足的感覺，可為什麼在他們形同陌路的現在，他又有了這種感受？在周家養傷的二十餘天，竟是他這半年多來過得最舒心安寧的日子，不由失神許久。

於是，第二日周祿和二喜發現，近來有些軟化的謝三公子又冷漠起來，不，應該說，比先前更加冷漠了。

周媛對此沒有發表任何意見，只專心於各項準備工作。周松則每日早出晚歸，回來後就關起門來跟周媛商量事情，也沒有再去見謝希治。

只有二喜和周祿每日會來照顧他，天氣好的時候，還會攙著他去院子裡走走。謝希治偶爾能在那裡碰見洗衣服、晾衣服的春杏，卻從沒遇見過周媛。

很快到了三月二十七日，周家的房子收拾得乾乾淨淨，掛了紅燈籠和紅綢，顯得喜氣洋洋。

晚間收拾了碗筷，周祿給謝希治送來一套衣裳，解釋道：「您之前穿的衣服都剪壞了，身上這套是臨時改的，不怎麼合身，正趕上家裡要辦喜事，人人都做了新衣，也給您做了，您試試。」

謝希治道了謝，等周祿出去，才看那套新衣。這是一件青色細布直裰，四周鑲了黑邊，針腳細密，一看就是熟悉針黹的人做的，與他身上穿的衣服大不相同。再看中衣是軟羅所製，質料摸起來很好，但細辨針腳卻讓人想笑，這忽長忽短、歪歪扭扭的，做的人到底有多不熟悉針線啊？

他忍不住又拉起自己穿著的衣裳看了一回，嘴角的笑容漸漸消失，取而代之的，是患得患失的不確定。

這一晚，謝希治失眠了，翻來覆去折騰了半夜，最後終於痛下決心，等春杏和二喜的婚事辦完，一定要再跟周媛見一面，直截了當地問問她，在她心裡，對他到底有沒有情意。

想好後，他又開始忐忑，一時希望她承認有，可她終歸是有夫之婦，自己該如何反應；一時又想，若她笑自己自作多情，那又該如何自處？如此一來，反而更睡不著了，就這麼輾轉反側，最後不知幾時才睡著，沒睡多久，就被外面的吵鬧聲驚醒了。

醒來時，發現桌上已經擺好早飯，想是周祿早起送飯，見他沒醒，就悄悄放在桌上走了。謝希治有些不好意思，起身穿好新衣衫，自己梳了頭，用周祿送來的水洗淨手臉，等吃過飯推門看時，院子裡來來往往許多人，正熱鬧得很。

他有些猶豫，打量間忽然撞上了周媛的目光。她今日穿了桃紅衫配杏黃裙，少有的亮色服飾，襯得她多了幾分華麗端莊，與往日的清麗嬌俏截然不同，卻又奇異地沒有突兀之感。

周媛看了他一眼，轉頭尋周祿，看了一圈沒有尋到，只能請于大娘幫著招呼來看春杏的小娘子們上樓，自己去看謝希治。

第三十五章

「吵醒你了嗎？」周媛走到門前站住，先問道。

謝希治搖搖頭，將裝著碗盤的托盤遞給周媛。

周媛接過來，又打量了他，見新衣裳很合身，他的面色也不錯，雖然沒有恢復當日在揚州的風采照人，卻比剛救回來時好多了，略微放心，叮囑一句：「若是沒睡夠就再睡一會兒，悶了可以出來坐坐。」

「嗯。」謝希治低低應了聲，看她端著托盤送去廚房，出來時只瞧了他一眼，沒有再過來，而是去招呼客人了。

他卻莫名覺得安心，在門前懶洋洋地坐了一會兒，後來發現進院子的人都好奇地望向他，還跟周家人嘀嘀咕咕，有些不自在，就扶著枴杖起身回屋，又睡了一覺。

再醒來，就是被爆竹和鼓樂聲吵醒了。他隔著窗看見二喜一身吉服、喜氣洋洋地來接春杏出去，花轎在外面轉過圈子回來，眾人又簇擁著他們進去拜堂，熱熱鬧鬧吵嚷了很久。

拜完堂，就要入席。周家這次宴請，讓謝希治開了眼界，居然在院裡和路上直接擺開桌子，來幫忙的婦人們流水般地上菜，然後鄰人各自入座，周松先舉杯敬酒，再來就是新郎二喜出來挨個兒敬酒，一時熱鬧非凡。

謝希治的飯菜還是周祿送進來的，且一看就與外面的不同。

「這是二喜的喜酒，公子喝一杯吧，大夫說可以喝的。」周祿最後單獨提了一壺酒給謝希治，笑咪咪地說道。

謝希治道了謝，又讓周祿替他恭喜二喜和春杏。

這一夜，外面的酒宴持續到很晚，謝希治本以為自己會睡不好，不料只飲了一杯酒，竟然就睡著了，再醒來時，已然天光大亮。

唔，今日外面可安靜多了。謝希治起身穿好衣服，又在桌上發現了早飯。周祿真是個勤快的，這些日子送飯從來按時按點，沒有遲過，連無病都比不上他。

說起來，是不是該想辦法與他們聯絡了？還是算了，萬一被周媛知道，只怕又要一驚而走，且等跟她談過再說吧。

謝希治打算吃飽飯就請周祿給周媛傳話，說自己要與她談談，於是快速地吃完飯，沒察覺到今天的飯有些冷了，又把自己整理整齊，推開房門，往院子看去。

沒人？他有些意外，那些桌椅板凳都擺好了放著，怎麼沒送回去？他往前走了幾步，扭頭往木樓的堂屋看，見門窗緊閉，心裡忽地一沈。

謝希治又朝院門口看，見本來停放驢車的位置空空的，整個人都僵了。他不甘心地拄著枴杖去敲堂屋的門，沒有人應，索性用力一推，然後樓上樓下找了一圈，連廚房都去了，最後得出結論：周媛這個狠心的小娘子，又一次不告而別了！

他立在二樓書案前，拾起案上的紙掃了一眼，然後憤憤地丟了枴杖，跌坐在椅上苦笑。

那張紙上，既沒有稱呼也沒有署名，只簡單寫著：廚房有備好的飯食，熱一熱即可食用。我已送信給令舅父，想來不日便有人來接，願君否極泰來，萬事皆好。

「我還是有點擔心。」周祿悄悄跟周松嘀咕。「三公子哪會熱飯啊？他連生火都不會。」

周松悄悄回頭看車裡，低聲答道：「我猜他看了信，一時半會兒也吃不下飯。再說無病他們接了信，必定立刻去接他，沒事的。」

周祿想起剛才的事，還覺得有點險。「差點跟長壽走了對臉，幸虧二喜機靈，一把拉回我。」

天沒亮，他們就從葉家灣出發，巳時許入了縣城，很快與南下的商隊會合。正覺得一切都很順利的時候，遇上了來打聽謝希治下落的長壽等人。

當時周松在屋子裡與商隊的行商說話，周祿去給周媛買點路上的吃食，險些迎面跟長壽撞上，還是二喜眼疾手快，一把將周祿拉到車後面躲著。

待長壽等人離去，周媛聽說此事，就讓周祿把謝希治的消息傳遞給長壽，這樣今天應該就能接到他，免得大家擔心。

二喜聽了周祿的話，憨憨一笑，也不作聲，只老實地趕著馬兒走。

他們一行到了縣城，就把驢子賣掉，換了馬，然後搭著要南下去廣州的商隊，打算往信王的封地去。

現在外面不太平，周媛不敢單獨走，所以讓周松接觸了大商隊，這樣的商隊都有自己的護衛，跟著他們走比較安全。

也許是因為商隊人多勢眾，也許是因為嶺南節度使的鐵腕，他們這一行走來十分順利，沒遇到亂民攔路，不過二十天就到了桂州。

本來他們該跟商隊在此分手，因為商隊要往東南去，他們則要拐向西南。可桂州距柳州不遠，擔心柳州那裡不太平，周媛就決定跟著商隊行到賀州，才分道揚鑣。誰承想就在賀州往梧州的路上，竟然出了事。

周媛聽見外面的吆喝聲和紛沓的腳步聲，心裡不由嘆氣，他們特意跟在一支送嫁隊伍後面，想著好歹有個照應，誰想到會有搶親的呢？

本來他們跟得不遠不近，發現事情不對，就飛快掉頭往回走，也沒人注意他們。不料剛跑沒多遠，後面那些搶親的人不知是回過味來還是怎地，居然吆喝著追了上來。

有人遠遠喊道：「前面的是什麼人？往哪裡去？莫跑！」

周媛心想不跑的是傻子，也不管馬車顛簸得人難受，只讓周松催馬快跑。可惜他們出門已經有二十餘日，確確實實算得上人困馬乏，不一會兒，就覺得那喊叫聲和腳步聲越來越近了。

周媛從懷裡摸出兩把匕首，一把塞給春杏，一把自己攥緊了，叮囑她：「若是有人敢亂來，直接拔出來刺他！」

春杏顫抖地點頭，握緊匕首，好一會兒才醒過神，將周媛往身後一拉，自己擋在門簾前面。

外面趕馬的周松也吩咐周祿和二喜。「握緊了刀，若有人攻擊，就跟他們拚命！」

不過情勢看起來並沒有那麼壞，當先追來的人是個騎著馬的後生，追上後也未靠近行凶，只遠遠喊道：「閣下莫慌，我等因與前面的人有些私怨，並不是攔路的劫匪。敢問閣下從哪裡來，到哪裡去？」

這人說話的口音像是本地人，用詞又不粗魯無禮，周松本有些相信，但偷偷打量了他一眼，見他穿著長衫、包著頭臉，只露出一雙眼睛，頓時又生出狐疑，便不勒馬，一邊縱馬、一邊答：「小人只是去梧州探親的，與前面那些人毫無干係，好漢饒命！」

「大叔莫慌！」那人又揚聲喊道。「你先停下馬車，我保證定不與你們為難，只是我等要把這新人平安帶回去，所以不能讓人報官。」

原來如此。周松鬆了口氣，卻不聽話停車，只答：「好漢放心！小人一家絕不敢報官，您放我們走吧！」

兩人就這麼一邊跑、一邊交涉，不知不覺跑了極遠，就在這時，忽有兩人從前面樹上躍下，上前勒住了周松的馬。

馬兒本就讓從天而降的兩人驚了一下，又被他們合力阻住，不由人立而起，大聲嘶鳴。周松見此情景，當機立斷。「拔刀！」率先拔出藏在腿下的刀，向攔馬的人砍去。

抱住馬頭翻身上馬的黑衣人怪叫一聲，一偏頭，躲過了周松的刀。

周祿也拔刀對著勒住馬韁的人砍過去，只有二喜一時不知所措，緊握著刀，擋在馬車門簾前。

騎馬的人見此情景，催馬過來，對黑衣人說：「當心，別傷著了馬。」竟不提人，只在意馬。

二喜見他靠近，不由緊張地大叫：「你別過來！」

「嘿，小子，第一回拿刀吧？會使嗎？」那人一邊靠過來、一邊逗二喜，在二喜終於忍不住閉目揮刀砍來時，用手中的長棍敲二喜的手腕，直接將他的刀敲落在地，又從馬背躍到車轅上，順勢將二喜踢下去。

周松和周祿大驚，想回身來救，卻被人纏住，無法回轉，只能眼睜睜看著他笑嘻嘻地去挑車簾。「我瞧瞧這車裡藏了什麼寶貝。」

周媛和春杏此時俱是心跳如擂鼓，周媛給春杏使眼色，示意兩人一人守在一邊，待那人掀開車簾，就揮匕首傷他。

眼見車簾被掀起了一角，周媛全身肌肉繃緊，只待車簾再掀高些，就要不顧一切地攻擊，外面卻忽然有利器破空之聲，接著就聽車外那人一聲慘叫，車簾徹底落下。

周媛心中怦怦亂跳，只跟春杏面面相覷，不敢挑開車簾去看。

「什麼人竟敢在光天化日之下行凶？」一名男子高聲喝道，接著紛雜的腳步聲漸行漸近，那三個人似乎還在反抗，但很快就被拿下綁起來，然後有人在問話。

不一會兒，二喜的聲音從車外傳來。「莫怕，是謝三公子來了。」

周媛不敢置信，情不自禁地一下掀開車簾，看見前方有一名黑衣騎士，正目不轉睛看向她這裡。那人眉目俊朗、英氣逼人，不是謝希治是誰？

周媛看謝希治縱馬往前走了幾步，以為他要過來，不料他忽然勒住馬，停在原地看了她幾眼，接著轉頭跟從人吩咐事情去了。

周媛鬆手放下車簾，讓心跳慢慢平復，又低聲問二喜：「你沒事吧？可受傷了？」

「我沒有，但師傅好像傷了。」二喜看見周松捂著胳膊，丟下一句話就跑過去看周松，扶著他回來。

剛才馬車顛簸不堪，被逼停的瞬間，還險些翻覆，所以周松也細細問了周媛幾句。

周媛和春杏都沒事，剛開口叫周松進來裹傷，長壽忽然小跑過來。「周郎君，這是傷藥，可要小人幫忙？」態度一如往日，就像當初在揚州一樣。

周松和周祿很不好意思，忙道謝婉拒，接了藥，想問兩句時，長壽卻又小跑回去了。

還沒等眾人完全定下心，來路忽然又傳來一陣馬蹄聲，眾人一驚，紛紛站起探看，卻見是一隊兵士縱馬而來，看見被綁的三人，還有人指點著說：「就是那幾個人！」

接著，領頭的校尉上前詢問，謝希治出面講明情況。那校尉才說，這夥人本是附近的山賊，他們前日抓了這夥山賊的一個頭目，想藉他引蛇出洞，所以布了個局，送嫁的隊伍本是官差，沒想到讓周媛他們遭了池魚之殃。

謝希治問了校尉的名字，又驗明他的令牌，將三個賊人交到他手上，讓他們帶回賀州。校尉看謝希治從人眾多，氣勢又不似尋常人，對他客氣得很，臨走前，還特意跟周松他們道了受驚。

兵士們帶了山賊離去後，周媛左等右等，謝希治那邊卻沒有動靜。她看看已到午時，想著不管怎麼樣，還是先填飽肚子，就跟春杏下車，準備將帶著的砂鍋清洗了。附近沒有河流，她讓周祿去跟長壽要些水來，又讓周祿生火，自己跟春杏淘米煮飯。

長壽遠遠看見周家小娘子往兩口砂鍋裡扔了米，又扔了菜乾、臘肉，就跟無病低聲道：「這是什麼做法啊？」

「你管那麼多？還不燒點水給公子喝。」無病拍了他後腦一記，不高興地說道。

長壽嘀咕：「待會兒問問周家要點不就好了？」話雖這樣說，還是老實地去生火燒水。

周媛一邊看著鍋、一邊悄悄往謝希治那裡瞟，心裡琢磨，謝希治到底是什麼時候跟上他們一行人的？為什麼一直沒露臉？他現在有什麼打算？是讓周松去問問好呢，還是她親自去？

想來想去，等飯熟了，她還是沒辦法自己面對，只讓周祿把小砂鍋端去給謝希治。「順便問問他們打算去哪兒。」他不是要去見宋俊嗎？怎麼拐到賀州來了？

謝希治低頭看了鍋中的東西一眼，上面是臘肉、蘑菇、筍片等菜，下面是粳米飯，雖然樣子不是十分好看，可香味撲鼻。

他示意長壽接過來，說道：「多謝。」看周祿巴巴地等著回答，想起他那段時間的照顧，還是開了口：「我們要去邕州，你們去哪兒？若是順路的話，可以一同走。」

周祿不知道該不該答，嘿嘿兩聲。「我回去問問。」然後就跑了，不一會兒又跑回來。

「我們去郁林州，您看順路嗎？」

順不順路都走到這兒來了，還想怎麼順啊？長壽坐在旁邊，心中腹誹。

「那一起走吧，吃完飯就出發。」謝希治沒聽到僮兒的腹誹，故作冷淡地回道。

聽見謝希治的回答，周松等人鬆了口氣，他們可再禁不起這麼一回了。只有周媛有些糾結，謝希治越這樣，越顯得她冷酷無情，覺得沒臉見他了。

可要她去道歉，她又不知從何處講起，是抱歉她隱瞞了身分呢，還是抱歉她兩次不告而別？如果時光倒轉，讓她再選擇一次，毫無疑問，她的選擇必定還會與以前一樣，所以，好像連道歉都不是很有誠意。

他心裡是怎麼想的呢？一路追上來，卻又按兵不動；危急關頭出手相救，卻又一言不發，他到底有什麼打算？

謝希治也不知道自己有什麼打算。恨起來的時候，很想掉頭就走，再也不見周媛、不聽她的消息。可得了她的消息，又忍不住帶著人悄悄追上來。

在她遇險時，他幾乎停止呼吸，比自己遇上危險時更加恐懼緊張，可是等真正見到她、確認她無事以後，又不知道下一步該怎麼做。

不過十幾步的距離，中間卻像隔著千山萬水，他們不再是當初的謝希治和周媛，那美好如夢般的過往，注定是回不去了。

第三十六章

下午上路以後，謝希治將自己的從人分作兩批，一批在前開路，一批殿後，把周媛等人護在當中。他自己並不上前，騎馬在後面跟著。

周媛冷眼看著，他的腿好像並沒有痊癒，上馬下馬都需要人攙扶，想叫他來坐馬車，看看春杏又覺不方便，最後只能讓周祿去問問他的傷勢。

無病一見周祿走過來就躲開，直接走到謝希治身邊服侍他。周祿有些尷尬，摸了摸鼻子，厚著臉皮去問長壽：「三公子腿上的傷如何了？這樣騎馬使得嗎？」

「好多了，本來一路都是坐車的，要不是聽探子說你們遇見……」剛說到一半，就被後面無病的高聲呼喚給打斷了。「長壽！你磨蹭什麼呢？還不過來！」

長壽對周祿嘿嘿笑了兩聲，扭頭去了謝希治身邊，幫著無病扶謝希治上馬，又低聲說無病：「你瞧你，板著臉做什麼？人家也是關心公子呢。」

無病抬眼看自家公子，見他假裝沒聽見，就哼了一聲。「關心公子，就把他一個人扔在山裡？」那時公子腹部的傷才剛好吧，腿還不能行走呢！

長壽的臉抽了抽，眼見自家公子表情陰沈，就推了無病一把。「你平時也挺機靈的，怎麼這會兒哪壺不開提哪壺。」兩人你來我往，嘀嘀咕咕說了好半晌。

周媛聽說緣故，默默嘆了口氣。

周松看她擔憂，上前勸道：「妳不要太擔心，我瞧三公子的身體比咱們以為的要好。妳還不知道吧，剛才那個想掀開車簾的賊人，就是三公子放箭射中的。」

他會射箭？周媛不敢置信地回頭望了謝希治一眼，又回頭看周祿和二喜，周祿頻頻點頭，二喜也讚嘆：「真看不出三公子還有這手，不像我……」有點羞慚，餘下的話全吞進了喉嚨裡。

周松和周祿紛紛安慰他，春杏也悄悄跟他說了兩句，才哄得他重新抬頭挺胸，恢復了精神。

周媛忍不住又回頭看謝希治，還是想像不出他端坐馬上射箭的模樣。後來他們的馬車終於趕上來，謝希治進了車裡休息，周媛才略微放心，不再關注他了。

之後的路上，兩人都沒有正面接觸。周媛做好了飯，就讓人送去給謝希治吃，他也不拒絕，吃完飯，叫長壽刷好鍋，再送回來。

到了梧州，他們休息一天，周媛採購物品，算著總得六、七天才到郁林，還要帶著謝希治的分，就多買了些米和菜。

周媛覺得這樣很好，不說話就不說話吧，反正他還吃她準備的飯，吃人家的嘴軟，她心裡也覺得舒服點。而且這樣管著他的飯食，就像當初在葉家灣一樣，偶爾看見他臉上多了點肉，或是氣色好了，會比較有成就感。

想著想著就覺得，怎麼跟養寵物似的？她為自己的想法失笑，但再次踏上旅途後，卻更加用心地準備飯食，並視謝三公子吃飯時的表情，決定下一頓要如何改進，活活一副被寵物馴服的主人樣。

可惜這樣平靜的時光也有盡頭，從梧州去郁林並沒有多遠，他們終於在一個下過小雨的午後進了郁林州治所石南。

周媛不打算貿然上門去見信王楊重，想先找個地方投宿，入城後就跟著謝希治的隊伍一起去尋客棧。

郁林比周媛想像的繁華很多，坐著馬車一路穿街入市，竟也聽到許多不同口音，似乎有各地商販在此會集。

她心裡奇怪，不是說從郁林出天門關就到交趾了嗎？交趾一貫是發配流徙的地方，怎麼郁林看起來經濟很興旺的樣子？

謝希治的從人尋了最大的客棧投宿，周媛和春杏的馬車從後門直接進客棧院內。她們旅途疲憊，沒有心思出去逛，讓二喜安頓馬車，正打算先去房裡歇著，周祿忽然興奮地從門外奔進來，衝到周媛跟前低聲說：「妳猜我瞧見了誰？」

周媛往四周掃了一眼，沒看見什麼眼熟的人，就給周祿使個眼色，一齊進了上房，才問：「瞧見誰了？」

「我瞧見安公公了！」周祿十分興奮。「就是自小侍候七殿下的安公公，他領著人在前面街角買東西，師傅跟上去了！」

安榮？周媛笑了笑。「那可真巧。你去尋他們，把他叫上來說話。」打發走周祿，她跟春杏簡單梳洗一下，換了衣裳，然後就聽見周松的聲音傳來。她把窗子開了條縫，往外一看，還真是胖乎乎的安榮。

安榮一副驚詫莫名的樣子，跟著周松和周祿進了房間，就連聲追問：「你們師徒怎麼到了此地？京裡到底出了什麼事？公主怎麼就過世了？」

見兩人笑嘻嘻地不答，他還急了。「咱們早年相交，我看你們也算是忠義之輩，怎能為偷生棄主而逃？張老弟，當年婕妤娘娘待你的恩情，莫非你全忘了不成？還有小齊祿，你忘了小時候被那一干混帳欺壓，栽贓你偷東西，若不是公主仁義，你早給人打死了！」

「安大哥少安勿躁。」周松拉著他，讓他坐。

安榮甩開他的手，怒道：「自接了公主的凶信以來，咱們殿下就沒有一日好吃好睡，你們還敢跟我提少安勿躁！可憐公主她老人家……」

話說到一半，身後忽然有個女子的聲音接道：「什麼老人家？我怎麼就成老人家了？」

安榮大驚，一跳轉身，看見周媛，張大了嘴說不出話，手一抖一抖地指著她，好半天才冒出兩個結巴的音：「娘、娘……」

周媛失笑，這怎麼又從老人家變成娘了？

跟著出來的春杏先給安榮行了一禮，又解釋：「安公公還記著我們婕妤娘娘呢，公主是越長越像娘娘了。」

安榮呆立半晌，好不容易才反應過來。「公主？當真是十公主？」一臉不可置信，還伸手掐了自己的手臂一把，吃痛後又仔細打量周嫒半天，依稀能看出她幼時模樣，再看周松和周祿、春杏都是本人無疑，心裡就有幾分相信了。可是他們早接到了公主薨逝的消息，現在陡然見到大活人，一時竟無法回神。

「安公公不記得我了？」周嫒笑咪咪地說道。「我可忘不了安公公熬的魚片粥呢！」

聽周嫒提起舊事，安榮終於漸漸回神，眼眶濕潤地跪倒在地，給周嫒連磕了幾個頭。

「公主殿下萬安。」

周嫒忙上前親手扶起他。「公公這是做什麼？可不是折煞我了嗎？」

安榮是自楊重小時就服侍他的，在楊重養於白婕妤宮內時，一直跟隨在側。他為人圓滑，又知進退，難得的是對楊重很忠心，所以楊重很敬重他，連帶著周嫒對他也不當一般內侍看。他又擅廚藝，連周祿的手藝都得過他指點，所以周嫒見了他，還真有幾分親切。

「公主平安無事就好。」安榮擦了擦眼睛，也不多問，當下就要拉著她去見楊重。「王爺自得了凶信，人是一日比一日鬱鬱，也不思飲食，只常飲酒，漸漸連王妃都勸不了，您來了就好了。」

周嫒卻不急著走，先拉住他問了幾句話，一是楊重到郁林以後，日子過得如何？二是地方官對他是何態度，尤其近日民亂頻起，可有什麼人來尋他？

安榮聞弦歌知雅意，答道：「公主放心，咱們殿下您是知道的，最不愛摻和到這些事裡去。雖收著一些信，卻沒有回過。宋使君待殿下一貫恭敬客氣，其他人自然不敢怠慢，您只管安心。」

周媛這才放心，讓春杏收拾東西，又要周祿去尋二喜，將馬車趕到後院等著。安排完一切，才想起來該跟謝希治說一聲。

她猶豫了一會兒，決定親自去與他說。

應門的無病看見是周媛親自來敲門，很是驚訝，沒有擺臉色，飛快進門報了，又回身請她進去，然後自己出去關了門。

謝希治也換了衣裳，正靠在窗下椅子上坐著，看見周媛進來並沒有動，只看著她不說話。

「我是來道別並道謝的。」周媛開門見山。「我七哥封地在此，我打算去投奔他。」

謝希治明顯一怔，呆了好半晌，才短短應了一聲：「唔。」

周媛咬了咬嘴唇，繼續說道：「多謝你一路照應。」說完等了一會兒，見他沒有搭話的意思，又說：「你多歇息兩日再走吧，保重身體。」

謝希治垂下眼眸，不作聲。

周媛呆立一會兒，實在不知道該說什麼，最後只能道：「那我先告辭了。」

「信王……值得信任嗎？」在周媛轉身的剎那，謝希治終於開口問了。

周媛回過身，看著謝希治點頭。「嗯。我們兄弟姊妹裡，只有他與我是真有兄妹之情。」

謝希治抬頭深深看了她一眼，最後說：「妳放心。妳的事，我不會告訴吳王和謝家。」

楊重第一眼見到被安榮領到他面前的周媛時，眼神有明顯的恍惚，然後閉目拍了拍自己的額頭，說：「今日這是還沒飲酒就醉了嗎？」

安榮和周媛囧得很，周媛拉住安榮，開口問道：「七哥是真醉還是裝醉呀？」

楊重睜開眼睛，仔仔細細看了她半晌，然後側頭悄聲問安榮：「這是誰？」

「你說我是誰？」周媛拍桌子了。「你要是不認我，我現在帶著人走就是，何必如此作態？」說完從衣袖裡掏出當初楊重給她的銀票，往他面前一丟。「你是不是以為給了錢，就不用管妹妹了？」

楊重呆呆地拾起銀票看了兩眼，再好好打量周媛一番，最後忽然咧嘴一笑。「我就知道妳這鬼靈精沒那麼容易被人弄死！」站起身走到周媛面前，再次上上下下看了她一回，還伸手比了比她的頭。「長這麼高了，難怪我不敢認呢。」

周媛嘲笑他。「比不得信王爺養尊處優，身段都發福了。」

楊重聞言，揉了揉臉和腹部，哈哈一笑。「妳我都是好口腹之慾的人，誰也別笑話誰了。將來等妳不長個子了，也會慢慢發福的。」說完給周媛讓座，又問她怎麼出京到了這裡。

周媛從當日離開京師說起，不想太糾纏細節，更不想提及她與謝希治之間的事，所以講的時候都是帶過，連離開揚州的原因，也只說是因楊宇懷疑調查她的身分，為免萬一，才偷偷溜走的。

誰知楊重卻沒有老實聽著，還要追問細節。「楊宇怎麼會知道你們幾人的？他總不會那麼閒。」

周媛無奈，只得介紹歐陽明和楊宇的關係，又把自己是怎麼透過歐陽明與楊宇結識的過程說了一遍。

「這麼說來，楊宇果然早有準備。」楊重搖頭晃腦地說道。「年後我曾收到他示好的信，不過我懶得回。」又讓周媛繼續說。

周媛接著說，當日離開揚州後，本想先坐船到江州，然後入蜀地。蜀地乃天府之國，且道路崎嶇、外敵難入，戰亂之時，多有往蜀地去避難的。可是她在途中暈船病倒，身體一直不好，染了風寒，又想到楊宇的舅舅裴一敏就在益州，便打消念頭，暫時在黔州停留。之後變亂叢生，她覺得黔州不大安生，索性就來郁林探探，看看她七哥肯不肯收留她。

楊重瞥了她一眼。「不到走投無路，就想不起妳七哥是不是？」

「我是怕給你添麻煩，若不是一進城就遇見安公公，我還打算看看再說呢。楊宇已經知道我的身分，我怕他有什麼想法，擔心連累你。」周媛正色說道。

楊重不大在意。「他手再長也伸不到這裡。再說妳以為裴一敏就唯他之命是從了？此等人物早已歷練成精，哪肯那麼早就押上全副身家？而且韓廣平已經發了朝雲公主的喪，他隨便拉出個人說是公主，也得有人信！」

周媛笑咪咪的。「現在不是有你了嗎？你要肯給他作證，他不就勝券在握了？」

「嗯，就讓他作著這個美夢吧。妳從黔州過來，一路可還順利？聽說柳州附近匪盜四起，往來客商有不少遭劫的。」

周媛看著瞞不過，只能把實話都說了。「……算是有驚無險，遇見謝家三公子，他要去邕州見宋俊，順路捎著我們過來了。」

楊重挑了挑眉。「他從哪裡去邕州，會『順路』路過郁林啊？」

周媛裝傻。「我怎麼知道？」

楊重斜眼瞥她，見她不說，就揚聲叫安榮。「讓人備馬，謝三公子救了我們十娘的命，我這個做哥哥的，怎好不當面謝過？」

周媛囧，拉住楊重的胳膊，卻只說得出一句：「謝三公子跟楊宇是表兄弟。」

「我曉得，但今日於情於理，我都該當面謝謝人家，再請人家來家裡吃頓便飯才是。」楊重扯回自己的手。「妳先去見妳嫂嫂和姪兒們。放心，妳不想說的事，我今日不會問，反正妳也跑不了。」說完整理衣衫走了。

周媛無語，只得跟著安榮進內院，去見信王妃王氏。

信王府看起來並不大，風格也不同於京城王府的富麗堂皇，而是樸素實用，一路走過去，看到的下人也不多。

安榮一邊走、一邊給她介紹府內各處位置。「……那邊就是廚房，後頭還有塊菜地，王爺偶爾有了興致，就自己去侍弄侍弄。」說著話，兩人很快進了後院。

信王妃已經得到消息，親自迎出門。「真的是十娘？」

周媛快步向前行禮。「是我。嫂嫂可還認得我嗎？」說實話，她與信王妃見面的次數不多，眼下見了信王妃都有些眼生，更別提她這幾年來變化頗大了。

信王妃的頭髮整整齊齊盤在腦後，鵝蛋臉有些圓潤，穿著一身淺色衣裙。她見了周媛，也是先拉著打量一番，然後笑道：「若是路上遇見，我可真不敢認，不過離得近了細看，倒還是認得出的。來，快進去坐。」拉著周媛進房，又叫人帶著兩個兒子來見周媛。

「這是大郎，上次妳見他時，他剛會說話，現在已經滿地跑了。這是二郎，是我們到了郁林以後有的。還有一個小的女孩兒，剛吃奶睡了。」信王妃一一介紹道。

周媛拉著兩個姪子細細看了一回，笑道：「大郎越來越像七哥了，二郎倒更像嫂子一些。」又對兩個姪子說：「姑母今日到得匆忙，見面禮容後再補。」

信王妃忙說：「都是一家人，什麼禮不禮的。」又叫人帶著孩子們出去，自己問周媛別後情形。

周媛依樣畫葫蘆，把跟楊重說過的話，又跟信王妃學了一遍，末了說：「七哥非要當面謝過謝家三公子，叫我先來見嫂嫂。」

「是該如此。」信王妃聽完，就吩咐人去廚房準備，晚上要請謝希治吃飯。吩咐完了，拉著周媛說：「幸好十娘無事。妳不知道，自我們接到京裡的消息，當真是一日也沒有睡好，妳七哥萬分後悔當初沒帶妳出京……」

第三十七章

周媛按住信王妃的手，說道：「這哪能怪得了七哥和嫂嫂？我已是出嫁之女，連父皇都不管我，七哥一個不能自主的，又能如何呢？其實七哥和嫂嫂心裡還念著我，我已經很知足了。」

信王妃想起當初的事，心生唏噓，反握住周媛的手，嘆道：「難為妳了，好在咱們都撐著出來了。以後有王爺和我在，必不再叫妳受委屈。」

這樣暖心的話一入耳中，便是冷情慣了的周媛也覺眼熱，頻頻點頭。「好，那我可就靠著七哥和嫂嫂了。」

姑嫂兩個說了會兒知心話，信王妃叫人備了熱水，讓人服侍周媛去客房沐浴更衣。周媛這才想起，春杏幾人還等在外面，就跟信王妃說了一聲，請她幫忙安排。

信王妃手腳很麻利，等周媛洗好出來，春杏已跟著信王府的侍女在外面候著。

「跟二喜把實話說了？」周媛一邊讓春杏幫她擦頭髮、一邊問。

春杏點頭，偷偷笑道：「他嚇了一跳，再想不到您會是公主。我還怕他惱了，誰知他竟沒有。」

周媛放了心。「那就好。妳呀，別光笑話人家，以後可得好好和人家過日子。」

春杏臉上微紅，低聲答道：「奴婢省得。」

主僕倆收拾好，再去見信王妃時，謝希治已經被楊重請到了府裡。

「妳要不要出去見見？」信王妃問周媛。

周媛想著，都道過別了，還見什麼呀？便搖搖頭。「讓七哥招呼吧。」

信王妃不明就裡，笑道：「也好，咱們一處吃飯。」催著廚房上菜，又把兩個孩子叫回來，陪著周媛說笑。

這頓飯，周媛吃得有些忐忑，她實在不知道楊重會跟謝希治說什麼，謝希治應該不會主動提起他們之間的糾葛，可楊重那個人狐狸似的，難保他不探聽啊！

其實倒是她想多了。見到謝希治之前，楊重以為謝家三公子只是路上遇見他妹妹，一時看對了眼，才願意沿途護送。可等他見了謝希治本人以後，立刻打消了這個念頭。此等人中龍鳳，哪是十娘那樣的小娘子能輕易迷得住的？

所以他以禮相待，誠摯地感謝對方救了自己的妹妹，又邀謝希治到王府來住。

謝希治有些意外，開口婉拒，不過信王盛意拳拳，一再邀請他去府裡吃飯，再看信王似乎不知曉他與周媛的事，實在無從推託，只能隨他一同到了信王府。

這樣一來，這頓飯自然吃得客氣，所聊話題也泛泛，不外是些各地風土人情。好在信王府的菜做得不錯，謝希治吃得舒服，倒也不覺得難熬。

吃完飯喝茶，不免要品評嶺南和江南的飲食差異，謝希治真誠地恭維了信王府做菜的水準。楊重一聽，竟是同道中人，當即興致勃勃地跟謝希治聊了起來。

謝希治沒想到信王是個跟他差不多的貪吃食客，想到周媛，又覺得也不算意外，於是兩人生疏盡去，越聊越投機。謝希治一時不防，說起了揚州的事。「……鯰魚最好吃的做法，還是在揚州時，公主命周祿做的鯰魚燉茄子。」

楊重眉梢上挑，眼睛一亮。「是嗎？我沒吃過呢，改日叫他做來嚐嚐。謝公子別急著走，在郁林多住幾日吧！」

謝希治對楊重突如其來的熱情有些不適應，推辭道：「王爺盛情，謝某銘感五內，只是此番本是有事在身，實在耽擱不得，王爺厚意只能心領。」

楊重沒有勉強他，笑道：「無妨，來日方長，他日謝公子再途經郁林，可千萬莫要客氣，儘管來我這裡坐坐。」又把話題拉回美食。

謝希治陪著他聊了一會兒，看時候不早，便要告辭。楊重抬頭看看外面，也不留客，叫安榮進來吩咐。「去回稟公主，說謝公子要告辭了，問她要不要來送一送。」眼角餘光注意到謝希治動作一頓，不由又多了一點好奇。

楊重只不表露，慢悠悠陪著謝希治往外走，隨口跟他聊些郁林的風物。謝希治雖然都有應聲，可是那點心不在焉，還是被著意留神的楊重看了出來。

就這麼走了一會兒，安榮終於去而復返，回話道：「公主說，煩勞殿下替她送送謝公子。」

謝希治有些失落地收回目光，轉身請楊重留步。「王爺實在太客氣，送到這裡已讓謝某心中不安，還請留步。」

「前面就到門口，不差這幾步路，走吧。」楊重裝作沒看出他的失落，硬是把他送到門口，看著他上馬車走了才回去。

楊重回身進內院，到正房時，看見周媛正跟兩個孩子在院子裡玩。這兩個孩子是散養長大的，性子活潑，一頓飯的工夫就跟周媛混熟了，此刻跟她玩得不亦樂乎，滿院都是孩子們歡快的笑聲。

很久沒聽到家裡有這麼放肆的笑聲了，當初接到消息，楊重久久不能相信，正值花兒般年紀的十娘，竟就這麼香消玉殞。可是轉念想到波譎雲詭的京師、豺狼品性的韓家父子，又覺得也不算奇怪。

他越想越恨自己的懦弱，明知道那是個什麼樣的所在，明知道十娘嫁的是什麼樣的人家，他這做哥哥的卻只能眼睜睜看著，還在大難臨頭之前，只顧自己逃離。

楊重覺得自己既對不起養母的撫養之恩，也對不起生母在時對自己的教導，簡直是個徹頭徹尾的不仁不義之徒。

他心情抑鬱，妻子久勸無果，只能約束家裡人，讓他們收斂些，儘量不要惹惱了他，所以這兩個月，家裡安靜得很。

不過此刻楊重真喜歡家裡的熱鬧，這世上他真正關心、在意的人都在這個院子裡，真好。

抱著小女兒看熱鬧的信王妃先發現了站在門口的丈夫，揚聲問道：「謝公子走了？」

「嗯。」楊重笑著應了，邁步往裡走，先扶住搖搖晃晃要跌倒的二郎，又低聲說周媛：「沒見過妳這麼沒良心的，連去送送人家都不肯。」

周媛：「……」

楊重不等她答話，鬆開掙扎著要去玩的二郎，自己走到信王妃跟前，伸手接過女兒抱著，看她睜著烏溜溜的眼睛四處看，喜歡地先親了一口，然後又叮囑：「以後可別學妳姑母那樣。」

信王妃失笑。「這是怎麼了？男女有別，不送也不失禮，而且不是有你嗎？」

「那怎麼一樣。」楊重嘀咕一聲，沒仔細解釋，打算過後再單獨審問周媛。

周媛也不把這事放在心上，反正謝希治是要走的。於是到信王府的第一個晚上，她睡得很踏實，心裡頗有種終於回到家的安定感。

第二日早上見到楊重夫婦，周媛自然神采奕奕，楊重卻像是有意刺探她，吃過飯就說：「謝公子一大早就帶著從人出城去了。」

「喔。」周媛不動聲色地應了聲，雖然本是意料中事，心裡卻有些失落。他們倆最好的結局，恐怕就是相忘於江湖吧。

楊重見她面上看不出什麼，就叫她去書房。「我還有事要問妳。」正好周媛也有很多事想問他，於是兄妹倆一起過去。

在書房坐定後，周媛先問宋俊的為人。

「宋俊算是將門虎子，他爹是第一任嶺南節度使，在嶺南經營日久，根基頗深。宋俊不似其父一味耿直，這些年對朝中的孝敬不少，因此父皇在時待宋俊不壞，給他累加官爵，連韓廣平都對他很客氣。他與裴一敏有些私交，在剿匪平亂時常常聯手，彼此也不爭功，因有此二人在，西南地界倒是難得的安定。」

周媛又追問：「那他待七哥如何？」

楊重伸手往外面一比。「這信王府就是他主持建造的，我住進來之後，幾乎沒改過。如何？是個有心思的人吧？」

周媛雖然只在這裡住了一晚，卻已經發現信王府麻雀雖小，五臟俱全，一應該有的都不缺，外面看著簡單樸素，住起來卻很舒服，看得出是用心建造的，當下就點頭笑道：「是個有玲瓏心肝的。」

「我到郁林之後，一共見過宋俊三次。第一次是剛就藩時，他親自在城外迎接；第二次是他出巡廣州，路過郁林，上門拜訪；最近一次是來送信。」楊重說到這裡，端起茶盞喝了口茶，又瞧了瞧周媛。「就是朝雲公主的訃聞。」

周媛有些驚訝。「這也要他親自來送嗎？」

「他自然還有別的目的。如今天下即將大亂，嶺南地界有我這麼一位在，他怎能不親自來摸摸我的底？」

「那你到底是什麼底？」周媛笑嘻嘻地順勢問道。

楊重瞥她一眼。「妳是什麼底，我就是什麼底！」又說回宋俊。「此人城府頗深，又很會說話，與他交談只覺如沐春風，沒有半點不適之感，往往叫人忽略他本是個武將。每每一通話說過，還是摸不清他到底有何想法，又想從自己這裡知道什麼。」

周媛笑道：「你別光誇他了。別人也許看不透他，我不信你看不透。」

「得了，我有什麼本事？就能看透他了？」楊重搖頭。「我只知道，他眼下應還沒有借勢而起的心。嶺南地處偏遠，遠離中樞，他若貿然行動，只會亂了根基，到頭來不知被誰撿了便宜，得不償失。若我是他，眼下只需把嶺南安定好，靜觀其變就是。」

聽了楊重一番分析，周媛終於放心。「他沒有別的心思就好，咱們也能有幾年安生日子過。」

到此，楊重終於反問周媛：「妳是不是該跟我好好說說楊宇和謝家的事？」

關於楊宇的事，周媛還真想好好跟他說說，於是就把自己知道的都告訴他。先提起歐陽明，又介紹謝家和楊宇的親戚關係，以及楊宇藉著謝家與江南各世家名士往來的事。

「既然如此，謝公子在路上遇見妳，怎麼沒把妳帶回去見楊宇？」楊重終於問出關鍵問題。

周媛張了張嘴，本想撒謊，說謝希治不知道她是公主，可立即覺得很蠢，便另換了說詞。「他跟其他謝家人不大一樣。謝三公子單獨住在城內，據說是因自幼身體不好，要獨居養病。他不喜交際，凡出門都是為了品美食……」

「是嗎？那他是怎麼吃到周祿做的鯰魚燉茄子？」楊重插嘴，問完還吧嗒一下。「鯰魚燉茄子是什麼味道？」

周媛無語，兄妹倆大眼瞪小眼，最後周媛耍無賴。「你想吃，改天叫周祿做給你吃。」

「哦……」楊重拖著長聲應了，然後示意周媛繼續說。

周媛被他打岔弄得滿心慌張，好不容易才接回原話，再給他說謝希治跟家族的不和。

「也許是不齒楊宇要利用婦孺的作風吧，他說不會把我的行蹤告訴家裡。」她笑了笑。「他也天真，就算他不說，難道他身邊的從人還能不回報？」

楊重有些驚異地看著周媛。「是妳天真還是他天真？他出門帶著的人會不是自己的心腹？誰敢不聽他的話，私自回去傳信？」

周媛蹙眉。「可是他一貫深居簡出，又不曾出仕，能有幾個心腹？他身邊那麼多人呢，難保沒有一、兩個謝岷安排的。再說了，他身邊肯定有裴一敏的人。」

「裴一敏的人另說。」楊重不是很贊同周媛的想法。「我聽他言談之中，也是走過很多地方的人，這種世家公子出門，身邊跟著的人哪會少？且他又跟著杜允昇讀過書，離開謝家的時日恐怕不短，怎麼會不培植自己的心腹？謝岷就算想讓人跟著他，恐怕走沒多遠就被甩下了。山高水遠的，謝岷能拿他如何？」

是這樣嗎？謝希治也有這樣的一面？周媛覺得自己想的好像都被顛覆了，不由仔細回想這十餘天的同行，他的隨從好像確實都對他十分恭敬，無人對他的命令提出質疑和反駁。難道謝希治還是個扮豬吃老虎的大白兔不成？

楊重看周媛似乎有些不相信，笑道：「難道妳看謝公子是那種唯尊長之命是從的人嗎？若真是那樣，他就不會獨自住在城裡了。養病是個誰都看得出來的藉口，他必定不是肯讓人搓圓捏扁的人。」

那又怎麼樣？他還不是不能決定自己的婚事。周媛默默想道。

誰知楊重居然也問到這個問題。「謝公子年紀不小了吧，可曾婚配？」

「應是沒有成親，至於有沒有訂親就不知道了。」那時候他去徐州，不就是要相親的嗎？

還沒成親啊！不過他家裡既然肯容他拖到現在，必是想要結一門上好的親事。可惜十娘已經嫁過一回，他們兄妹又沒有爭權奪利的慾望，恐怕難以促成這一對了。

周媛看楊重似乎在思量什麼事，不想讓他把心思放在她跟謝希治身上，就故意開口轉移話題。「反正謝家是要支持楊宇了。局勢會如何變化，眼下還不好說，但居安思危，七哥，萬一有朝一日，大秦真的落入他人之手，你可有什麼打算？」

楊重很感興趣地反問她：「十娘有何高見？」

「我沒有高見，全聽七哥的。」周媛笑嘻嘻答道。

楊重屈指輕輕敲擊椅子扶手，慢慢說道：「我倒是有個想法，說出來怕妳笑我異想天開。」

周媛立刻收了笑容，挺直背脊好好坐著，正色說道：「你說，我保證不笑。」

第三十八章

楊重斜她一眼，自己反而笑了。「我到郁林以後，雖然俸祿定時都有宋俊著人送來，一分一毫不少，可還是不大夠使，我就讓人想辦法去摻和了採南珠。」看周媛不明白，又解釋道：「合浦就在郁林西南方，距此不過兩百餘里。合浦進貢的走盤珠，妳也曾見過的。」

原來如此，他居然還摻和了採珠業，這可是很賺錢的行當！周媛讚嘆道：「七哥真有本事！」

語氣之諂媚，讓楊重受不了，乾脆不理她，繼續說自己的打算。「合浦有個廉州港，原是海上商船往來停靠的大港口，不過近些年商船多東移到泉州登岸，廉州港漸漸冷落起來，我在那裡停了一艘海船……」

周媛的眼睛亮了起來，什麼叫不謀而合，這就是！

「從廉州出海繞過瓊州島，再向東南航行，便有許多大大小小的海島。我聽說，有些島上還住著人。」楊重看周媛的眼睛瞪得大大的，臉上還有興奮的神情，心裡有些意外，更多的是高興，終於有人對他的打算感興趣了。

周媛聽得十分興奮，又追問楊重是怎麼弄到海船的，有沒有舵手、船工？

楊重說是花錢買的，如今沒錢了，便沒招募船員，也不曾出去探查海島。

周媛聽了就說：「倒也不急，哪有那麼快就亂起來？我來的路上還聽說許多流言，什麼吳王有造反之意，什麼韓廣平與蘭太后私交不淺。」都交到宮廷內帷去了。

「是誰散播的？」

周媛笑答：「我猜是桂王。之前在柳州作亂的亂民被宋俊擊潰後向北逃逸，有許多被桂王收在旗下，他還縱容亂民出去劫掠。」

楊重還是第一次聽說桂王的事，當下叫人進來鋪紙研墨，開始在紙上列。「北方有張勇和王敖舊部，東面有楊宇，這邊還有桂王，韓廣平的日子不好過呀。」

周媛看這樣不清楚，索性挑了枝最硬最細的筆，在紙上約略畫出地圖，估算著大概方位，在圖上點了幾個點，分別標上「張」、「王」、「吳」、「桂」等字，然後在中間畫一個大圈，寫上京師，再把自己現在所處的位置點出，感嘆：「還好，離我們都遠。」

兄妹倆對著這張簡易地圖研究了一個上午，直到信王妃派人叫他們進去吃飯才罷。

其後幾日，他們多半都聚在一起研究時局並互通有無，楊重偶爾會拿謝希治來逗逗周媛，奈何周媛早已練就不動聲色的本事，楊重探不到什麼，只得作罷，漸漸不再提起謝希治的事。

過了端午以後，天氣熱起來，周媛跟楊重也談得差不多了，於是把自己的家當交了大半給他，讓他拿去用在需要的地方。

楊重不要，說讓她留著當嫁妝。

兩人爭來爭去，最後周媛說：「反正眼下又沒合適的，我留嫁妝做什麼？你先拿去使，將來若真要嫁人了，再給我置辦也不晚。再說了，非得我嫁嗎？實在不行，招個上門女婿，連嫁妝都省了！」

把楊重聽得直笑，收了錢，說以後十倍還她。

至此，周媛再沒什麼掛記的，專心陪兩個姪子玩去了。

兩個姪子，大郎五歲，二郎兩歲多，一個機靈、一個憨厚，都是好玩的年紀。她整日哄著孩子玩，偶爾想起揚州和京城，覺得像是前生似的，外面的風雨好像也離得很遠。她慢慢長了些肉，臉上更多了光澤。

這日，她正歡快地吃著荔枝，腦子裡還反覆唸著那兩句「日啖荔枝三百顆，不辭長作嶺南人」時，周祿忽然竄了進來。「公主，宋使君和謝三公子來了。」

周媛剛把一顆荔枝塞進嘴裡，乍然聽見這話，險些把圓滾滾的荔枝生吞下去。她嗆了下，把荔枝嚼一嚼吐出核來，問道：「你說誰來了？宋俊和謝希治？」

「是，王爺已經出去見了。」

他們一起來幹麼？周媛坐直身子，吩咐道：「你叫周松悄悄去探聽探聽，看看是什麼事。」

謝希治從信王府離開之前，信王曾請他暫時對周媛的身分保密，只說是順路遇見王妃家裡的親戚，然後幫著送到郁林，這樣在面對宋俊時也有話說。畢竟謝希治帶幾個大活人到了郁林、還見過信王的事瞞不了人。

宋俊到這裡來，應該不是為了她，該不會又有什麼不好的消息吧？

果然被周媛猜對了，宋俊到信王府來，確實沒帶來好消息。

「……河南道去歲遭了旱災，如此強征暴斂，怎能不激起民憤？最近還有個叫劉青的私鹽販子，自封討逆大都督，舉旗傳檄，要討伐韓相爺父子。」宋俊說話聲音洪亮，卻又刻意放慢語速，不讓自己顯得那麼咄咄逼人。

楊重在宋俊面前一貫是老好人模樣，聽了這番話，便滿面愁容地說：「那可如何是好？北方本就亂了，這真是……」搖頭嘆氣，一副深以為憂的模樣。

謝希治坐在下首，看楊重的作態，實在有些想笑。這位信王跟周媛雖然在容貌上沒什麼相像的地方，可行事作風、某些方面的神韻還真是挺像的。

宋俊臉上的憂愁並不比楊重少。「殿下說得是，臣每每想起，也常以此為憂，深恨不能為國家效力。皇上和韓相爺都命臣只需將嶺南守好，就是對皇上盡忠了，孰料還是出了柳州之事，連殿下的親眷都受盜匪襲擾，臣真是愧悔無地。」

楊重忙稱家人無事，又好好誇讚了宋俊能幹一番。

宋俊做出感激涕零的表情，道：「殿下真是寬宏大量，難怪朝中有人提議，請您回去主事呢。」

楊重險些被這句話給嚇掉了椅子。「什、什麼？這是誰想的主意？我、我哪懂這些國家大事？」臉都脹紅了，連連擺手。「宋卿是知道我的，萬事不理，只能做個甩手掌櫃，家裡的事都是王妃和長史作主。」

「殿下太自謙了，其實這事務麼，都是慢慢學著去理，誰也不是天生就會的。」宋俊說到這裡，話鋒一轉。「不過嶺南潮熱，殿下到此以後，多有不適應的時候，臣瞧著殿下比上次瘦了，近來可是身體不適？」

楊重呆滯了一會兒，摸著自己富態的肚子，連連點頭。「正是，前些日子中了暑，剛好沒幾日，現下胃腸還不太舒坦呢，每日只能食粥。」

宋俊一臉殷切關心的樣子。「是嗎？臣府中倒有幾位大夫擅長看腸胃，不如遣來與殿下醫治如何？」

「甚好甚好，那就多謝宋卿了。」

宋俊忙起身回禮，又推薦楊重一些食補方子。

從頭到尾沒出一聲的謝希治簡直嘆為觀止，這兩人也太會演了吧！這屋子裡也沒別人，需要演得這麼逼真嗎？杜先生說的真是太對了，凡是官運亨通、高高在上的人物，都是一把唱戲的好手。

他正暗自讚嘆，不防宋俊忽然把話題引到了他身上。

「殿下覺得懷仁如何？」

楊重跟宋俊一起看向謝希治，笑道：「謝公子乃人中龍鳳，他日必前程遠大。」

宋俊點頭。「殿下好眼力。既有殿下這句話，臣就不管不顧，硬把懷仁留下了。」哈哈一笑。「裴使君定想不到，他把外甥派了做信使，竟會被臣這麼留下，一去不歸了。」

楊重做出感興趣的樣子，問：「宋卿的意思是？」

「因有柳州的事，臣把謝司馬派去柳州坐鎮，這兩月總覺手下缺人，許多事少了人商量，可巧懷仁就來了。姪代叔職，豈不正好？」宋俊捋捋自己的虯髯。「殿下您說，臣這盤算如何？」

楊重笑道：「宋卿這盤算，西南地界能及得上的，也只有裴卿了。」又看向謝希治。「只是不知謝公子是否願意，若謝公子別有打算，宋卿也不好太勉強。」

宋俊聽了，便看謝希治，等他回答。

謝希治這才站起身來，分別向兩人拱了拱手，答道：「能得使君如此看重，是希治三生有幸，自當為使君效犬馬之勞。」

宋俊哈哈大笑。「好好好。」又謝楊重幫他說話。

楊重跟他客套了幾句，要留他們吃飯，宋俊忙推辭。「臣此次乃是路過郁林，實在不能久留，廣州那裡還有事等著辦。當此非常時刻，臣不得不謹慎行事。殿下身體違和，也該好好休養，臣就不攪擾了。」

楊重也不強留，又對宋俊道了幾句謝。宋俊喝完茶，起身帶著謝希治告辭。「回程時再來拜見殿下。」

楊重親自把人送到門口，看著他們上馬走了，才回書房。

他獨自坐著尋思了一會兒，然後起身去尋周媛。

周媛正想找他呢，書房那邊，周松靠近不得，並沒探到消息，正著急著。

楊重見了她，就把宋俊的話一一說了。「他這是來給我賣好了，趁著朝廷還沒有旨意下來，讓我裝病避過。」

「找你進京做什麼？京裡不是有楊川嗎？想平息民憤也輪不到你啊！」

楊重伸手揪起一顆荔枝，答道：「五哥也一直『病著』呢，他現在可算是陷在京裡了。」一邊說、一邊剝荔枝吃。

周媛哼了一聲。「那怪得了誰？當初都下旨命他們就藩了，卻怕離京討不到便宜，誰也不肯走，現在陷在京城也是活該。哎，你少吃幾顆，這是我的！你不是腸胃不好嗎？」

楊重不理她，又揪了兩顆，回道：「其實五哥不是不想走，只是淑妃娘娘捨不得他走。當然，淑妃娘娘也是想看看能不能再從父皇那裡得些好處。」

「這就是自作孽不可活。」周媛跟誠王楊川沒啥交情，所以一副看熱鬧的口氣。

楊重伸手拍了她頭頂一下。「妳行了啊，五哥又沒招妳！再說了，我倒盼著他能熬下來，最後力挽狂瀾，把韓廣平父子收拾了，那妳我就不用出海漂泊了。」

周媛撇嘴。「他行嗎？就算他行，到時憑什麼照顧你我啊？你跟他也許還有點交情，至於我，呵呵，不把我當韓家餘孽就不錯了。」

「唉，妳不要這麼想，當初在宮裡，誰不是戴著面具過活？五哥其實人還不壞。」楊重說不通周媛，便就此打住，沒再多說，轉而談起謝希治。「妳說宋俊當著我的面提這些是什麼意思？」

「難道他和謝家結盟了？」

「我看不像。而且妳不是說謝公子跟家裡想法不同嗎？」

周媛的目光漸漸凝重。「其實我也不能確定，也許他現在變了呢？」

被懷疑有所改變的謝希治，此刻正與宋俊在大太陽底下騎馬往外走。

「懷仁覺得，信王殿下為人如何？」

謝希治聞言一愣，又回頭望了幾乎已經看不見的信王府一眼，然後才看著宋俊答道：「大智若愚。」

宋俊滿意地笑了。「我看殿下很欣賞你，你又救了王妃的表妹，以後跟信王府有關的事，就交給你辦吧。我已經給你父親去了信，你二叔應該也給揚州家裡通過信，以後只管放心留下。」

謝希治在馬上一躬身，不卑不亢地答道：「多謝使君成全。」

「跟我不必如此客套。」宋俊說完這句，又笑著打趣他。「你不必心急，過些日子我就放你回來，順路給信王殿下送些東西。」剛才出了信王府不遠，就看見謝希治回頭望向王府，回想起他婉拒自己要招他做女婿的好意，頓時明白了原因。

謝希治覺得這太陽格外地曬，讓他臉上都覺得熱了，但還是故作鎮定地答：「謹遵使君之命。」

宋俊擺擺手。「好了好了，我這人不耐客套，在我面前不用這麼一板一眼、畢恭畢敬地說話。走吧，咱們先找地方吃飯。」

謝希治沒有再回頭，跟著宋俊縱馬，向前飛馳而去。

後面也騎著馬飛奔的長壽連連叫苦。「公子這是怎麼了？忽然就說要留在嶺南，還如此辛苦地跟著宋使君出去巡視。」實在太不像平常懶怠動彈的他了。

「你哪那麼多廢話！」無病揮鞭在長壽的馬上一抽，讓馬兒更加快速地奔跑，然後嘀咕一句：「還能怎麼了？鬼迷心竅了唄！」

謝希治並不覺著自己是鬼迷心竅，正為自己終於走上獨立自主、隨心所欲的路而舒心暢意。那個名實不符的家，他早就不想回去了。

以前，他以為自己已足夠清楚謝家和祖父的想法，在周媛離開揚州、他遍尋不獲之下，甚至都打算聽從家裡的意思，留在裴一敏身邊做事，為楊宇的「大業」出一分力。可是就在那次遇襲時，有人告訴了他真相。

「謝公子，家主實在仰慕謝家人的風采，只是想請您去作客，順便聽聽公子對天下大勢的看法罷了，您何必如此不通情理？再說是否同道中人，總要談了才知道。據我所知，謝家有意扶持吳王，真是不得不佩服謝太傅的手段。」

那人留著一把大鬍子，看起來像個山匪，說起話來卻絲毫不見匪氣，只是有些調侃諷刺。「當日先帝初即位時，本有心做一番事業，曾任用賢臣厲行革新，以期重振國運。奈何有些官高祿重之輩不願讓權讓利於人，百般阻撓，在先帝面前屢進讒言，使得革新停滯，還引狼入室，迫使賢臣辭官而去，讓韓廣平把持了大權。」

說到這裡，那人振了振手中大刀，嘿嘿一笑。「等爭不過韓廣平時，再一副深受迫害排擠、君王有眼無珠的模樣，辭官而去，轉身另投他主。然後瞧著韓氏父子敗壞朝綱，到烽煙四起之時振臂高呼，聲稱不忍看天下蒼生受苦，號召天下義士討伐韓氏父子。

「將來大事得成，廢帝再立，謝家就是大秦第一等有功勞的世家，謝太傅真不愧是謝家百年來不世出的奇才，此等盤算，世間有幾人能及？」

謝希治從沒聽說這段舊事，他知道祖父辭官是與韓廣平政見不合，也知道祖父不贊同變法，認為太過激進，卻怎麼也不相信祖父當年會聯合韓廣平排擠賢臣，且就是引狼入室的元凶！

所以受傷後醒來的他，幾乎懷疑了一切，甚至曾懷疑周媛接近他是別有目的，誤會她是不是想透過他讓吳王和謝家為她出頭，聲討韓氏父子。

那段養傷的時光，他沒有與外界聯絡，覺得整個世界都欺騙了他，不想再與那些人有任何瓜葛。

現在再回想那段日子，謝希治不知道自己是怎麼冷靜下來的，也許是葉家灣平淡安寧的生活，也許是周家與眾不同的美食，也許是因為他又見到了周媛。總之，他慢慢冷靜了下來，恢復理智的思考。

首先，周媛不可能有那樣的想法，不然不會跑得比誰都快，而且她也不是對權勢和地位有執念的人，應該只想過平淡自由的日子，從她第二次毫不遲疑地逃跑就看得出。

謝希治覺得自己不該聽信一面之詞，就懷著僥倖之心寫信給杜允昇，問起當年的事。

可是，杜允昇的回信打破了他僅剩的希望，讓他對謝家徹底失望。

信是在邕州收到的，恰好其時他與宋俊談得投機，宋俊是難得的亂世中卻還有忠義之心、想盡力保全自己治下之民的好官，算是與謝希治不謀而合。他當機立斷，主動要求投入宋俊門下。

宋俊求之不得，兩人幾番懇談之下，相見恨晚，謝希治願意從此留在嶺南，宋俊也答應替他撐腰，讓他不受謝家羈絆，賓主相得由此而始。

第三十九章

謝希治從廣州回到郁林時，已是八月初，宋俊讓他給信王捎了幾車中秋節禮。入住驛站後，他先給信王府送帖子，得了回信，第二日才帶著禮物親自上門。

一個多月不見，信王好像胖了些，看來「養病」養得很舒服。

楊重上前扶住欲行禮的謝希治，又問宋俊好，然後才給他讓座，命上茶。「謝公子好像黑了些？這一路上趕路辛苦了吧？」

謝希治答道：「倒不是路上辛苦。在廣州這段時日，時時都要跟著使君出門，還隨船出海，難免曬黑。」說完又笑道：「殿下千萬莫再如此稱呼，臣表字懷仁，殿下若不嫌棄，儘管以字稱呼。」

他已在宋俊身邊領了判官的職，所以改自稱為臣。

楊重從善如流。「懷仁，此字當真不錯，可是令尊為你取的？」

謝希治搖頭。「是臣的老師杜先生所取。」

「唔，早聽聞杜先生學富五車、博聞強識，可惜不曾有緣得見。」

謝希治替杜允昇謙虛了兩句，還說若杜先生到嶺南來，定引薦他們相見。

楊重敏感地發現謝希治這次的態度與前兩次見面時完全不同，少了些清高疏離，多了熱忱親和，讓他們的對話更順利地延續下來。

寒暄過後，楊重問起廣州的風土人情，聽說那裡大船參天、萬船爭先，又有各地商人往來其間，甚至有許多奇裝異服、高鼻深目的異族人，十分熱鬧繁華，可惜自己不能離開藩地，無緣一見。

謝希治順著他的話說道：「如今時局變幻，倒也難說得很。聽說京中已下旨召興王入京輔政，使者應該在路上了。」

動作這麼快？這麼一來，在外面的先帝之子豈不是只剩自己了？楊重暗自決定，將「養病」進行到底。

兩人正說著話，本該靜悄悄的外面卻忽然傳來童聲，楊重看了安榮一眼，安榮忙躬身退出去查看，不一時，牽著一名五、六歲的小男孩走回來。「殿下，大郎非要見您。」

「爹爹這裡有客人，你怎麼跑出來淘氣了？」楊重蹙眉問大郎。

大郎也不怕他，先好奇地看看謝希治，然後才答：「姑母要下廚做午飯，遣人來問阿爹想吃什麼，總是沒人回報，我就自己來問了。」

想是下人看著有客人在，不敢來問，於是這個孩子便自己跑來了。楊重先抱歉地看了謝希治一下，然後才跟大郎說：「你去跟你姑母說，叫她別胡鬧，上次說要炒芝麻，把鍋都炒糊了，這次別再把廚房燒了，咱們誰也吃不成飯！」

又吩咐安榮：「你找周松和周祿去看著她，說我要留謝公子吃飯，讓她別搗亂，叫廚房好好做一桌酒席來。」

安榮點頭應了。「老奴親自去看著，殿下放心。」說完就要拉大郎走。

誰知大郎還不肯，只望著謝希治，問他爹：「這位先生是誰呀？」

這熊孩子，都被他姑母教壞了！楊重無奈，只得讓安榮先去，自己把大郎叫過來給他介紹。「這位是謝公子，曾經救過你姑母，你叫一聲謝先生倒也使得。」

謝希治連稱不敢。「臣哪敢當『先生』二字。」

大郎卻聽話地上前一步行禮，兩個小拳頭放在胸前抱緊，一板一眼地行禮說道：「見過謝先生。」

謝希治忙起身避過，也給大郎回了一禮。

楊重把孩子拉回來抱在懷裡，笑道：「懷仁坐，不用這麼拘謹。這孩子生長於鄉野中，沒好好學過禮儀，更不曾開蒙唸書，我還想託宋卿和你幫著留意一下，可有賦閒的老夫子，給我們引薦引薦，好教教這孩子讀書識字。」

「我識字啦！」大郎忽然出聲接道。「姑母教我寫的字，我都會寫了！」

謝希治忍俊不禁，實在是第一回看見這麼活潑又不敬畏父親的孩子，再聽他說是周媛教他寫字，心裡不由想道：你姑母的字還是我指點過的呢，憑她本來的書法，要教孩子可是誤人子弟。一念既起，當初兩人學琴練字的時光輪番在腦海裡閃現，笑容不由加深了些。

楊重很不好意思，伸手輕拍兒子的腦門，教訓道：「你那也叫識字？三天打魚兩天曬網的，等我尋個厲害的先生管你！」又對謝希治笑道：「讓你見笑了。」

「殿下哪裡的話，大郎活潑可愛，實在難得。」謝希治說的倒是真心話。

書房裡是一片歡樂祥和，廚房裡可就不大愉快了。

周媛怎麼也想不到，大郎那個小傢伙竟然自己跑去了書房！她能明白小傢伙想討好她的心情，可是她不想讓人知道今天午飯是她做的啊！

她不過是聽說謝希治來了，一時心血來潮，想給他做個疙瘩湯，怎麼就這麼難！先是廚房眾人阻撓，一致認為她上次炒芝麻時太不靠譜，活活浪費了一鍋芝麻，還把鍋燒得黑漆漆，害他們挨了王爺一頓罵。

待她好不容易搞定一眾廚娘下人後，派去問菜單的人沒回來，剛想自己決定時，安榮來了，還告訴她一個很不幸的消息：大郎跑去王爺書房，把她給出賣了。

最無語的是，安榮聲稱要親自下廚，請公主殿下回去歇著，想吃什麼告訴他就可以了。周媛死活不肯走，信王府就這麼間廚房，她走了可沒別的地方做飯了，於是只得跟安榮商量，說她只要一個小火爐，隨便給她一個什麼鍋都行，再要點麵粉、蔬菜、鮮菇和雞肉就好。

安榮見趕不走她，最後只能讓周祿在旁看著，給了她要的東西，讓她蹲一邊研究去。

其實疙瘩湯算是周媛比較拿手的，所以這回她沒闖禍，等安榮把一桌席面做好送去後，她的疙瘩湯也起鍋了。周媛挑了一只好看的白瓷湯碗，把散發濃香的疙瘩湯盛進去，又在上面撒了點綠油油的蔥花和香菜，滴幾滴香油，然後就讓下人送去了前院。

疙瘩湯端上去時，楊重跟謝希治已經各飲了三杯酒，正說到從廣州帶來的禮物裡，有些大秦沒有的食材，可以讓廚房做了試試滋味。

謝希治聞見熟悉的香味，再看到一大碗麵湯被端上來，口中說著的話不由停了下來。

白底青花瓷碗裡裝著的麵湯隱隱可見一粒一粒的麵疙瘩，中間還夾雜橙色胡蘿蔔丁、淺紅的肉、白嫩的蘑菇，再配上綠色的蔥花、香菜，看起來就賞心悅目。

他的表情不可避免地出現了一絲懷念和恍惚，頓時把正研究這碗湯的楊重給吸引過去。他故意清咳了一聲，問下人：「這是什麼湯？」

「回殿下，是麵疙瘩湯。」

楊重見謝希治望過來，就繼續問：「誰做的？」安榮都已經換了衣服來服侍，肯定不是他做的，再說這東西他應該也不會做。

那下人早已得了囑咐，答道：「是周公公做的。」

「周祿？」十娘把兩個內侍的姓都給改了，光說周公公他還不確定是誰，不過周松的確不會下廚。

「是。」

安榮上前，拿兩只小碗分別給楊重和謝希治各盛了一碗，送到面前去。

楊重接過吃了一口，點頭讚道：「還真不錯。懷仁以前吃過這個？」

謝希治正看著碗裡的疙瘩湯發愣，聽見這句問話，猶豫了一下，覺得沒必要撒謊，反正上次連鯰魚燉茄子都說過了，於是點頭道：「嚐過兩次。」

楊重笑了笑，不再說話，專心喝完湯，然後等謝希治也喝完一碗，才又問：「這麼說來，懷仁與舍妹在揚州就相識了？」

他不知道嗎？謝希治一時不知該不該說實話，呆住了。

楊重看他這樣，收起笑容，嘆了口氣。「我和十娘都是幼年喪母，我比她好些，當初被送到十娘生母白婕妤的宮內撫養。白母妃為人溫柔體貼，待我是十分盡心的，十娘小時候伶俐活潑，與我十分親近，我因此多過了幾年好時光。」

謝希治在回驛站的路上，還一直回想楊重的話。

「……我們這樣的人，從小就知道一個道理，靠什麼都會倒，只有自己才最可靠。所以我自己謀劃就藩，她自己謀劃出逃，如果一切等著旁人，現在我們兄妹倆早已死無葬身之地。

「她身為女子，行事比我更艱難些。到現在我都想像不出，她是怎麼下了那個決心，逃向她一無所知的世界。更佩服她謀定後動，能將一切都準備得妥妥貼貼，選在最合適的時機離開京師，然後神不知鬼不覺地到了江南。」

是啊，這些日子他偶爾想起周媛，也不免會想像她當初是怎麼從京裡逃出來的？路上遇見什麼事？怎麼就到了揚州安頓？她做的假身分，連歐陽明親自去了臨汾都沒能查出端倪，她一個弱女子，究竟是如何做到的？

她從揚州再次出逃，他最生氣的一點，就是想到周媛可能是故意趁著他不在揚州時離開的。但他最難以接受、最讓他懷疑周媛對他到底有沒有情意的一點，是當初臨別時的對話。

「若有一天，你發現你所認識的東西，根本不是你以為的那樣，你會如何？」

這讓後來的他常常懷疑她接近他是別有目的，在臨別時忽然心生愧意，才如此發問。回想他當時的不捨和依戀，更覺受了侮辱，臉上火辣辣地疼。

可是最近再想起此事，他不由不佩服周媛的果斷以及善於判斷時機，她若是再慢上兩步，等他從徐州回來，只怕一切為時已晚，現在的情況也將大大不同。

「……十娘跟我既不受父皇寵愛，又沒了母親庇護，自然只能忍氣吞聲度日。我那時還好，為白母妃服過喪後就出宮成婚，好歹有了點自由，她卻小小年紀就得寄人籬下。本來若沒有韓家的事，待她熬到了年紀，宗正寺隨便給她選個駙馬，她有公主的身分，從此自己作主，也就算是熬出頭了。

「誰知偏偏許給了韓肅呢。韓廣平是什麼樣的人，我們這些生長於宮廷的人是最知道的，連廢太子見了都要執禮甚恭，哪會願意娶十娘這樣一個沒什麼助力的兒媳婦？公主又如何，在他們父子眼裡，我們這些皇子都不算什麼，何況公主？」

謝希治覺得胸腔裡有一點疼，自從知道周媛的真實身分以後，他最不願意想起的，就是當初他在京師天街旁目睹的那一幕。

擁擠的人群、開道的羽林衛、此起彼落的議論、對韓家的推崇，以及對皇家的貶低。

當時他一時不忿，開口將韓廣平比做曹孟德，卻被二哥當場拉走，沒有看到後面的迎親送嫁隊伍，只跟二哥嘀咕一句：「可憐這位公主了。」

誰能想到，當日為人所欣羨的朝雲公主，就是後來的周十娘呢？更想不到他曾經惋惜同情的對象，就是日後心儀的人。

「我與懷仁說這些，並不是想求同情。你也看到了，我們現在都熬出來了。我只是很關心她在揚州的生活，她到我這裡之後，只約略講了經過，總不肯與我提及詳情，我這做兄長的難免擔憂。懷仁既然在揚州即與十娘相識，能不能把你知道的與我說一說？」

謝希治實在不知從何說起，更何況周媛不肯說，自有她的想法，他也不願就這麼把他們之間的事告訴信王，於是最後只提了周媛讓周祿在家裡做點心，售賣給歐陽明的事。

今日的疙瘩湯真別有一番滋味，再想起大郎所說的話，謝希治唇邊不由露出笑意。她一定不知道，他能分辨出不同人做的味道吧？

她這個小娘子，狠心的時候是真狠心，可心軟的時候也是真心軟。回想之前養傷時，每日不重複的各式飯菜，還有各種各樣滋補的湯，謝希治真想再傷一回或是病一場。

咦，好像真是個很不錯的主意啊，他看看近在咫尺的驛站，忽然想道。

同一片天空下的信王府裡，周媛忽然打了個噴嚏，然後嘀咕一聲：「誰罵我呢？」

「妳別又混攪亂。我問妳，為什麼瞞著我在揚州做過的事，可是做了什麼虧心事？」楊重坐在周媛另一邊，追問道。

周媛哼了哼。「誰瞞著你了？本來就沒什麼可說的。要緊的都告訴你了，難道還要我連每日怎麼過的、吃了什麼都告訴你啊？我也想不起來！」

楊重瞪她。「誰說這個了？妳怎麼不告訴我，妳還懂做生意，跟歐陽明賣點心？」

原來是這事。周媛悄悄鬆了口氣，答道：「這個啊，也是為了掩人耳目而已，本沒指望著賺回什麼錢來。心想有我七哥給的一千貫，我是衣食無憂了，哪還當真想著要做營生養家。」

又拿這一千貫說事。楊重很無奈，白了周媛一眼，正色說道：「快別嬉皮笑臉了，我有正事。咱們現在正是缺錢的時候，得當真想些營生養家！我覺得做點心生意不錯，郁林往來客商不少，還有飄洋過海來的異族人，咱們買個臨街的鋪子，開間食肆兼賣點心，一準賺錢。」

第四十章

除了要整修海船、添上火炮，再招募船工、水手之外，信王府上還有衛隊和屬官要養。屬官因有宋俊插手，選來的都是得力之人，楊重自然想多多籠絡，雖然朝廷也給他們俸祿，可他還是希望盡己所能，讓盡心盡力跟著他的人過好日子。

周媛聽他說了緣故，又一筆一筆算帳，不由笑道：「我倒不知你什麼時候學會算這些帳了。好好好，我們來商量怎麼賺更多的錢。真是的，我本以為你摻和了採南珠，就該日進斗金，沒想到還要做我們本來的小本買賣。」

「啊喲，我要不是親眼所見、親耳所聽，真不相信這番對話是從你們兄妹口裡說出來的！」信王妃手裡捏著一張單子，站在門口笑道。「沒聽說哪朝哪代的公主、親王還要做小本買賣賺錢。」

周媛忙站起來，請她進來坐。「沒法子，七哥要養的人太多。」

楊重嘆氣。「是啊，一家之主難做！」又問妻子：「妳這是有事？」

信王妃點頭，揚了揚手裡的大紅灑金帖子。「想給你們瞧瞧宋俊的禮單。」

禮單足足有三張，大部分禮物看來不甚值錢，多是廣州土產，另有一些舶來的新鮮玩物和奇異果蔬。信王妃要楊重和周媛看的，是夾藏在禮單中的天竺香料和幾十顆各式寶石。

楊重算算數量，咋舌道：「宋俊做什麼送如此大禮？」

信王妃說：「我就是看著不大對勁，才拿給你瞧瞧。」

周媛的注意力則在那些食物上。「番椒是什麼？番薯難道是土豆？或者地瓜？」拉住信王妃的袖子。「嫂嫂，這些東西在哪兒？」

「安榮正往庫裡收呢。」

周媛把那張單子單取出來，抬腳就跑。「你們先聊著，我去瞧瞧！」

楊重：「……」除了吃，這丫頭還能不能關心點別的？

周媛一路小跑到了內庫門口，拉著安榮問：「帖上的這幾樣東西呢？」

安榮指著門口的一堆袋子。「老奴也不知哪個是哪個，都放在那裡，想著一會兒送到廚房去。」

周媛走過去，扒開外面的布袋，見裡面裝了十幾顆黃澄澄外皮、生著六角形刺瘤的果實，不由激動地叫了一聲：「哇，鳳梨！」伸手就提了一顆出來，然後叫周祿：「用尖的刀子把外面這些東西剜去，然後切成小塊浸上鹽水。」

然後又興奮地去扒下一個布袋。「呀，是地瓜！天啊，這是辣椒嗎？啊哈哈，居然有辣椒！」

等她總結完收穫，就開始安排晚餐。「把番薯拿回去做拔絲。乾辣椒真是好物，既可以吃，還可以把籽弄出來種。嗯，晚上是做水煮魚，還是水煮肉片呢？」

周媛把口味和做的步驟跟周祿說了，讓他自己研究，反正她只知道要有辣椒和麻椒，沒麻椒用花椒也湊合。安排完，她親自端著一大盤泡好的鳳梨，再帶著兩個小姪子，回去找哥哥嫂嫂吃水果。

「妳說有妳這樣的嗎？跟妳商量正事呢，妳卻丟下一句話就跑去找吃的了，也不害臊！」楊重一邊說、一邊用小銀叉叉起一塊鳳梨吃了。「唔，還不錯。」

周媛反駁：「我這也是正事！不是說開食肆嗎？這城裡食肆這麼多，咱們要沒有一點獨門秘技，怎麼能財源滾滾啊？晚上你就等著大開眼界吧！」又跟楊重商量好了，讓他先安排人去看鋪面，然後她在家跟周祿、安榮研究食譜。

有了辣椒以後，他們可做的菜大大增加，雖然只有乾辣椒，但調味方面還是進了一大步。隨後幾天，周媛嘗試了許多種不同的做法，包括水煮肉片、辣子雞、魚香肉絲、宮保雞丁、麻婆豆腐等等，直把信王府眾人吃得頻頻上火。

最後，楊重受不了了。「那番椒也是有數的，妳別一個勁兒吃，都吃光了。」

「這才吃多少呀？調味根本用不了多少。」周媛正吃得歡快呢，哪肯就此收手。「好了，知道你怕辣，我們不是也有不辣的菜嗎？」

楊重憤憤地瞪了她一眼，又問：「妳怎麼知道這東西要怎麼吃？」

周媛滿面陶醉地看天。「這叫天賦。」

楊重想拿杯子丟她。「別臭美了！我的人尋了幾個鋪面，不過都是只租不賣，妳帶周祿去瞧瞧。還有，妳叫周祿再收兩個徒弟指點指點，不然怕開了食肆忙不過來。」

「好了，我知道，這個好辦，二喜現在已經能獨當一面地做點心了。」周媛應承了楊重，第二天就要帶著春杏、二喜和周祿去看鋪面。

她到郁林以後，天氣一直很熱，所以她懶得出去，始終窩在家裡逗姪子玩。這次為了正事，還真是頭一遭出門。

大郎聽說她要出去，抱著她的腿不撒手。「姑母帶我去。」

「好好好，帶你帶你。」周媛無奈。「但是你得聽話，不許亂跑，不然當心被壞人拐走。」

楊重的人一共看好了四家鋪面，彼此間相距都不算遠，周媛一一看過後，選了地段最好的一處，然後讓周松去訂契約。她尋思難得出來一趟，還帶著大郎，就想找一家生意最好的食肆嚐嚐鮮，算是做市場調查。

帶路的人聽了她的吩咐，就引著他們去了郁林城內最大的酒樓。

到了酒樓，周媛手裡牽著的大郎忽然大聲招呼：「謝先生！」一邊叫還一邊揮手。

她順著大郎看的方向瞧去，只見前面有一行人正往酒樓門口走，當中一人青衫磊落，可不正是久違的謝希治。

謝希治聽見有熟悉的童聲叫他，循聲望去，第一眼看見的不是大郎，而是那名亭亭玉立、牽著大郎的少女。

周媛戴了帷帽，謝希治看不清她的容貌，只能從身形看出她似乎圓潤了些，緋紅紗衫白綾裙，迎風而立，飄飄若仙。

謝希治請同來的西域客人先進去就座，又讓隨從官員幫忙招呼，自己走到周媛和大郎跟前站定，先拱了拱手，見周圍沒別人，便低聲說道：「見過公主。」又與大郎打招呼。

「呃，還是叫我十娘吧。」周媛有些不自在，她以為謝希治已經走了，沒想到會當街遇到，一時不知該怎麼跟他交談。

謝希治見周媛沒有說話的意思，就先問：「妳也是來吃飯嗎？」

周媛點頭。「難得出門，帶大郎來嚐嚐鮮。」此時才覺得太陽有點大，拉著大郎要往酒樓裡走，又問謝希治：「三公子是要宴客？」

「嗯，有幾位西域客商，使君命我見一見。」謝希治跟在周媛身旁，與她進了酒樓。

雅室在二樓，二人進去後又一同上樓，周媛用眼角餘光瞟了他幾眼，說道：「看來宋使君很倚重三公子。」他真的曬黑了，不過因此不像以往那樣顯得白皙文弱，整個人似乎多了些活力。

謝希治笑了笑，沒有接這話茬兒，另說道：「這間店的烤乳豬很不錯。」

「喔。」周媛又不知道說什麼了。

謝希治也在悄悄用餘光瞄周媛，發現她又長高了，幾乎快到他耳朵的高度。距離拉近，能看清帷帽下的臉，她臉上似乎長了肉，氣色很不錯，看來在信王府過得很舒服。

兩個人正沈默無語，一直被忽略的大郎忽然開口了。

「謝先生，你什麼時候還來我們家啊？」

謝希治一愣，伸頭看走在周媛另一側的大郎，笑道：「我是想去，可你們家還真不能隨便去呢。」

大郎不明白，眨巴眼睛問：「怎麼不能了？」又拉周媛的手。「姑母，謝先生為什麼不能來？」

「謝先生逗你玩呢，誰說不能？」周媛扯緊了他的手，很想堵住他的嘴，免得他說出什麼讓人尷尬的話來。

大郎嘻嘻一笑，對謝希治說：「你看，我姑母都說能了，謝先生一會兒跟我們去玩吧。」

謝希治笑著看了垂頭的周媛一眼，應道：「今日不成，我還有事，改日我再登門拜訪。」

「那謝先生什麼時候來？姑母說晚上回去烤肉吃！」大郎的語氣充滿憧憬。「還有，二郎也想見謝先生呢。」

二郎怎麼會知道「謝先生」是誰，還想見他？這是什麼時候的事啊？

周媛快昏倒了，再次深深地覺得，大郎這小傢伙就是個腹黑，這是看她平日總欺負他，給她攢著一塊兒算總帳吧！

好在他們已經到了二樓，謝希治宴客的雅室要向左轉，周媛他們則須向右，她鬆了口氣，跟大郎說：「好了，謝先生還有事呢，跟謝先生告辭。」

謝希治像沒聽見似的，問周媛：「烤肉？怎麼個烤法？」

得，這傢伙還是老樣子，聽見吃的就邁不動步。

周媛腦子裡想了亂七八糟一堆，嘴上還是老老實實地答：「就是老法子，把肉切成小塊，用竹籤串起來烤。你上次送來的番椒，我讓人碾成粉，加入調味料裡，味道挺不錯的。」

謝希治有些驚訝。「是嗎？我在廣州嚐了一回，只覺入口辛辣，並沒什麼出奇之處啊！」

「……你不會是吃整條吧？」不辣死才怪呢！

謝希治摸了摸鼻子。「是放在肉裡煮的，我就嚐了一塊……」最後喝了兩大碗水，臉還是紅的。

周媛看他發窘的模樣，忍不住笑了起來。「你還真是……」貪吃活該呀！

她笑得帷帽不停顫動，謝希治就站在她面前三步遠的地方，能清楚看見她笑彎的雙眸，窘意不知不覺慢慢消散，最後自己也跟著笑了。

「若是晚間得空，定要去嚐嚐你們的做法。」

周媛笑得停不下來，聞言爽快應道：「行啊，一定改變你對它的印象。」說完還把手伸進帷帽抹了笑出來的眼淚。「你快去吧，別叫人等急了。」拉著大郎走了。

謝希治站在原地看著她的背影，眼見她直到進去雅室都還在笑，實在有些無奈，嘀咕了一句：「有那麼好笑嗎？」然後才搖搖頭，轉身去宴請客人。

大郎也對他姑母笑個不停表示不解。「姑母笑什麼呢？」

「呃，就是那天姑母給你嚐了一點的番椒啊，謝先生吃了一整塊，哈哈哈……」

大郎聽得直咧嘴。「謝先生不怕辣嗎？」

「哈哈，等再見了他，你問問。」周媛笑得直岔氣，好半天才終於停下來，叫了夥計來點菜。

姑姪倆在酒樓裡吃了一頓好飯，謝希治還讓夥計給他們送了一盤切好的烤乳豬肉，把他們撐得肚子都圓滾滾了，才從酒樓出來回家。

回去的路上，周媛審問大郎。「二郎怎麼會想見謝先生，你這孩子是不是說謊了？」

大郎瞪著大眼睛搖頭。「我跟二郎說，有位謝先生來了，他很厲害，還救過姑母，二郎就說他怎麼沒看見，我說下次來了，帶他去瞧。」

周媛聽完，給大郎餵點水，看他打哈欠，應該是睏了，就安頓他在車上睡下，自己回想剛才與謝希治見面的情景。

他好像開朗了，對她也沒表現出之前那樣的怨氣和冷淡疏離，還主動提出要來蹭晚飯，這是什麼意思？他不怪她當初騙他了嗎？還是只看在七哥和大郎的面上，對她表示基本的禮貌？

周媛有些不適應。之前他怨恨也好、冷漠也好，都是可以預料的情緒，畢竟她確實對他隱瞞了身分，又不告而別，有欺騙人感情的嫌疑，所以那些態度她都可以接受。

那麼他現在這樣，是想開了、放下了？

他們難道還有可能做朋友？周媛忽然覺得心情低落起來，她可沒準備要和喜歡過的人做朋友，那樣太辛苦太難了。

更何況，雖然不願意承認，在她心裡，對這份感情並沒有釋懷放下。

回去後，周媛與楊重說完鋪面訂好的事，又提起酒樓。「比揚州珍味居差得遠了，就烤乳豬滋味還不壞，別的都不夠精細，但有些西域風味倒是新鮮。」

楊重瞥她一眼。「妳吃過的好東西太多，這些哪能入得了妳的眼？在這邊陲小城，那酒樓已經算是不錯了。」

周媛點頭。「那倒是。對了，我們在酒樓碰見謝希治，他在替宋俊招待西域人。」

「我聽說了。宋俊每年從這些往來商人身上拿了不少錢，總得給他們行些方便。」

其實周媛的重點在後面。「他說今晚若無事，要來嚐嚐我們的烤肉。」說完瞄了楊重一下，又撇清：「是大郎請他來的，跟我沒關係！」

這副心虛的模樣，楊重越發好奇了，藉口說要跟周松交代事情，單獨把周松叫過來，然後軟硬兼施，逼問周媛跟謝希治的關係。

周松比周媛爽快多了，沒怎麼猶豫就把實情說了出來。他一直覺得公主早晚還得嫁人，那謝三公子知根知底、人品出眾，對他們公主又有情意，他們公主對謝三公子也不是無心無情，現下王爺既然有心探問，把此事交給王爺不是正好？

「……公主擔心身分被人識破，到時落入吳王等人之手，從此免不了成為一顆棋子。且謝三公子當時受家族所限，謝家一心要為他迎娶名門之女，公主的身分又不能示人，自然無法與謝三公子結成良緣，這才不告而別。」

說完這段舊事，周松又把黔州再見謝希治的情形說了一遍，他不知道公主跟謝三公子談了什麼，但從兩個人後續的表現看，顯然是不怎麼愉快。不過後來謝三公子依舊跟上了他們，並在危急時刻現身相救，還將他們送到郁林，他覺得謝公子對公主必然還是有情意的。

楊重雖然早覺得這兩人不對勁，卻沒想到還有這麼多糾葛，聽完陷入沈思，沒有言語。

周松還有一件事要說：「殿下，有件事也許您還不知曉。當日公主下嫁，那韓肅狂妄欺人，新婚之夜並沒有進新房。」

「你說什麼？」楊重一下子站起來。「你的意思是，他們沒圓房，十娘還是……」

周松肯定地點頭。「大婚後，除了新婚之夜，韓肅一直都宿在相府裡。」

楊重氣得摔了茶盞。「欺人太甚！」摔完仍不解氣，正轉圈四望時，被周松攔住了。

「殿下息怒，當日雖是韓氏欺人太甚，不過於現今的公主而言，實是萬幸。」

「那謝公子知道嗎？他心裡能不介懷十娘是再嫁之身？」雖沒圓房，三書六禮卻都是齊備的。

這些周松就不知道了，當下便拍馬屁。「此事小人也不知，公主的終身大事，全賴殿下了。」

楊重白了他一眼。「我知道了，去辦你的事吧，別跟十娘說我已經知道此事。」

周松應了退下，楊重獨自坐著思量好半晌，決定想辦法親眼看看這兩人的相處情形，便起身去尋周媛。

第四十一章

「妳不是說晚上要吃烤肉嗎？還嚷著現烤現吃才好，那不如去花園涼亭裡烤吧，臨著水還能涼快點。」

周媛有些嫌棄。「那裡蚊子太多了。」

楊重不在意地說：「先叫人燒艾草熏一熏就是。」說完讓人去安排，還悄悄打發人去驛館尋謝希治，請他過來作客。

謝希治應邀而來，還帶了西域商人送的甜瓜和葡萄，楊重讓人接了拿下去，自己帶著謝希治去花園。「說是要現烤才好吃，而且自己動手有趣味，咱們去瞧瞧。」

又說：「眼看中秋了，懷仁不如留在郁林過節吧，我們府裡人少，多個人多分熱鬧。」

「多謝殿下，若是殿下不嫌臣叨擾，臣就恭敬不如從命了。」

看他答應得爽快，楊重的笑容深了些。「這裡沒有外人，我不過一個閒散宗室，懷仁不必如此客氣。」

兩人說著話往花園走，還沒走到，就聽見那邊傳來驚叫聲。「啊呀，好嗆！」

「我都跟你說別湊過來，你還來！」是周媛氣急敗壞的聲音。「大郎，你要是再不聽話，我就叫人把你送回你娘那裡去！」

楊重搖頭失笑，轉頭正想對謝希治說兩句，發現他也在笑，就說道：「讓你見笑了。」

謝希治笑著搖頭，兩人轉過彎，看到了亭子邊的景象。

只見周媛跟周祿面前各放了一個扁扁方方的鐵爐，爐子裡點著炭，上面烤著竹籤串的肉。周媛手裡捏著蒲扇，正拍著大郎，讓他去亭子裡玩，不要湊過來。

相較周媛的三心二意，周祿則一直專心翻烤肉串，偶爾還抓一把調味料撒上去，看起來有模有樣。待他們走近時，肉串已經烤得嗞嗞作響，肉香味瀰漫在空氣中。

走到近前，謝希治還是依規矩先給周媛行禮。「公主殿下。」

「唔，不必多禮，你們進去坐吧，很快就烤好了。」

楊重卻不肯走，很感興趣地蹲到她身旁去，伸手動了動肉串尾端的竹籤，說道：「妳再不翻一翻，就要烤糊了。」又問周媛那些小罐子裡都裝了什麼調料。

謝希治自然也跟著停下腳步圍觀，大郎看見他，忙拉著二郎又從亭子裡跑出來，跟他打招呼：「謝先生，這是二郎。」又跟二郎說：「這就是謝先生喔。」

看見來了一個更小的孩子，謝希治便蹲了下來，跟小兄弟倆說話。

楊重幫周媛把肉串翻完面，回頭看見謝希治在哄孩子，不由轉頭對周媛笑道：「謝公子還挺有孩子緣的，難得他有耐心。」

周媛也跟著回頭看，幸災樂禍地說：「那是他還不知道你的兩個兒子有多難纏。」

楊重伸手敲了周媛的頭頂一下，起身去解救謝希治。

不一會兒，肉串烤好，周媛讓侍女裝到盤子裡，先送去給楊重他們吃，然後讓周祿繼續烤肉，自己則用鐵絲網開始烤地瓜片、茄子片和蝦等物。

侍女送了進去，不一會兒便出來尋周媛。「王爺請您進去用膳，這裡交給奴婢們就行了。」

周媛回頭看了一眼，見亭子那邊已經放下紗簾，只能依稀看見人影。她正烤得起勁，不想進去，就說道：「等我把這些烤熟了就去。」至少把手上在烤的食物都烤熟了才進去。

周媛進亭子時，謝希治正逗二郎說話。「這個叫什麼？」指著二郎在吃的肉問。

「肉肉。」二郎嘴裡嚼著肉，口齒不清地答。

謝希治又指著桌上盤子裡裝著的燉雞肉問他：「這個呢？」

「肉肉。」二郎憨憨一笑，答得跟先前一樣。

兩個大人一起笑起來，楊重還說：「瞧見沒，看見什麼都說是肉肉，就只知道吃肉。」

周媛不樂意了，把手中盤子往桌上一放，說楊重：「你不也是就愛吃肉？二郎這是隨你呢！」說著坐到二郎身邊，給他挾了片沒有加辣的烤茄子，吹涼餵給他吃。「誰說我們二郎就知道吃肉，我們二郎還吃菜呢！」

二郎嘿嘿一笑，乖巧地吃了茄子，笑咪咪地說：「菜菜。」

這次幾個大人一同笑了，楊重對謝希治說道：「這孩子就是性子好，人說三歲看老，我瞧呀，這孩子將來倒是個心寬的。」

「心寬才有福。」謝希治回道。「殿下有這麼兩位公子，更是福澤深厚。」

周媛意外地看了謝希治一眼，實在想不到他也會說這種客氣話，不料卻正好撞見他的目光。眼見他目光真誠，嘴角的笑容也很輕鬆，似乎剛才說的竟然是真心話，不由更意外了。

謝希治看出周媛的驚訝，衝她笑了笑，不料她居然直接轉過頭，繼續餵二郎吃飯去了。

「妳不用管他，他自己能吃。」楊重開口叫周媛。「妳忙了半天，自己也吃一點。」又讓侍女給周媛倒了杯楊梅酒。

周媛剛被謝希治的笑容晃花了眼，一時不想轉過去看他，只對楊重說道：「你不是也想親自試試嗎？怎麼光坐在這裡飲酒？」

楊重笑咪咪的。「等我陪完懷仁就去。」說著舉杯，邀他們一同飲酒。

接著他與謝希治開始談起西域往來客商的事。周媛一邊豎耳聽著、一邊吃自己的飯，也不開口插話，只偶爾照顧姪子們，等那兩個孩子吃完了，讓人看著他們出去玩，她就專心吃飯了。

「……他們雖也想往北方或東邊去，宋使君卻覺得不妥，所以一直攔著。現在外面局勢不穩，更不會讓他們去了，因此只叫我先虛應著，幫他們把貨物銷一銷。」

楊重聽了就問都有什麼貨物，又說自己也有些親信在外面，可以幫著想想辦法。

「你那幾個人管什麼用，這貨物必定不少。」周媛忍不住接話。「若是西南有個歐陽明那樣的人物，想辦這事倒也不難。你還是別攬這事了，杯水車薪，無濟於事。」

她說完，楊重還沒什麼反應，謝希治先皺了眉，不好反駁周媛，只說：「有心就是好的。再說若是歐陽明當真在此，我還不敢把此事交給他。」

周媛終於抬眼看他。「這有什麼不敢的？又不是什麼了不得的貨物，不過是些香料、銀器罷了，又不是兵刃馬匹，賣給誰不是賣？」

楊重看他們倆起了爭執，非但不勸，還站起身說：「我去試試烤肉，你們先吃著。」然後拂袖走了。

周媛和謝希治愣在原地，看著亭外久久不能言語，最後還是謝希治先笑了。「王爺和公主，當真是親兄妹。」有些地方太像了。

「……你這話聽著不太像誇獎。」

謝希治微笑答道：「自然是誇獎。」又說：「原來番椒是這樣吃法。」

周媛想起他幹的傻事，忍不住也笑了。「是啊，就像花椒一樣，是用來調味的，哪能直接吃呀！」

兩人的話題轉回食物上，剛才有些緊張的氣氛頓時蕩然無存，周媛提起自己跟楊重要開食肆的事，還說會將今日吃的烤肉當作食肆的重要菜色。

謝希治聽了就說，恐怕上次送來的番椒不夠，會幫她想辦法再弄些來。

「那倒不急，這東西也不用太多，而且我留了籽，先試試能不能種出來。」

謝希治聞言笑道：「妳總是多有奇思妙想，沒等別人為妳打算，自己就先想好後路了。」他本是就事論事，說完忽又覺得似乎容易讓人誤會，想開口解釋卻又不知該怎麼說，最後只能閉口不言。

周媛聽了這話，有些訕訕的，抬頭看了一眼，見亭子裡的侍女不知什麼時候退了出去，眼下居然只剩他們兩個，終於鼓起勇氣說：「對不住，當初我並不是有意欺瞞你……」

謝希治沒想到她會順著話道歉，一時愣住了，沒有答話。

「我本該與你說個清楚明白，哪怕有些話那時不能說，我也不該、不該……」

她躊躇著說不出來，謝希治卻明白了她的意思，開口截斷她。「那事不怪妳。」是他自己泥足深陷，而且，他當時也沒給周媛開口拒絕的機會。

周媛無語，道完歉卻沒有放鬆的感覺，因為道歉的對象好像已經不在乎了。

謝希治看她低下頭，想開口解釋自己在葉家灣剛醒來時的行為，剛說了兩個字：「其實……」就被從外面衝進來的大郎打斷了。

「姑母，我要聽笛子！」大郎撲進周媛懷裡，還從手裡遞出一支裝在青布套裡的笛子給周媛。

周媛漫不經心地接過笛子，剛抽出一截，卻忽然反應過來，飛快地又塞了回去，跟大郎說：「怎麼拿了這一支來？這支壞了，吹不響，我帶你去拿另一支。」說完也沒理謝希治，牽著大郎就走了。

剛才那瞬間，雖然她動作夠快，可謝希治與她實在相隔不遠，又一直看著她，雖然那笛子只被抽出一小截，但身為竹笛的製作者，謝希治還是一眼就認了出來。

她竟還留著這支笛子，謝希治嘴角慢慢上翹，心裡有熟悉又陌生的喜悅漸漸充盈，原來她並不是那麼無情。

當晚，信王府裡並沒有響起笛聲，謝希治也沒再見到周媛，但他的心情卻一直很好，直到走的時候，臉上都是笑容可掬。晚間回到驛館，還難得有興致尋出自己的笛子，對空吹奏了一曲〈小白花〉。

相比之下，周媛鬱悶多了，終於鼓起勇氣誠心誠意道歉，卻被人開口打斷，而且那人還表現得好像無所謂、不在意一樣，讓她格外懊惱。

接著，又到了一年中秋，今年圍坐在信王府裡過節的人，個個心境都與去年大不相同。去年此時，周媛一行人剛從揚州出來，周媛正暈船暈得厲害，自然沒人有心思過節。而謝希治當時正被困在家裡，每日除了應酬家人，就是想著怎麼說服父母，讓他們不要早早給自己訂親。

楊重一家人就比他們倆好得多了，去年中秋節前，楊重剛脫手了一批珍珠，正是躺著數錢、躊躇滿志的時候，滿心期盼著越賺越多，早日積累起自己的家底。

誰都想不到，會有今日這樣團聚過節的時刻。

因是中秋，楊重安排在敞廳裡開宴，用一座落地屏風內外相隔，裡面是王妃和周媛帶著孩子們，他則與謝希治在外面對坐把酒。

今天的席面是楊重點的菜，頭一道就點了鯰魚燉茄子，其餘還有拔絲番薯、魚香茄條、麻婆豆腐等周祿擅長做的菜，剩下則是安榮做的，其中有一道生切魚膾，味道十分鮮美。

信王府裡沒有養歌姬舞姬，但中秋夜光吃飯喝酒似乎也少了點趣味，楊重就叫侍女裡擅撫琴吹簫的，在廊下演奏，聊以助興。

「我們小的時候，每到中秋，宮裡都要開夜宴，那時父皇後宮佳麗三千，一開起夜宴來，鶯鶯燕燕好不熱鬧，又常常拿我們小孩子做話頭。我不愛給她們逗趣，每次都裝作膽小聽不懂，拚命往後縮，時日久了，便沒人再提起我，終於得了清靜。」

楊重看著裡裡外外跑來跑去的大郎和二郎，忽然提起了他的小時候。

謝希治的表情頗為微妙，這位信王真跟周媛一個德行，提起先帝，語氣無半點尊敬不說，仔細聽來，還有那麼一點調侃的意味。

「後來就讓十娘學會了。胡昭儀肯撫養她，乃是因為白母妃去時，父皇有些感傷，所以胡昭儀就想在父皇面前露臉。不料十娘到了她那裡，就似木頭疙瘩一個，讓她白費了心機，父皇更是隨後就把感傷拋於腦後，寵幸新人去了。」楊重搖頭嘆氣，舉杯一飲而盡。

「天家無父子，更無骨肉親情。」楊重給自己斟了酒，繼續說道：「從那時起，我就立下心願，將來若是當了父親，一定要好好疼愛我的每一個兒女。」說完又自嘲：「是不是挺沒志氣的？」

謝希治暗自嘆息了一回，答道：「志無大小，王爺慈心一片，大郎、二郎能有您這樣的父親，實在讓人欣羨不已。」

楊重笑了笑，舉杯跟他一碰，兩人一同飲盡杯中酒，各自舉筷吃菜。過了一會兒，楊重才又開口：「謝家是百年世家，聽說向來重視子弟教養，懷仁幼時必定很辛苦吧？」

「我幼時體弱，常要臥床養病，倒沒哥哥們辛苦。」

楊重意外。「是嗎？瞧不出來呀，現在是都好了？」

謝希治點點頭。「後來得了杜先生親手醫治，他又教我習武強身，如今已經好了。」

楊重聽了連聲說好，又問他在謝家怎麼過節。

謝家是大家族，過節時家裡人來人往、吵吵嚷嚷，謝希治很不喜歡，因此只簡單說道：「無非是闔家團聚，圍坐開宴罷了。」

說完覺得自己答得有些冷淡，又加了一句：「我常裝病不去。祖父每逢家宴就要出題考人，不是寫詩就是作賦，可惜我年幼時不像王爺那麼機靈，也不會裝著不懂，以至於後來就只能裝病了。」

第四十二章

楊重聽得哈哈大笑，又舉杯跟謝希治碰了一下，一飲而盡。「我原怕你當此佳節起了思鄉之意，不料你竟還有幾分慶幸之情。」

「王爺有所不知，我應宋使君之邀留在嶺南，並沒得到家中長輩許可，只怕他們此刻正惱著呢，我還是不回去的好。」

周媛一直和信王妃低聲聊天，沒聽外面說什麼，直到後來楊重大笑，她們才停下來側耳傾聽，正巧聽見了謝希治這句話。

聽說他留在宋俊身邊不是謝家的意思，周媛就更加留意地傾聽起來。

外面的楊重也驚訝問道：「是嗎？這又是為何？宋卿精明能幹，跟在他身邊歷練不是挺好？再說我記得令叔父也在嶺南啊。」

「只因我年紀不小，卻一直未曾訂親，家祖和家父都寫信讓我回去，早日把婚事定下，待成家以後再出來入仕。」

楊重心想終於說到點上了，忙接了一句：「那倒也是。男大當婚，懷仁今年也二十許了，為何還不成家？可是有了心上人？」

周媛坐在裡面聽得清楚，心裡不由一顫，怎麼就問到這了？

謝希治一頓，看向楊重時，見他面上有調侃的笑意，只當他是隨口玩笑，就回道：「王爺說笑了，希治徒長了老大歲數，卻一事無成，如何有心思及婚事？」

楊重聽了這話，不由自主往屏風內看了一眼，又飛快收回目光，進一步說道：「哎，此言一聽就是推託之語。成婚乃是人生大事，又不耽誤你建功立業，這裡也沒旁人，懷仁還害臊不成？難得你我投緣，若你當真屬意哪家閨秀，不嫌我鄙薄的話，我倒願意做這個現成的媒人。」

「王爺厚意，希治心領，若真有這一日，必來請王爺作媒。」謝希治還是沒有正面回答問題，只避重就輕說了一句，然後舉起杯來敬楊重。

周媛本就不高的情緒，聽到此時，更加低落了。

「王爺怎麼忽然管起閒事來了？」信王妃也把外間對話聽了個一清二楚，跟周媛嘀咕：「莫非吃醉了？以前他可從不理這些事。」

周媛扯動嘴角笑了笑。「八成是喝多了酒。」

信王妃蹙眉。「不至於呀，這才開宴多久呢！」抬手叫大郎過來。「你去看著你爹爹，叫他別喝太多酒。還有，別說是我說的，就說怕熏著妹妹。」

大郎應得乾脆，飛跑出去管他爹了。

「這位謝公子出身名門，人品又出眾，至今不成婚，只怕早已另有打算，王爺這麼不識趣地追問，也不怕把人家惹惱，不再來了。」看著大郎出去了，信王妃又跟周媛嘀咕了一句。

周媛伸筷子挾一片魚膾蘸調料吃了，然後附和道：「是啊，一定是另有打算了。」易地而處，她恐怕也得另有打算，難不成還等著嗎？

楊重那裡不好再說，只能就此打住，跟謝希治繼續飲酒，又得分心應付來搗亂的大郎，更加沒機會再開口試探他。

屏風後，周媛意興闌珊，信王妃怕她不舒服，見她停筷不吃了，就說陪她回去休息。周媛點頭應了，跟信王妃直接回房，只讓侍女去楊重那裡打個招呼，連面都沒露就走了。

聽了侍女的回報，楊重和謝希治都有些意外，楊重看見謝希治的神情，眼珠一轉，說道：「十娘幾日前就不大舒坦，興許是不慣嶺南潮熱，有些中暑，這幾日都蔫蔫的呢，讓她早些回去歇著吧。」又趕兩個兒子回去睡覺。

「公主不適，可請了大夫來看？」謝希治不由自主追問了一句。

楊重心裡舒坦了些，答道：「看過了，倒無大礙。」然後就不多說了，只讓謝希治吃菜喝酒，直到月上中天，筵席散了，也沒再提起周媛。

最後送走謝希治，楊重扶著內侍的手回後院時，暗笑嘀咕：「讓你在我面前裝傻，早晚有你求我的一天！」

謝希治回去以後，雖然擔心周媛，但又覺得她有哥哥嫂嫂照顧，應該沒有大事，他也不能再在郁林耽擱，要先回邕州等宋俊，於是第二日一早便出城去了。

楊重得到消息後，不免又犯了嘀咕。「難道是我猜錯了？他嫌十娘嫁過人？不行，下次再見到他，一定得想法子問個清楚明白！」女子青春有限，十娘身分又尷尬，他可不能讓她這麼空耗著年華，若是謝希治無意，那他就要給妹妹另尋一佳偶了。
等等，另尋佳偶？對啊，他完全可以聲東擊西嘛！楊重有了主意，當下命人鋪紙研墨，給宋俊寫了一封信。
這種事，宋俊一定不會瞞著謝希治，楊重真的很期待那二人看到信的反應，於是每日都盼著邕州來的信，連自家食肆五味樓開張這樣的事，都無法轉移他的心思。
他左等右等，直到九月底也沒等到回信，卻又等來了謝希治，與他同行的，還有宋俊的女兒、姪兒以及外甥女。
那一日，周媛方從外面辦事返回，猝不及防下，就被楊重叫進去見宋俊的姪兒和謝希治。她不知底細，只掃了宋俊的姪子宋靖宇一眼，並沒看清樣貌，約莫知道他沒有謝希治高，但比謝希治壯一些。
然後，她莫名其妙地被問了句路上順不順利，就被楊重趕去見王妃了。
周媛進後院，又見到客人，一位是宋俊的女兒，一位是他外甥女，姓馬。表姊妹倆一個活潑、一個文靜，宋家小姐對她特別熱情，從年齡問到生辰，又問周媛平時喜歡玩什麼、吃什麼，再叫人拿來她們給周媛帶的禮物，全程無冷場。
周媛只覺今天的客人都好奇怪，好不容易把那二位送走，才跟信王妃問緣由。
「說是馬姑娘之前在宋家作客，此番是宋公子奉宋使君之命送她回家，宋家小娘子是跟著來散心的。宋公子到了郁林，自然要來拜見王爺，她們表姊妹也說早想來拜望我，便一同冒昧登門了。」

馬姑娘的生母原是宋俊的親妹妹，前幾年故去了，膝下只剩這麼個女兒，宋俊心疼外甥女，加上馬姑娘的父親要外放，就把她接到宋家養著。如今她父親任期滿了，回到郁林家中，宋家便把她送回來。

周媛還是覺得奇怪。「馬姑娘的母親都不在了，又多年不在馬家生活，宋姑娘還跟來作客，這適合嗎？」

信王妃搖頭。「這個我也不知，許是在家裡待悶了，就想趁著機會出來走走吧。」

「豈止是乘機走走啊，恐怕還要乘機親近親近呢。」楊重的聲音忽然插了進來。

周媛看見他進來，便質問他：「你那裡明明有外客，把我叫進去幹麼？莫名其妙的。」

楊重對這個沒心沒肺的妹妹十分無力，哼了一聲。「不是還有舊友在嗎？懷仁只是順路陪他們過來，明日就要直接去柳州。」我不叫妳進去，你們能見面嗎？

「去柳州做什麼？」

這丫頭到底知不知道什麼叫重點啊！楊重簡直是恨鐵不成鋼了。「聽說那邊的亂民蠢蠢欲動，他帶人過去幫襯謝文莊。」說完又想起一事。「前日收到消息，謝家大公子好像到了益州。」

謝希修？周媛坐直身體，看向楊重。「恐怕他下一步就是來找你了。」

「他想找我就要見嗎？」楊重又哼一聲。「妳先別操心這個。我問妳，妳瞧著宋家公子如何？」

周媛呆了一瞬，忽然反應過來，拍桌站起身。「你、你什麼意思？」

楊重歪著身子蹺起腿，笑咪咪地答道：「表妹啊，妳也不小了，姊夫的意思，妳還不明白嗎？反正妳與韓肅也沒有真做夫妻，不如以王妃表妹的名兒再嫁吧。」周媛來到信王府，自然不好說是朝雲公主，只假託是王妃的表妹。

「誰告訴你的？」

楊重看了王妃一眼，示意她幫著勸勸。他們早已談過此事，王妃也覺得周媛正當好年紀，與韓肅不過擔了個虛名，完全不妨礙再嫁，她既然到了嶺南，他們夫妻自然該為她打算。

於是王妃開口勸道：「十娘，非是哥哥嫂嫂想送妳出門，實是妳正當年華，眼下咱們又沒有別的顧慮，何不重新尋合意之人，結成佳偶？也好讓白母妃在九泉之下安心，讓我們做兄嫂的盡這分心力。」

「我知道嫂嫂是為我好。」周媛不好跟信王妃爭執，只說楊重：「可是七哥好歹也先跟我商量一下嘛，哪能這樣貿然地就……」

楊重攤手。「我現在不就是跟妳商量嗎？又沒說當場訂親。妳放心，我只是給宋俊寫了封信，請他幫著留意，有合適的就與我說說。他這個姪兒宋靖宇今年十六歲，早年喪父，與寡母依附宋俊過活。宋俊很看重這個姪兒的，正放他在外歷練。妳瞧如何？」

「不如何！我根本沒瞧清他長什麼樣！再說，難道你還想和宋俊扯上干係？」

「跟他扯上干係有何不可？若是咱們想好好待在嶺南，自然跟他關係越密切越好。」

越說越遠了。周媛騰地站起來。「好了，我累了，先回去歇著。廉州的事，等我睡醒再跟你說。」她這次出門本是去廉州查看海港，哪知回來正事沒說上，反倒莫名其妙被催婚。

然而此事並沒有完。留在郁林的宋家兄妹和馬姑娘，竟然經常上信王府作客。宋家小姐每次一來就拉著周媛說話，一開始還聊些女孩兒間的話題，後來漸漸轉著轉著，不知怎的就轉到了謝希治身上。

周媛不願與她多談，只敷衍著，誰料宋姑娘突然提起謝希治身上的一件舊衣。

「妳有沒有看過謝公子穿那件灰袍子呀？也不知是誰給他縫的，那針腳可真是粗，連我都不如；質料也不好，而且袖子還有些短！一定不是謝家的人給做的。我瞧著不像樣，就跟阿爹說了，阿爹命人做了好多新衣裳給他，可是來郁林的路上，我看見他還是穿那件袍子。」

說完轉頭看向周媛。「妳說，那件袍子是不是有什麼來歷呀？」

灰袍子？袖子還短，質料也不好，針腳……周媛想起了當初謝希治在黔州養病時，自己動手給他改的那件袍子。他還留著那個幹什麼？而且還穿在身上！

周媛心裡一時不知是什麼滋味，逕自發呆，也沒有答宋姑娘的話。宋姑娘等不到她的回應，又搖了搖她的手臂。「十娘？妳見過謝公子穿那件袍子嗎？」

「沒有。」周媛回過神，搖了搖頭。「是妳看錯了吧，謝公子怎會穿那樣的衣裳？」她這幾次見他，他可都是整整齊齊、神采飛揚的。

宋姑娘很肯定地說：「我都看見兩、三次了，一定不會錯！」見周媛這裡沒什麼有價值的消息，便不再追問她，轉而說起她的堂哥宋靖宇。

周媛實在忍不住了，過後去找楊重發脾氣。「我不管你想什麼辦法，馬上把宋家兄妹弄走，我再也不想見姓宋的了！」

「妳這是幹麼？哪來那麼大火氣？」楊重笑嘻嘻的，渾不在意。

周媛繃著臉。「你別嬉皮笑臉的，我告訴你，他們要是再來，我就走了，到時別怪我沒跟你打招呼！」

看她真急了，楊重才站起身，正色說道：「妳這不是為難我嗎？人家來郁林作客，我能說趕走就趕走嗎？至多他們再來訪時，叫妳嫂嫂擋一擋吧。」

「我不管，人是你招來的，反正我是不想遭這個罪了！」周媛說完就出了書房，叫人套馬車，說要出門。

楊重怕她真跑了，忙讓心腹跟著，又囑咐勸她早些回來。

周媛一直冷著臉，上了馬車後就獨自發呆，心裡很亂。謝希治留著那件袍子的用意；宋姑娘對謝希治的傾心溢於言表，宋俊又肯讓女兒陪著一起來，這表明他的態度起碼是樂見其成的；還有楊重的亂點鴛鴦譜……所有的一切，都讓她異常煩躁。

這個月好不容易藉著忙正事把心思定下來，誰知道楊重居然又挑起事來！

她現在哪有心思想婚事？更何況還有個謝希治總在跟前晃悠，這人現在跟以往大不相同，似有情似無情的，已經讓人夠煩惱了，再添進宋氏兄妹，那不是更亂了嗎？

謝希治也很煩，深深後悔當初宋俊跟他提起那封信時，他表現得有些遲疑，要不然宋俊也不會打發姪子去郁林，還同意讓他的女兒隨行。

看那日周媛的神情，對此事恐怕並不知情，依周媛的個性，信王應也無法繞過她就決定婚事，因此這點暫時倒不用擔心。現在他最煩惱的是叔父的規勸。

「難得使君有此美意，你何不順水推舟？為了留在嶺南，已經惹得家裡不快，若是能結下宋家這門親事，你父親必定高興，也可緩和你與家中長輩的關係。」又說：「親上加親你不願，名士之女你也不喜，現在宋使君的女兒，你還是不中意，你到底想娶個什麼樣的妻子？」

其實他的想法很簡單，他只想要一個自己心甘情願求娶、願意與她攜手共度未來歲月、哪怕遇到什麼艱難困苦也能不離不棄的妻子。

現在為止，能符合前兩條的只有周媛，可是最後一條，他真的不確定，這也是他在宋俊面前遲疑的原因。

好在他們在柳州事務繁忙，謝文莊並沒有太多工夫嘮叨謝希治。

這次他們練兵柳州，其實主要是為了配合裴一敏。自從柳州民亂之後，桂王就不曾消停，最近更是公然占領藩地的各級官署，並向四周州縣擴張，大有占地為王的架勢。

裴一敏和宋俊自然不會坐視他壯大實力。最近這幾個月，裴一敏一直在監視桂王的動靜，終於在近日抓到桂王的心腹，掌握了確實證據，打算乘機出兵，剿滅桂王一黨。

此次出兵剿滅桂王並沒費什麼力氣，裴一敏將桂王一家大小全活捉了。謝希治追擊殘黨的任務也很順利，他按著宋俊的命令，將這千餘亂民押去蜀地，交接給裴一敏的手下，並順道見了從揚州而來的謝希修。

第四十三章

謝希修並沒有如謝希治以為的對他橫眉冷對，反而拍著他的肩說：「你早該出仕，瞧瞧，現在不是做得挺好？」又說：「你放心，祖父並不怪你，謝家子弟只要有出息，在哪兒都是一樣的。父親那裡我會替你說情，你不用擔心。」

謝希治沒有接這個話茬兒，只先問家中長輩好，又問謝希修怎麼到了這裡？

「唔，我有事去見舅舅，順便來看看二叔和你。」兄弟倆寒暄過後，謝希修終於進入正題。「來日我與你一同去柳州，若是宋使君方便的話，你能不能引薦我與他一見？」

這個謝希治不好拒絕，只說盡力，與裴一敏手下交接完畢後，就與謝希修回了柳州。路上兄弟倆閒聊，謝希修終於把話題轉到吳王身上。「你是不是有什麼誤會？表兄雖一向胸有大志，但本身精明能幹，又是皇室血脈，有些野心也不足為奇。便是你我，還不都是想著出類拔萃、俯視眾生嗎？」

謝希治不接話。

「再說了，如今上有奸臣把持朝政、殘害宗室，下有各地權貴作亂，表兄身為一地藩王，有心撥亂反正，重振大秦，這難道不是好事？」

謝希治終於露出一抹笑容，答道：「我並沒有什麼誤會。大哥，人各有志，吳王殿下有他的抱負野心，我也有自己的一點志向，道不同，還是不相為謀最好。」

謝希修被他噎得一口氣好半天沒上來。他說他跟吳王道不同，但謝家上了吳王的船，難道他的意思是他跟整個謝家都道不同？

「看來是三郎的志向太與眾不同了。」謝希修實在忍不下心裡的怨氣。「你還不知道吧，二郎已替表兄傳話給誠王，若是先帝所遺諸子能擔起這個重擔，難道表兄還會自己取而代之？」

謝希治忍不住笑了，這是哄小孩呢。「依大哥所言，吳王竟是有周公旦之心了？」

他這樣的語氣，讓謝希修不由自主皺起眉。「你不信我也罷了，難道你連二郎也不信嗎？」

謝希治心想，二哥與自己怎麼相同？他一向志存高遠，雖與吳王等人醉心權勢不同，可他慣於審時度勢，不得不妥協時，自然會做出最合適的選擇，這也是二哥與自己本性上最大的不同。

謝希修見弟弟不答話，自己也沈默了一會兒，將剛才的情緒平復，才又換了話題。「你在嶺南，可見過信王？」

「見過兩次。」

謝希修又問：「信王為人如何？」

看來他們真的在打信王主意。謝希治反問：「怎麼？誠王無意與吳王結盟？」

「誠王是誠王，信王是信王，這兩件事沒有關聯。」謝希修耐著性子解釋。「若要舉事，自然要聯合所有能聯合的人。何況信王也是先帝之子，此事若有他參與，豈不是更名正言順？」

謝希治當機立斷。「你若是去見了宋使君，就不要再去見信王，除非他當面允准，否則只會惹惱宋使君。宋使君是忠臣良將，最見不得這個。信王殿下也不是那等有野心的，不然當初便不會早早出京就藩，你去了只會自討沒趣。」

等楊重和周媛知道謝希治去柳州的真正目的時，桂王已經闔家被押解進京了。

「裴一敏據守劍南，嶺南又有宋俊在，只要他們結盟，進可直取江南之地，劃江而治都不是奢望；退也根基深厚，無人可輕易撼動。此次以雷霆手段殲滅桂王一黨，就是明證。」周媛輕輕敲著桌上繪製的簡易地圖，嘆道：「看來咱們得加快動作了。」

楊重皺著眉頭。「咱們偏居一隅，安生是安生了，可消息太閉塞，有些事若宋俊不想我們知道，我們還真就一無所知，這樣太被動。」

周媛白了他一眼。「那你還想讓我嫁給他姪兒呢！」

「就是因為如此，妳更該嫁給宋靖宇啊，這樣我們也算是親戚了，有些事他就不好瞞著我們，再說妳也可以在宋家打聽嘛。」楊重臉上露出笑容，跟周媛開起玩笑。

周媛懶得理他，改而說起給海船裝火炮和招募衛兵的事。

兩人這邊剛派人把新招到的三百衛隊派去廉州，並叫人看著給大船裝上火炮，那邊謝希修就到了郁林，並且登門求見。

「他說五哥已經離京，九弟在進京途中被劉青派人擄走，如今下落不明……」楊重把手裡的信遞給周媛，整顆心沈到了谷底。

周媛展開一看，是謝希修寫給楊重的，他先把時事告訴楊重，並透露誠王楊川已經與他們結盟，才得以離京，然後再說明此次求見並無他意，只是想替誠王傳個話。

「他應該不會為了見你一面而撒謊。」周媛說道。「可是他們也不至於如此神通廣大吧？韓廣平對五哥的看守必定很嚴密，他們是怎麼把他從京裡弄出來的？」

楊重沈著臉。「只能先見見他再探聽了。」

兩人商定主意，請謝希修明日來見，先聽聽他說什麼，不輕易表態，看他到底有何目的。

謝希修來時，楊重在書房見他，周媛則躲去了裡間偷聽。

謝希修先跟楊重寒暄，好半天都不進入正題，最後還是楊重一臉不安地開口。「你信中說，五哥悄悄出了京城？那謝司馬可知他現在何處？」

「誠王殿下出京已有十餘日，此刻也許是在運河船上吧。殿下莫要擔心，誠王殿下一切安好。」

楊重還是愁眉深鎖。「可是九弟……」

「殿下安心，那劉青逆賊雖聚眾造反，卻是以討伐韓氏父子為名，應不會危及興王殿下。且近來多有傳言，說當今皇上非先帝所出……」

楊重忽然劇烈咳嗽起來，將謝希修未曾說完的話都截了回去，旁邊服侍的安榮又是遞帕子、又是送茶水，好不容易才讓楊重停止咳嗽。

「謝司馬見諒，我近來身體不適。」

「殿下保重身體。誠王殿下十分惦記您，可惜嶺南地處偏遠，往來不便，不然只怕離京第一件事，就是來探望您。」謝希修怕楊重藉此送客，趕忙說出來意。「不過若是殿下得便，能與臣一同前往揚州，與誠王殿下團聚，也是一樁美事。」

原來他的目的是這個。楊重又輕咳了兩聲，答道：「我已就藩，無旨意是不能離開封地的，只要五哥一切安好，見與不見都不要緊。」

到此，謝希修只得直言遊說：「興王殿下此番被擄，誠王殿下又自京城失蹤，外間多方謠傳皇上出身不正，您便是想安居郁林，只怕朝廷也不肯了。」接著又把吳王的「忠義之心」好生誇獎了一番。「當此亂世，殿下身為宗室子弟，自然也想為國家出一分力吧？」

「謝司馬有所不知，我自到郁林以來，水土不服，時常生病，雖有報國之心，奈何心有餘力不足。且皇上如何，也不該是你我隨意議論的。我本是不通世務的閒人，國家大事自有大臣們操心，謝司馬與我說這些，實是無用。」楊重一邊輕咳、一邊答道。

等他說完，安榮在旁適時開口。「殿下，到喝藥的時辰了。」

楊重點頭，剛要送客，謝希修卻忽然急急開口。「殿下，您就算不為秦室江山考量，不為自己今後長遠打算，難道也不管朝雲公主了嗎？」

「朝雲？」楊重愣了一下，嘆氣。「她生來命薄，早早就去了，倒也省了一番折磨。」

謝希修哂笑。「殿下想必早已見過公主，何必又來唬微臣呢？不瞞殿下，臣在揚州就已見過公主，舍弟謝希治還與公主有一段情緣，殿下不想聽聽嗎？」

周媛心裡直接爆了粗口，恨不得衝出去揪住這混蛋，往他臉上來一拳！

楊重沒有開口，只聽謝希修繼續說道：「臣初到郁林時，就聽說有間食肆特別有名，叫做五味樓，不但菜做得好，點心更是有名。臣去品嚐後，大為驚訝，這點心的口味，竟與臣在揚州吃過的一模一樣。」

「食肆是我讓人開的，點心是宮中做法，謝司馬有何高見？」楊重的聲音冷了起來，似乎有些不悅。

「臣不敢。殿下，當日臣在揚州吃過的點心，就是朝雲公主命隨從所製。」

楊重又咳嗽了兩聲，直截了當地問：「謝司馬的意思，是說朝雲在本王府上了？當真胡說八道！本王自從接到喪信，心中鬱結，病情反覆，你現在倒來告訴本王，說朝雲沒有故去，反而曾在揚州出現，現在又在本王的府上。朝雲本是有夫之婦，你卻血口噴人，說她與令弟有私情。謝司馬，你到底是何居心?!」表情惱怒，命安榮送客，又開始劇烈咳嗽起來。

「殿下息怒！朝雲公主尚在人世，連誠王殿下都說，當日入殮並未見到公主遺體。他對公主與舍弟之事樂見其成。殿下，請您三思！」謝希修在安榮的逼迫下，不得不往外走，可是又不甘心，一邊後退、一邊把話說完。

裡間，周媛怒極反笑。哈哈，這可真是三十年河東，三十年河西，謝家現在肯答應這門婚事了？真是為了名利不擇手段，居然不嫌棄她是再嫁之身，想把謝希治的婚姻犧牲掉！還有楊川，他算哪根蔥，竟敢私自決定她的終身大事？看來不給謝家送個大禮，還真當她好欺負了！

等謝希修走了，周媛快步出去，對楊重說：「當日我說什麼來著？這就是我們的兄長，跟我們那個冷血無情的父皇還真是親生父子。」賣了她一回還不夠，還想賣第二回！

楊重倒很淡定。「妳還真信他說的話？若他所言俱是實話，五哥剛從京裡脫身，連吳王的面都沒見著，妳的事情也沒有問清楚，怎會這麼輕易就答應婚事？」話說到這裡，索性直接開口問了：「與謝希治有一段情緣？妳就不想說點什麼嗎？」

「你都說了他的話不能信，還來問我？」周媛裝傻。

楊重笑了笑。「雖不能全信，可也不能不信。他們這些人，大事上多半說的都是實話。細節麼，就難免有些虛虛實實了。我早看出妳與懷仁之間有些不對勁，到現在還想瞞著我？」

周媛避而不談。「這事已經過去了，咱們說點正經的。謝希修這麼囂張，敢上門來說這些話，我實在嚥不下這口氣。他對你如此無禮，難道七哥就這麼忍了？」

「他總歸是懷仁的大哥，不看僧面也要看佛面。」楊重攤手。「還能怎樣？」

周媛瞪他一眼。「一碼歸一碼！我猜他好不容易來一次，一定不甘心就這麼走，恐怕還會派人盯著我們府裡，不如……」湊到楊重跟前，嘰嘰咕咕說了一通。

楊重聽了，有些猶豫。「這樣是不是狠了點？懷仁那裡，面上也不好看吧？」

「他不是自稱與家裡鬧翻了嗎？這會兒才能驗出是真是假呢。」周媛摩拳擦掌。「再說這麼收拾謝希修一回，正好可以試探宋俊的態度，看他到底是想靜觀其變呢，還是有意相幫楊宇。」

楊重仔細思量，想到能藉機好好收拾那個驕矜狂妄的謝希修，也不由動了心思，當下與周媛擬定計劃，然後叫了他們的心腹來，把事情安排下去。

其後幾日，兩人都沒有出門，只有周松不時出入回話。

「你看，我說他不甘心就這麼走吧？鬼鬼祟祟的，自稱是客商，連驛館都不去，一定是偷偷摸摸來的，你可以給宋俊寫信了。」周媛聽了回報，跟楊重說道。

楊重瞧著周媛的興奮樣，實在有些無語。「我可得記著，以後千萬不能得罪妳。」

周媛得意大笑。「你知道就好。其實我這人公道得很，有仇報仇，有恩報恩，但絕不主動害人。」

「是嗎？那要是有情呢？妳報是不報？」楊重截住話頭，笑咪咪地問道。

周媛哼了一聲。「你少管閒事！」

楊重不樂意了。「這怎麼是閒事？妳是我妹妹，妳的事我能不管嗎？何況是終身大事。」

周媛振振有詞地回答：「就是終身大事才不由你管。所謂『初嫁由父母，再嫁由自身』，以後甭管是誰，都別想管我的婚姻大事！」

歪理還挺多。楊重也不與她爭執，只說：「我也不是要管妳嫁給誰，我現在只是想問問你們倆到底怎麼回事。現在謝家人都堵上門了，妳還不告訴我實話，萬一耽誤了大事可怎麼好？」

「怎麼會耽誤大事？別理謝家的人就是了，全都是欺世盜名的偽君子！」周媛有些不情願。「再說也沒什麼可講的，更沒謝希修講的那麼露骨。當日在揚州，我與謝希治只是因談得來、都好口腹之慾，才往來得多一些。『私情』二字，還搆不上。」

終於逼出了她的話，還真不容易。楊重怕她惱了，不再深入逼問，只說：「唔，原來如此。怪不得懷仁總是對妳特別關注，妳也肯下力氣招待他呢。」看了看周媛臉色，見她沒什麼反應，就繼續說道：「難怪他一直不肯成親，還不搭我的話。又不是要求親，如何能當著我這個哥哥的面，說出心儀之人來？」

看他搖頭嘆氣，自悔莽撞，周媛簡直無語。「你別在那裡胡思亂想了，趕快給宋俊寫信！」

又過了兩日，周松帶回一張字條給周媛和楊重。周媛拿起來看了看，笑道：「魚兒上鈎了。」

「妳可是打定主意了？若是將來懷仁知道此事，恐怕不會很高興。」楊重又跟周媛確認。

周媛搓了搓手。「我只遺憾不能親自動手，總覺得不夠解氣。」

楊重：「……」

第四十四章

第二日上午，信王府角門開處，一輛外表普通的馬車駛了出來。

馬車駛進五味樓的後門，收到消息的謝希修，也帶著幾個從人趕了過來。

「可看見裡面坐的是什麼人？」謝希修一面往樓裡打量、一面問道。

跟著的人回答：「並沒有，只看見外面坐著的是周松，還一直隔著簾子跟裡面的人說話。」

正說著話，另一個從人指著門口說：「公子，那不是在揚州時扮成公主繼母的宮人羅氏嗎？」當初他曾經受命調查周家，所以見過春杏的樣子。

「可看準了？是那個宮人？」

從人肯定地答：「看準了，就是她。」雖然比在揚州時胖了些，可確實是她沒錯。

謝希修見春杏站在門口四處張望了一回，又轉身進了五味樓，心裡思量，覺得機不可失，他在嶺南已經耽擱太久，眼看要入冬，再晚回去，路上不好走。於是當機立斷，叫人去趕馬車來，自己鑽進馬車，去了五味樓後門叫門。

後門是專門用來接待女眷的，進門後，謝希修讓安排在車上、扮作女客的侍女下車，吸引五味樓的夥計前來招待，自己卻留在車上，等侍女在夥計和從人的前呼後擁下進去，只剩他跟車夫、再無人注意馬車時，才悄悄掀開簾子往外看。

信王府的馬車就停在離他們不遠處，車邊一個人也沒有。這是個好機會。謝希修低聲吩咐車夫，把馬車往那邊靠了靠，然後悄悄溜下車，躲在兩輛馬車的陰影裡，以便待會兒朝雲公主出來上車，他能毫無阻礙地立刻站到她面前，說出該說的話。

後院很安靜，夥計們好像都在前面忙，很少有往後院來的，謝希修慢慢放鬆，在心裡把要說的話過了一遍。他查缺補漏，又將說詞過了兩遍，後院還是如剛才一般安靜。

怎麼回事？朝雲公主怎麼還不出來？時間似乎已經過去很久，謝希修漸漸有些焦急。就在他決定親自進去探探情形時，通往前院的路上忽然有了動靜，有名頭戴帷帽、身穿紅裙的女子，在侍女們的簇擁下走了過來。

謝希修本要出去相見，可是等那一行人走近時，又有些遲疑。他是見過周媛的，印象裡周媛並沒有這樣豐腴，可是那女子身邊陪著的，又確實是春杏無疑。再往後看，跟隨出來的還有周松和周祿，難道朝雲公主胖了？

眼見那行人還有十步就要到馬車旁邊，再躲下去也不妥當，謝希修只能咬牙站了出去。他本想好好行禮，說聲「公主，別來無恙」。不料剛站出去，春杏就尖叫一聲：「有刺客！」

然後周松和周祿以迅雷不及掩耳之勢衝上來將他按住，另外兩個侍女也跟著驚呼，紛紛說：「王妃當心！」扶著那女子快步後退。緊接著，從前院湧出五、六個身強力壯的夥計，對謝希修拳打腳踢起來。

謝希修沒反應過來，周松和周祿衝上來後，一個反剪他的雙手，另一個則飛快對著他肚子打了一拳，並在他張口呼痛時，往他嘴裡塞了顆核桃。

他的車夫見勢頭不對，剛嚷出聲，便被其他夥計按倒堵住了嘴打。主僕二人都不得出聲，又被團團圍住，自是毫無還手之力。而進去酒樓的一眾從人，則是老老實實待在雅室裡，根本不知道後院發生了什麼事情。

周媛跟楊重沒有去現場，一直在家裡等消息，直到來人回報說已經把謝希修打了一頓送到官府，兄妹倆才相視一笑，長吁一口氣。

「我真想親眼看看他挨打的樣子。」太遺憾了，這時代沒有相機，這麼美妙的時刻居然沒能留下照片來，真是可惜。

信王妃從外面推門而入。「打架有什麼好看的?真想看，妳當初怎麼不跟著我去?」

周媛站起身去扶著信王妃進來，笑道：「謝希修認得我，我去就露餡兒了。嫂嫂辛苦，我倒茶給妳喝。」親自去給信王妃倒了一盞茶。

楊重摸了摸鼻子，問妻子：「沒嚇著吧?」都是十娘，非說須得王妃在場，才好把謝希修送官，要不然他也不想讓妻子去。

「我膽子就那麼小?」信王妃接過茶盞笑道。「再說了，是我們的人打人，我有什麼好怕的?」

周媛拊掌大笑。「妙哉妙哉!嫂嫂啊，我越來越覺得，妳實在是個妙人，妳和七哥還真是『不是一家人，不進一家門』呢!」

楊重斜了周媛一眼，又問：「他那些從人呢，都一起送到衙門裡去了？」

「嗯，既然說是刺客，自然一起收押了。我看著了，他們下手很有分寸，都沒打著謝大公子的臉。周松說，專挑肉多看不見的部位打的。」信王妃說著說著也笑起來。「十娘的鬼主意真多。」

周媛指指楊重，一臉無辜地答道：「這可是七哥的意思，說萬一謝三公子來了，看見他哥哥給我們打成這樣不好，於是我就讓他們避開臉了，起碼面上過得去嘛。」

楊重嘆口氣。「就知道這個壞人最後還得我來做。罷了，誰叫我是當人哥哥的呢！」說完起身出去叫人來，讓他拿著自己的帖子去見刺史，說謝希修來歷不明，曾上門求見，似乎有造反作亂之意，請刺史好好調查清楚。

又跟周媛商量。「算著日子，那封信也該到宋俊手上了，妳說他會怎麼處置？」

「他若真是表裡如一，自然會拿謝希修殺雞儆猴。」周媛望了窗外一眼。「若是他三心二意，最有可能和稀泥，一聲誤會，這事也就解了。到時咱們就該調整對策。」

楊重則有不同看法。「這事沒有那麼簡單，謝文莊跟隨宋俊多年，現在雖是他的姪兒惹禍在先，可他不可能不出面求情。再說還有裴一敏呢，他也不會不管外甥。即便宋俊真無二心，只怕也難鐵面無私。」

周媛反駁道：「他身為嶺南節度使，封疆大吏，若是困於人情、連這點事都不能作主，那今後恐怕也難堅定立場。謝希修此番到嶺南，是先去見他的，過後卻又悄悄到郁林找你，想把你騙去揚州，居心之險惡，將宋俊置於何地？」

宋俊是嶺南的軍政首領，在他轄地上的藩王，要是就這麼悄無聲息地消失了，將來他如何跟朝廷交代？如果宋俊真是以家國百姓為先、不受外力所惑，那他絕不會這樣容忍謝希修。

「可是，萬一這事是他默許的呢？」楊重終於說出心裡的隱憂。

周媛頓了下，苦笑道：「那我們也只能把這場戲演到底。」

楊重聽了，也苦笑一聲，不再說話了。

信王妃放下茶盞，左瞧瞧、右瞧瞧，笑道：「瞧把你們兄妹愁的，我看這事沒那麼複雜。宋俊在嶺南說一不二，做什麼要看千里之外吳王的臉色？他肯見謝希修，那都是給裴一敏和謝文莊顏面了，又怎會默許他跑到郁林來試探殿下？

「再者，若外面真如謝希修說的那麼亂，換了我是宋俊，必然更加著緊殿下。反正嶺南安定，外面亂就亂唄，沒準兒等亂鬥過後，我就能捧著滄海遺珠，漁翁得利了呢！」

周媛對信王妃肅然起敬。「嫂嫂，說得好！」舉起大拇指稱讚。「是個當皇后的好材料！」

楊重氣得伸出扇柄去敲她。「胡說八道什麼！」

信王妃無奈笑道：「是你們二人身在局中，當局者迷罷了。午飯想吃什麼，我順道吩咐廚房去做。」

「我要喝老鴨湯，還要吃魚頭豆腐，我與嫂嫂一同去吧！」周媛說著不過癮，非與信王妃一道去了廚房。

另一邊，謝希治日夜兼程，原本要五、六日才能到的路程，他只用三日半就到了。

一路上，他怒火高漲，當初明明再三告誡大哥了，還親自送他到柳州，請叔父派人送他一段，沒想到他還是私自到了郁林！也不知大哥是怎麼惹惱了信王殿下，竟然能讓他寫信給宋使君求助。

原本謝希治想著，到了郁林以後，一定要替大哥好好道歉，把事情了結。誰承想，剛走到半路又收到自郁林來的信，說謝希修衝撞王妃，已經被刺史關押起來！

謝希治真的覺得自己沒臉去見信王和周媛了。到郁林後，他先去刺史那裡，聽刺史轉述事情經過，才去見謝希修。

見謝希修完好無損，關押的地方不是牢房，衣著也很整潔，謝希治略略放心，就開口問他到底怎麼回事。

「還能怎麼回事？這回我是陰溝裡翻船，小看了信王兄妹。」謝希修冷笑。

謝希治心裡的火又上來了。「你到現在還說這個？我是問你跟信王殿下說了什麼，又怎麼會衝撞了王妃？」

謝希修不耐。「什麼王妃？準是找侍女假扮的，不過是為打我一頓，讓我吃些皮肉之苦罷了！」他這些天也想明白了，這個圈套一定是信王和朝雲公主設來陷害他的。「你快把我帶出去，我要快些回揚州見表兄。」

「大哥，你怎麼這麼狂妄？以為這裡是揚州嗎？」謝希治終於按捺不住了。「刺史見過王妃，怎會不知是不是侍女假扮的？你自己做錯事，還要怨別人！我當初怎麼跟你說的？你為何還要來郁林？你到底跟信王殿下說了什麼，惹得他如此惱火？」

謝希修身上的傷還在隱隱作痛，被關在這裡好幾日，又被人當謀反重犯審問了兩次，心中的火氣也不小，此刻再被自己的弟弟逼問，哪還能忍得下去，當下就說：「你這是要教訓我嗎？我做事還用你來教？你身為謝家子弟，從不為親人著想，只懂得自己高興，我還沒教訓你呢！你說說，謝家養你二十餘載，你為謝家做了什麼？只會向著外人！」

兄弟倆大吵一架，不歡而散。

謝希治沒問出什麼有用的消息，只得厚著臉皮，登門求見楊重。

「妳說，見是不見？」楊重問周媛。

周媛答得爽快。「不見！叫人傳個話，說相信他會秉公處置就行了。」

楊重恨得又伸手拿扇柄敲了她一下。「人家懷仁哪裡對不起妳了？妳怎麼這麼狠心？」

「你別胡攪蠻纏，一碼是一碼！我們好不容易給了謝家和吳王一個虧吃，怎能輕易放過？再說，你也不想想，為何宋俊偏派了他來？難道不也是想藉此機會試試他嗎？若他當真想脫離謝家，自立門戶，自然就會秉公處置了。」周媛正色說道。

楊重哼了一聲。「妳說得容易！那可是他一母同胞的兄長，自古以來，大義滅親的能有幾人？就算做到，過後也免不了要被人說涼薄無情。」

周媛眼睛定定地看向前方，答道：「這就要看他如何取捨了。」

楊重思量一會兒，還是決定去見謝希治。「不能把他逼得太狠。」

他雖然見了謝希治，但態度還是冷淡了許多，只把謝希修跟他說的話大致跟謝希治複述一遍，最後說：「此事我就交給懷仁了，如何處置全憑宋卿作主，我絕不過問，只別再叫我見著令兄就是。」

謝希治臉上火辣辣的，如給人當面打了兩耳光般。他知道家裡人為了「做大事」會很無恥，但無論如何也沒想到會無恥到這種程度！居然還拿他做誘餌來引誘周媛兄妹。他們怎麼不想想，當初他們是怎麼對待周媛的？

此時此刻，他除了羞慚無地，真的沒什麼可以跟楊重說的，當下只能深深作揖，先替兄長道歉，然後表示一定把原話帶給宋使君，便告辭離去。

第二日一早，謝希治將謝希修和他的從人綁了，帶上馬車，一路送回了邕州。

七日後，宋俊親自帶著謝希治到了郁林，將處置謝希修的結果告訴楊重。

考慮到謝希修的身分，此事不宜公開，也不宜上奏朝廷，否則對楊重聲名有礙，也恐朝廷另有想法。所以宋俊作主，按軍法，以謝希修忤逆親王、衝撞王妃為由，杖責三十，並發配交趾軍前效力。

楊重一臉溫良，有些不安地說：「是不是太重了些？」說著還看了謝希治一眼。「交趾……謝大公子恐怕住不慣吧。」

宋俊沒有答話，也看著謝希治。

「這是他罪有應得。」謝希治面容冷肅。「臣知殿下一向寬宏大量，可此事萬不能寬縱，否則若有人效仿，殿下這裡有了閃失，臣等萬死難贖其過。」

宋俊接道：「正是這話，此事已成定論，臣已命人往揚州送信，殿下就無須再多慮了。」說完此事，便把話題帶到誠王身上。「依殿下之見，謝希修所言有幾分為實？誠王殿下當真離開京師了嗎？」

楊重苦惱道：「我也是將信將疑，五哥一直稱病不出，也不知道他身體如何。何況京裡並沒有消息傳出來，若非親眼所見，我也不能確定。」

宋俊輕嘆。「如今局勢一日一變，咱們身處嶺南偏遠之地，有許多事都不知詳情，也只能暫且看著。殿下還不知道吧，逆賊劉青前日宣稱擁戴興王殿下登基為帝，並廢黜皇上，眼下正率領亂民進擊東都洛陽。朝廷平亂的人馬都被拖在平州一帶，腹背受敵，進退兩難。」

「這……萬一東都有失，那可是……」楊重臉上露出慌張。「這劉青太歹毒，九弟可不是這樣的人！」

「是啊，東都如今危在旦夕，朝廷卻幾無可發之兵，聽說韓相爺已經急得病了。皇上年紀尚幼，朝中無人主事，幾位老尚書正商量著請誠王殿下出來輔政，萬一誠王殿下真的已經離開京師……」宋俊說到這裡頓了頓，看向楊重。「怕是少不得要來人請殿下入京主持大局。」

還來！讓不讓人過安生日子了？他還沒準備好出海呢！楊重快支持不住了，勉強裝出惶恐的樣子答道：「這、這我可不成！」

宋俊體貼地接過話頭。「臣也覺此事不可行。如今路上不太平，興王殿下已經遭劫，若殿下路上再遇見反賊，那可如何是好？依臣之見，殿下還是暫時留在嶺南，待局勢明朗些，再打算為好。」

楊重忙應道：「你說得是，就該這樣。」

「可惜這只是臣的一點淺見，若京裡來了欽差，要接殿下入京，臣也阻攔不得，殿下不如早些打算。」宋俊說完，就要告辭。「此番讓人貿然打攪殿下，實是臣失職，幸虧殿下寬宏大量不計較，臣感愧不已。臣還有事要去廣州，善後事宜就交給懷仁，殿下若有吩咐，只管叫他。」

一番話說完，完全沒給楊重挽留的機會，最後只能起身送宋俊和謝希治出去，然後回內院找周媛，把宋俊的話跟她說了。

第四十五章

「他是什麼意思啊？告訴你可能會有人來抓你走，又說他管不了，這是讓你跑嗎？」周媛糊塗了。

楊重也摸不著頭緒。「我要是跑了，他怎麼跟朝廷的人交代？難道他也想造反？」

周媛失笑。「他要是想造反，就會先把你關起來了，就像劉青對九哥那樣。」

楊重聞言，嘆了口氣。「咱們上輩子是造了什麼孽，這輩子才會生在帝王家？」

「你別想那些了，沒用！他不是把謝希治留下了嗎，我覺得他不會無緣無故就說這些，一定另有用意。等宋俊走了，你把謝希治找來問問不就行了？」

「剛剛把人家兄長打了一頓，現在又讓我厚著臉皮去跟人家套近乎，妳怎麼不去？不過懷仁還真是挺維護妳的，竟沒把妳的身分告訴宋俊。」

「你怎麼知道他沒說，也許宋俊只是裝傻呢！再說了，他不說，謝希修還能不說？」又氣楊重。「誰教你是信王呢？反正沒人看著我，我說走就走了。不然到時你自己在這兒頂著，我帶著嫂嫂和姪兒們走。放心，大江南北我也走了一回，保准能顧好他們。」

楊重無語了，就沒見過這麼沒良心的妹妹！

楊重心裡糾結了一回，第二日還是厚著臉皮找來謝希治，問他宋俊的意思。

「若事實真如使君所說，過些日子就有欽差來到，殿下打算如何？」謝希治反問楊重。見他沈吟不答，又笑道：「聽說殿下買了一艘海船？」

楊重不意外他會知道此事，當下點頭。「聽說海運利大，我也想摻和摻和，一大家子人要養呢。」

謝希治又問：「殿下可有想過親自出海？」

他這是什麼意思？楊重抬眸看了謝希治一會兒，搖頭笑道：「我這等運河行船都暈的人，如何能出海？聽說海上風大浪大，非一般人能受得住。」

「唔，那倒也是，臣在廣州時曾隨船出海，風平浪靜的時候，海上風光美不勝收，可一旦起了風浪，確實駭人。不過若是乘大船，坐在船艙裡，倒也不覺顛簸。」謝希治說起了出海的經歷。「若有機緣，殿下不妨一試。」

他這是勸自己出海？楊重乾笑了兩聲。「我是不能離開郁林的，只怕沒有機會。」

謝希治收起笑容，正色說道：「事急從權。若到萬不得已的時候，有些規矩也就顧不得了。」話鋒一轉。「宋使君此次出去巡視，不只要到廣州，還得去泉州，一來一回恐要數月，如果此時欽差來到，殿下難道要坐以待斃？」

「我還能如何？普天之下莫非王土，聖命相召，怎能不去？」楊重苦笑道。

謝希治本要說出與宋俊商議好的計策，可話到嘴邊，思維一轉，一句話脫口而出。「殿下何不問問公主有何計策？」

楊重一愣，與謝希治對視半晌，忽而一笑，轉頭吩咐安榮。「去請公主過來。」安榮應聲而去。

他這麼爽快，謝希治倒有些訕訕了，低聲向楊重解釋：「公主一向見機準且快，臣是想著，公主得知此事，應有良策，因此……」

楊重臉上的表情輕鬆多了，笑咪咪地擺手。「懷仁不必如此，我都明白。不過如今局勢混亂，就算我們有心暫避，實不知該去何處為好？況且，若我們一走了之，豈不給宋卿添了麻煩？」

「宋使君遠在泉州，鞭長莫及，如何能知道郁林的事？且朝廷現在自顧不暇，恐怕也沒有精力責問宋使君。」謝希治終於亮出了底牌。

楊重眼睛一亮，對啊，就算現在宋俊這裡出了什麼差錯，朝廷恐怕也不敢怎麼樣，因為他們已是四面楚歌，怎麼還敢招惹南邊的節度使？不過宋俊這次可真是賣給他好大一個人情，將來會想讓他怎麼還呢？

而且，之前安排去探海島的人還沒回來，就算可以走，他們能走去哪兒？總不能先上船出海，再慢慢想目的地吧？

他正蹙眉沈思，門外忽然傳來通報聲。「殿下，公主來了。」

楊重揚聲請周媛進來。「坐吧，有事跟妳商量。」

周媛進來掃了兩人的表情一下，見謝希治似乎有些不自在，楊重則是若有所思，便走到謝希治對面椅上坐下，等著楊重開口。

「宋卿去了廣州，懷仁說他這次出巡，一路要去到泉州，沒有幾月是不會回來的。若是在此期間，朝中有欽差來到，我們去是不去？」楊重問道。

周媛看看他又看看謝希治，笑道：「什麼我們？明明是你自己！」

楊重：「……」

謝希治：「……」

「謝公子有何高見？」周媛調侃完楊重，又問謝希治。他既然說出這番話，心裡肯定是有主意的。

謝希治抬眸看了她兩眼，答道：「臣哪裡有什麼高見，只是把形勢說與殿下和公主聽，看殿下和公主有何打算而已。」

「那七哥有何打算？」

正在看熱鬧的楊重很無語，怎麼又把球踢回來了？清咳一聲，答道：「現在外面兵荒馬亂，進京顯然不是明智之舉。要不，我們出去避一避？」

「好啊。」周媛應得爽快。「你這不是有主意了嗎，還叫我來幹麼？」

楊重：「……我是想叫妳來商量商量避到什麼地方去。」

周媛不以為然。「這急什麼？就算朝廷現在派了欽差出來，總得兩、三個月才能到嶺南。看現在的情形，需要的時日只有更多沒有更少，咱們慢慢商量就是了。」

「萬一朝廷已經派出欽差了呢？」謝希治插嘴說道。「如今通信不便，許多事都說不準。」

周媛聞言，就盯著他看，直看得他越來越不自在，才開口：「既然如此，我們兄妹是沒想出什麼好地方了，煩請謝公子賜教。」

謝希治抿唇，隨即笑了出來。「什麼都瞞不過公主。剛才殿下所言甚是，普天之下莫非王土，不過自古以來，天下總少不了化外之地。距離此地不遠，隔海就有瓊州島。公主以為，此地如何？」

「不錯嘛，信王殿下，宋俊給你準備這地方，可是當初廢太子被發配的地方呢！」等謝希治走了，周媛笑嘻嘻地打趣楊重。

楊重翻了個白眼。「妳也知道是廢太子！」又問：「他是不是想把我們關起來？」

「八成有這個意思。你現在也算奇貨可居了，他把你送島上去，過個幾年，外面鬧得差不多了，甭管是五哥上位還是九哥上位，你都是正經的親王，他也算是有功之臣。再往好點想，外面的全自相殘殺光了，沒準兒最後剩你碩果僅存，那他可就是大秦最大的功臣了！」

「妳這是往好了想嗎？」楊重瞪周媛。「有妳這麼說親哥哥的嗎？」

周媛訕訕一笑。「我剛才說的是宋俊的想法，又不是我！那你去是不去？」

看她心虛地轉了話題，楊重沒再多責備，答道：「宋俊都做到這一步了，我們要是不去，豈不是太不識抬舉了？」

「那你可得想好了，上島容易下島難。」

楊重回道：「那又如何？咱們還有更好的地方能去嗎？瓊州雖然建置不過二十餘年，總好過其他荒島。懷仁說的妳也聽到了，島上有駐軍，咱們若想帶著府中護衛，也能想辦法帶上去，至少不用怕有人來攪擾。」
也對，而且去了島上，有些事比現在做起來還方便。
於是周媛點了頭。「行啊，聽你的。」
兄妹倆的意見達成一致，又一起去跟信王妃說了此事。
信王妃有些捨不得。「好好一個家……」這可是他們自己一手一腳、親力親為佈置好的家，哪能說走就走、毫無留戀？
「瞧妳說的，只要咱們一家人在一起，換到哪兒去住都是家，怎麼還在意起一處宅子了？」楊重笑著安慰妻子。「去了瓊州，咱們按自己喜好，再造一處宅子就是了。」
周媛也勸道：「不過是暫時去躲一躲，等沒事了，沒準兒咱們還能回來住。」
信王妃也只是一時感慨，知道現在時局所迫，已無可供選擇的餘地，於是故作輕鬆地開玩笑。「誰說我捨不得這宅子了？我是捨不得花園裡種的花、池塘裡養的魚，還有十娘叫人給大郎、二郎架的鞦韆……」
楊重心裡一酸，為博妻子一笑，強裝瀟灑地一揮手。「這有什麼，都帶著！」
信王妃給面子地笑了笑，然後拋開那些不捨和傷感，開始仔細與楊重和周媛商量細節，何時走、帶什麼人、能帶多少東西、路上怎麼走等等。
今日謝希治先提出地點給他們參考，又把瓊州的現況跟他們說了，若是楊重願意去，他會想辦法幫忙。所以除了出發的日子和方式還要慢慢商議之外，其他的可以先準備起來了。

當下三個人商定，由信王妃負責收拾家裡需要帶的東西，以及決定帶哪些下人，留下的又要如何安置。楊重和周媛則考慮外面開的食肆，還有合浦那邊的事情如何處置。

「就算我們去了島上，也不該與世隔絕，食肆不如照開。正好春杏有了身孕，不方便跟我們走，就讓他們跟周松留在郁林，萬一有什麼消息，也可以及時通知我們。」周媛說道。

楊重點頭。「也好，合浦那裡也還照舊吧。但是那艘船……」

「船當然要開去島上，以備不時之需。」

「可是我們的船工和舵手都不夠，廉州雖距瓊州不遠，這船也不能自己過去呀！」

「你可以去請謝三公子幫忙。」

楊重聽了，斜眼看周媛。「我說妳怎麼越來越厚臉皮了？好歹是個姑娘，怎麼比一般男子還豁得出去啊？」

「你豁不出去，就把船停在廉州港裡生鏽吧！」

楊重其實也沒別的辦法了，可是他總覺得，自己剛坑了謝希治的大哥一把，這件事多少讓謝希治在宋俊面前有些難堪，所以還真不好意思去求謝希治。

第二日，謝希治主動上門求見，問他們兄妹考慮得如何？還說正好要往瓊州增派駐軍，若是楊重考慮好了，可與這批人一同前往。

看謝希治是真心為他們著想，也並沒有把謝希修的事放在心上，楊重終於放下顧慮，說起自己那艘海船的事。

「這個好辦，臣可以安排軍中的船工過去，先把船開到瓊州島。」謝希治十分爽快地應了下來。

楊重十分感激。「懷仁，多謝你。令兄的事……」

一聽提起謝希修，謝希治忙開口說道：「家兄無禮，臣心中十分慚愧，本覺無顏再見殿下，幸得此次有機會為殿下效勞一二，殿下實在不必客氣。」

明明是一母同胞的兄弟，怎麼人品就相差這麼多？楊重心中感嘆，也寬慰謝希治。「我知道你的為人，你大可不必為令兄所做的事煩惱。你是你，我和十娘心裡是清楚的。」看謝希治露出微笑，又加了一句：「十娘早說過，懷仁乃是真君子。」

「公主過譽了。」謝希治嘴上自謙，心裡卻是真真正正鬆了口氣。

話說到此處，兩人心裡的芥蒂都消融而去，終於恢復之前的輕鬆自如，說話自然順暢了起來。周媛不在，謝希治也沒有賣關子，把自己這邊的安排都跟楊重說了。

「他們打算一個月後從雷州出海去瓊州島，我們可以坐自己的船去，也可以坐軍中的船。至於隨身攜帶的東西，懷仁說島上難免缺東少西，讓我們不必顧慮，帶齊了該帶的。」楊重跟妹妹和妻子轉述了謝希治的話。「咱們的時日還算寬裕，看著有什麼缺的，可以去買。」

周媛聽了，想著瓊州島是個開荒種田的好地方，便列了各種食物和種子、農具、耕牛、懂種田的下人等等在清單上。

這邊緊鑼密鼓地準備了半個月，就到了要出發的日子。

臨走之前，周松幾個人來見周媛。「春杏有孕，不便出海，小人要顧著食肆，可是公主這裡也不能沒人服侍，不如讓周祿隨您上島吧？您想吃什麼也方便。」

周媛聽了失笑。「是怕我嘴饞吧？可是周祿去了，食肆那裡，你們支應得來嗎？」

「公主放心，現在二喜已能獨當一面了。」

其實周媛也怕周祿不在，沒人跟她研究各種美食，於是爽快答應。「好，那周祿跟我去。」看春杏紅著眼要哭，忙拉著她的手哄道：「不過是暫別，做什麼這樣？等妳好好生下孩子，若是我們還在島上，我就讓人來接妳去，可好？」

春杏點點頭。「奴婢就是不大放心旁人服侍您。」

「我什麼都能幹，哪還用人服侍？再說嫂嫂已經安排了，妳就安安心心地在家安胎。」周媛耐心安慰了她好半天，又囑咐周松該注意的事，就讓他們回去了。

第二日，周媛和楊重一家人悄悄坐車出城，先往雷州去。他們要帶的東西，一部分已先行運往雷州，另一部分也提前送去了廉州。

至於府內護衛，先前去了廉州的那三百人，這兩日就會坐自家海船去瓊州；剩下的則分批悄悄前往雷州，與楊重乘坐軍中船隻出海。

半月後，周媛一行人抵達雷州，與先到此地的謝希治會合。隔天一早，眾人再上船，很快到岸登陸，之後一路向南行，在當日晚間終於抵達目的地澄邁。

「此處屬三鄉交界處。澄邁的百姓小半是黎人，還有一小半是南遷的漢人，餘外也有些苗人。為免節外生枝，我便作主選擇此地請殿下暫居。」謝希治指著前面的一排房子跟楊重介紹。「時日倉促，只來得及蓋起這些，殿下先住著。」

此時天已經黑了，那一間一間的屋子裡亮著淺黃色的光，讓人心裡多了幾分安定。

楊重伸手拍了拍謝希治的肩膀。「辛苦你了，這樣就很好。」當下命人下車收拾，做飯的做飯，卸東西的卸東西。

一路奔波勞累，當晚眾人便草草收拾了睡下。

第四十六章

第二日，周媛與楊重跟謝希治出門查看周圍環境。

他們住的房子坐北朝南，背靠小河，東邊是一大片荒地，西邊不遠則有山林延伸到南邊。南邊地勢漸高，與山林交界的地方，形成了一片山坡。

楊重等人上了山坡，然後回身向北看，頓時有種俯視眾生的感覺。

周媛四處走走，又試了試腳底的土，跟楊重商量。「咱們還是在這坡上蓋房子吧，讓護衛住在下面。」說完又問謝希治：「這樹林的西邊看過嗎？」

「西邊再走二十里就到海邊，殿下的船可以停在那裡。」

「嗯，那可以把這邊的樹木伐倒，讓一部分護衛住那裡。」居高臨下，三面拱衛，這樣才有安全感。

楊重又問謝希治蓋房子的材料，謝希治說已經運了幾船磚石來，便就此商定細節，在坡上量地蓋房。

他們帶來的人手足夠，平整土地、伐木蓋房，一樣一樣安排，很快就有序地開工了。

至於房屋形制，他們只注重舒服實用，便在坡上圈了一個大院子，裡面分隔成一大兩小三個院落。大的是楊重一家的居所，東邊小院給周媛住，西邊則留作客院。

周媛對此有些異議。「咱們都躲到這兒了，哪還有客人來啊？」

「怎麼沒有？懷仁不是？」楊重理直氣壯地回道。

周媛懶得計較，任由他們去折騰，自己就偷懶，專管廚房了。

不料楊重看不得她清閒，非得多給她安排一項差事：照顧謝希治的飲食。

在蓋房子的這段時日，謝希治一直親力親為地忙前忙後，甚至每日親自看著泥瓦匠們打地基、砌牆，連護衛蓋的房子也日日過去查看進度和品質，十分認真仔細。

楊重心裡過意不去，勸他不要這麼辛苦，讓管事們看著就好。謝希治卻說，他現在也算對蓋房子有了些經驗，多看看比較放心，而且有他看著，那些匠人們也會更仔細。

見勸不了他，楊重只得想辦法在別的方面補償，於是就這麼愉快地把妹妹給賣了。

周媛第一次被楊重打發去給謝希治送水喝時，還沒走上坡，就看見謝希治背對著她，蹲在砌了二尺高的半截牆上，正跟匠人說話。若不是對他的背影非常熟悉，她幾乎認不出那是丰神俊秀的謝三公子。

他穿了件淺灰色的外袍，後背上有一片洇濕的汗跡，走近了，還能看到袍子下襬沾滿了泥土，連露出來的鞋尖上也布滿灰塵，真跟泥瓦匠無異。

周媛心裡有些酸，走上前叫他。「謝公子，下來歇歇，喝口水吧。」

聽見她的聲音，謝希治一驚，回頭看時，險些從牆上跌落，嚇得旁邊的長壽和無病忙伸手去扶，好在他只是晃了晃，並沒真的掉下來。

「這裡有水的，怎還勞妳親自送來？」謝希治爬下牆，有些不好意思地低聲跟周媛說。

周媛叫他到樹蔭下坐了，給他倒了一盞茶，回道：「七哥怕你累著，叫我送過來，順便讓你歇歇。」

謝希治就著長壽打來的水洗了手，擦乾淨了才去端茶。「多謝殿下，有勞公主。」

周媛看他額頭上都是汗，臉也曬得有些紅，等他喝完茶，順手把手裡的帕子遞過去。「都到這裡了，還稱什麼殿下、公主的？」又自嘲：「我早已不是公主了，你還是叫我十娘吧。」

謝希治看著她遞來的帕子，有些受寵若驚，不過沒有遲疑，伸手就接了，笑道：「也好。這裡人多雜亂，又灰塵漫天，妳快些回去吧。」

「你也回去歇歇吧，這裡哪用你一直盯著？別蓋好了房子，你卻病了。」周媛看他拿著帕子不擦汗，指了指他的額頭。「擦擦汗吧。」

謝希治攥著帕子在額頭上按了按，回道：「哪有那麼容易就生病？妳先回去，一會兒吃飯時我就回去了。」

周媛勸不動他，就把茶水留下，讓長壽記著叫謝希治喝，自己起身離開。

謝希治跟著站起身，四下望了一眼，又叫無病。「你送公主。」

「就這麼幾步路，哪需人送？」周媛推辭。「我也是自己來的。」

謝希治很堅持。「這裡雜亂，跟著人比較好。」停了停，又說：「下次叫下人來送吧。」

周媛望進他漆黑明亮的眼睛，見他眼裡都是關切，便接受了他的好意。「好吧，下次我不自己來就是。」帶著無病走了幾步，又停住腳，轉身問：「你可有什麼想吃的？我叫廚房做。」

謝希治看著她的背影，情不自禁露出笑容，不料她忽然轉身，笑容一時僵住了，等聽清她問的內容，笑容擴大了些許。「什麼都好，妳知道的，我不挑食。」

明明整個人髒兮兮的，笑容卻還是那麼耀眼。聽了他的話，周媛也忍不住笑了。「算我白問，這世上好像還真沒什麼謝三公子不吃的東西。」說完扭頭快步走了。

回去，周媛就進了廚房，見有新鮮的鯧魚和蝦，就讓周祿挑了兩條大的鯧魚清蒸，又用小的煮粥；蝦則剝殼去頭，用剝出來的蝦仁和白菜、肉做餡，包了兩屜蒸餃。

午間，謝希治回來吃飯，看見熱氣騰騰的蒸餃，先笑彎了眼睛。

「我說今兒怎麼費力做了蒸餃，原來是懷仁喜歡。」楊重看在眼裡，笑咪咪地出言打趣。「可憐我這做哥哥的，想吃什麼東西，都得再三求她，才肯做給我呢。」

謝希治早已練就了應付楊重的本事，當下笑道：「這有何難？以後殿下想吃什麼，直接吩咐周祿就是了。」

楊重嘆氣。「有她在，周祿哪肯聽我的話？看來以後還得沾懷仁的光呢！」

謝希治笑而不答，坐下來問楊重：「殿下還不吃飯？」

這些人越來越不好玩了，怎麼逗都沒反應，真是沒趣！楊重悻悻地舉起筷子。「吃飯吃飯。」

之後，周媛每日都去給謝希治送兩回水，偶爾王妃讓人做了湯，就要周媛再跑一趟。到了吃飯時辰，若謝希治沒回來，她還要再去叫他來吃飯。

「幹麼非得讓我去？」周媛忍不住問楊重。

楊重揮揮扇子。「除了妳，誰能把他叫回來？」

周媛沒話了。到了用飯時辰，謝希治沒回來的話，準是那邊有事忙著。上一次就是，去了好幾個人叫也沒回來，只說讓他們先吃，後來楊重親自去，反而也跟著在那邊耽擱了許久才回來。

「要是真到要緊時候，我去也沒用！」

楊重轉頭叫：「大郎，跟你姑母去請謝先生回來吃飯！」又回過頭跟周媛說：「妳帶著大郎去，他肯定不會讓你們倆餓著等他。」

大郎歡快地從院子裡跑進來，拉周媛的手。「姑母快走，去找謝先生。」

周媛無奈，只能牽著大郎往南邊山坡去。走出門想起謝希治的話，又叫了兩個護衛跟著。

到坡上時，就看見謝希治拿著草圖跟匠人爭論。「……我早跟你說了，這裡少了兩寸，這樣不行。」說著看見周媛和大郎，不由停了下，衝著周媛一笑，隨即吩咐道：「明天扒了重砌。」然後收起草圖，快步走向周媛他們。

「這個時候，你們怎麼來了？」

周媛笑道：「你也知道時候不早了？左等你也不回去，右等你也不回去，大夥兒都餓了，大郎就非得要來看你在忙什麼。」

大郎忙糾正：「是爹爹叫我來請謝先生的！」

謝希治對他笑道：「那可辛苦大郎了。」又對周媛說：「妳等我一下。」轉身把手洗乾淨，才摸了摸大郎的頭說：「走吧，回去吃飯。」

大郎順勢握住他的手。「走咯，回去吃飯咯。」拉著他和周媛就走。

周媛和謝希治都是一愣，大郎本來右手牽著周媛，這會兒用左手拉住了謝希治，就成了兩人一同牽著他了。

謝希治先反應過來，握緊大郎的小手，跟著往前走。周媛則是慢了半拍，才跟上去。

「你瞧瞧，像不像一家三口？父母牽著孩兒出去。」

長壽這是跟誰嘀咕呢?!周媛強忍著沒有回頭，偷眼去看謝希治，見他正跟大郎說話，似乎沒聽見。

「又胡說！這可是公主，咱們高攀得起嗎？」

無病你既然已經壓低聲音了，敢不敢壓得再低一點，讓我聽不到啊！

周媛又看了謝希治一眼，見他仍沒有反應，還跟大郎一問一答地說話，心裡不由悲憤，這兩個僮兒是故意說給她聽的嗎？

當晚吃完飯後，周媛回房，躺在床上卻翻來覆去睡不著。

她有些患得患失，像今日這樣與謝希治一同回來吃飯，讓她不可避免地想起之前在揚州，他到周家蹭完飯，自己帶著周祿送他回去的日子。

可是現在的他們，顯然已不是當初的人了。她不知道謝希治有何打算，但從謝希修的事，到安排他們離開郁林上島，還有如今這般任勞任怨，都讓周媛的心慢慢軟化。

其實她曾經想過，她跟謝希治之間的感情，很像前世情竇初開的中學生，天天朝夕相處，難免日久生情，有朝一日各奔東西，感情便慢慢淡了、散了，成為記憶裡一抹很美、但很遙遠的風景。

偏偏現在這風景一直跟著她，她走到哪兒，這風景就跟到哪兒，讓人想忘也忘不了。還不吝於將他的美好展現在她面前，讓她不知不覺更加沈淪進去。

那他呢？他對她的感情是否一如往日？他為什麼悄悄留著袍子，卻從來不在她面前穿？為什麼總是見了她便笑容滿面，卻不曾有任何主動接近的行為？

一個一個無解的問題，伴著困惑的周媛慢慢睡去。

進行了近兩個月，房子總算完工，眾人將東西搬進去安置好，正式入住。

入住新房的第二天，楊重辦了喬遷宴，在新居裡宴請謝希治。又命人去買了兩頭豬、幾十隻雞鴨回來，犒賞辛苦了兩個月的護衛們。

筵席的菜單，楊重交給周媛安排。周媛也沒推辭，帶著周祿和安榮研究。

眼下他們在海島上，最優先選擇的食材自然是海鮮。大蝦油燜，梭子蟹切開用辣椒爆炒，章魚焯熟了浸醋涼拌。再紅燒黃花魚，煎帶魚，最後挑大的蛤蜊做疙瘩湯。除此又準備了醋溜白菜、筍絲炒肉、蟹黃豆腐、鮮菇燉雞、紅燒肉等菜。

傍晚時分，主客就座，一道道菜漸次送上來。楊重叫人開了一罈酒，又把周媛找來，讓她作陪。「懷仁為妳我盡心盡力，今日怎可不好好謝他？」親自給他們和自己倒滿了酒。「喬遷新居，前有至交好友，後有至親骨肉，我今日算是心滿意足，咱們乾了這杯吧！」

謝希治跟周媛一起舉杯與他飲盡，楊重又招呼謝希治吃菜。「都是十娘親自安排的，可得好好嚐嚐。」

看他殷勤招呼謝希治的樣子，周媛也不插嘴，自己挾了一隻蟹腿吃。

「來，懷仁，此番從郁林至澄邁，多虧有你前後周全，我心中實在感激，今日略備薄酒，聊表謝意。咱們滿飲此杯。」吃了幾口菜，楊重再次端起了酒杯。

謝希治很爽快地與他對飲，又說：「殿下已認了我做至交好友，現在怎地又客套起來？」

楊重聽了大笑。「對對對，是我失言了。既是至交好友，你也別再殿下殿下的了，以後就跟十娘一樣，叫我七哥便是！」

謝希治下意識看了周媛一眼，卻發現她正專心吃著炒蟹，不由笑了笑，爽快應道：「那我就大逆不道一回，於無人處就僭越了。七哥。」

楊重應得乾脆。「欸，這就對了！來，嚐嚐這蝦，冷了就不好吃了。」又說周媛：「有妳這般做主人的嗎？光自己吃得高興，也不招呼客人。」

「不是有你招呼嗎？」周媛無辜地回了一句，不過還是擦了手，給他們滿上酒。

楊重看著她倒滿酒，又說她：「妳也該敬懷仁一杯。不提此番辛苦，就是當日千里迢迢送妳到郁林，也該好好敬他一杯。」

這傢伙真夠刻意的。周媛瞟了楊重一眼，沒等開口，謝希治先說話了。「七哥這是又拿我當外人了嗎？」

「這是兩碼事。」楊重解釋道：「便是自己人，該有的禮數也不能少。」

謝希治怕周媛不高興，忍不住看向她，卻發現她似乎並不在意，還真的舉起酒杯說：「是啊是啊，多謝謝公子相救，還要謝謝你此番費心籌劃，讓我兄妹倆能有安身之地。」說著一仰頭把酒喝了。「我先乾為敬。」

謝希治只得也跟著飲盡一杯酒，回道：「公主言重了。」

「瞧瞧，又是謝公子、又是公主的，怎麼又生疏起來了？」楊重插嘴，先用手指周媛。「十娘，」又指謝希治。「懷仁。」

因他這句話，兩人不由對視了一眼，卻又在視線撞上的一刻，各自收回目光。周媛埋頭吃菜，謝希治則挾了塊蟹腿吃。

楊重沒逼著他倆當場就換稱呼，而是順勢轉了話題，先點評海鮮，然後又說起海船。

「……過兩日得閒了，我們也去瞧瞧。」

謝希治聽了這句，接道：「我正要與七哥說，到島上也兩月了，算著時候，宋使君應已在返回邕州的路上，我想明日或後日離島上岸。七哥可有什麼信要捎？或者需要什麼東西，我叫人從岸上採買了送來。」

兄妹倆聽說他要走，都是一愣。

楊重看看妹妹，問道：「懷仁是要回邕州？」

「是，我出來的日子不短，島上情形、還有些使君交代的事，須得回去覆命。」

楊重點點頭。「也對。捎信就不用麻煩你了，我叫人跟著你們去。至於採買的東西，明日我擬單子給你。好了，這些事都不忙，咱們先吃飯。」招呼謝希治吃飯，又談論起時局，各自感嘆唏噓，喝了不少酒。

眼看著月上中天，兩人都喝得半醉了，周媛才開口勸：「時候不早了，不如今日就散了吧，別喝多了傷身體。」

楊重醉眼矇矓。「唔，也好，我是有些醉了。十娘，妳替我送送懷仁。」說著說著語音模糊起來，最後竟伏倒在桌上。

周媛無奈，叫了安榮來服侍楊重進去休息，自己送謝希治出院子。

第四十七章

謝希治雖然喝了不少，頭有些暈，但神志還很清楚。

他與周媛並肩往院外走，一輪明月掛在天上，照得滿地清輝，恍惚間好似身處夢境。

「十娘。」走出院門後，他忽然站住了腳叫周媛。

周媛腳步一頓，扭頭看他，他卻只是沈默，好半晌都沒說話。

周媛等了半晌，見他只是呆呆看著她不說話，就清了下嗓子，說：「早些回去睡吧。」

「我這次去邕州，少則一月，多則兩月，必回。」謝希治專注地看著周媛的眼睛，低聲探問：「待我回來時，妳還會在這裡吧？」

周媛聽了這句話，先是一愣，有些訕訕，接著又覺心裡一痛，因為他聲音裡有掩不住的忐忑不安。

她故意笑了一聲。「我不在這裡，還能去哪裡？」

謝希治似乎鬆了口氣，也跟著笑了。「不好說，這世上好像沒有妳不能去的地方。」說了一句玩笑話之後，他的目光又認真起來。「咱們擊掌為誓，不會再不告而別。」

就算她有前例，也不用這樣吧！周媛皺起臉。「你這人，我說了不會就不會，難道誓言比我說的話更容易叫人相信不成？」誓言也是她自己起的好嗎？

誰知謝希治居然認真想了想，然後還是舉起手說：「當然。」

周媛無奈，只得伸手跟他擊了三下掌。「好好好，我保證再不會不告而別，起碼走的時候跟你道別，好了吧！」

眼見他臉上的笑容消失不見，目光也變得委屈，周媛只好投降。「我只是玩笑，你別當真。你也不想想，這都到了瓊州島，我還能跑去哪啊？你現在這樣子，都有點像沒吃飽飯的二郎了。」

想起圓圓胖胖、憨態可掬的二郎，謝希治終於恢復笑容。「玩笑也不許再說這種話。」

這傢伙是喝酒壯膽了嗎？居然還敢管她了！周媛瞪圓了眼睛。「你還不回去睡覺？」

「我先送妳回去。」

明明是我送你好嗎！周媛看他竟然轉身要往她住的院子走，忙伸手拉住他的胳膊。「不用不用，我自己能回去。你別亂跑了，快回去睡！」拖著他往另一邊走。

謝希治沒有掙扎，任由周媛拉著他走，眼睛卻一直看著那雙緊緊拉住自己胳膊的手。她的手本就柔若無骨，又細白如瓷，此刻在月光的照映下，更顯得如上好的羊脂玉般，散發瑩瑩光澤。

拉扯糾纏中，她的衣袖上滑，藏在袖子裡的一雙皓腕也跟著露了出來。謝希治看了兩眼，忽覺不對勁，當下站定腳步，伸出空著的手拉住周媛的右手。

周媛拖著拖著，發現他不走了，就停下腳步回頭查看，冷不防他忽然用力拉住她的手腕，一個沒站穩，人就撞進了他懷裡。

四目相對，呼吸相聞，兩人一時都呆住了，維持著周媛左手抓著謝希治的右臂、謝希治左手握著周媛右手腕、之間只隔著幾寸距離的姿勢，好久沒有動作。

心跳聲越來越大，不知是他的還是她的抑或是兩個人的，此刻萬籟俱寂，越發顯得那聲音十分之響。除了越來越響的心跳聲，迴盪在兩人之間的呼吸似乎也漸漸重起來，周媛甚至覺得自己聞到了一絲酒香……

咦，這傢伙的臉怎麼越來越近了?!

周媛一下子回過神，鬆左手掙右手，嗔道：「怎麼突然站住不走了？」

「妳的手怎麼了？」謝希治也回過神，意識到自己剛剛的想法，臉上不由發熱。為了掩飾自己的異常，又拉起周媛的右手，指著她手腕上幾處紅點問。

周媛看了兩眼。「這個啊，今天在廚房不小心燙的。沒事，塗了藥，過幾天就好了。」

謝希治把她的手腕拉到眼前細看，眼見白玉般的手腕上多了幾道紅紅的傷口，顯得皮膚越發的白嫩，那白也反過來襯得傷口愈加通紅，惹人心疼。

「妳怎麼還親自動手了?廚房裡又不是沒人。」謝希治慢慢放下周媛的手，認真囑咐：「為這個弄傷了手，多不值得，以後不要這樣了。」

周媛為了打發他回去睡覺，乖乖應道：「好好好，我不去了。時候不早了，快去睡吧！」硬把他推進客院，又揚聲叫長壽和無病來服侍他，才終於脫身回房。

第二日，眾人起得都有些遲。吃早飯時，楊重一個勁兒叫頭痛，又聽長壽來回說謝希治起身晚了，不過來吃飯，就後悔道：「早知道少喝一點。」

吃過飯，兄妹倆商量好需要採買的東西，謝希治便來告辭。

「……臨走之前還想去見見刺史，我不耽擱了，今日就走。」

楊重有些意外他如此著急，看了周媛一眼，見她不出聲，只得自己開口。「何必急在一時？我還想給你餞行呢！」

謝希治微笑道：「七哥昨日不是已經給我餞行了嗎？此次上島時日實在不短，我得趕在宋使君之前回邕州。」停頓了一下，又說：「早去也好早回。只留您在島上，想必宋使君也不放心。我回報完事情，再回來陪七哥。」

楊重驚訝地睜大眼，轉頭看周媛，發現她還是沒反應，似乎並不感到驚奇，便笑道：「也好，路上當心，別太辛苦了。」又把擬好的清單拿給謝希治看。

謝希治掃了單子一眼，看見列有許多如小雞、小鴨之類的活物，有些疑惑地抬頭看向楊重。

「都是她要的。」楊重一臉無辜，指向周媛。

周媛一本正經地解釋：「養大了吃的。」

謝希治失笑，收起單子告辭。楊重跟周媛送他出院門，看他帶著隨從上馬，一路奔馳向北，漸漸消失了蹤影。

「妳是不是知道他還要回來？」楊重問周媛。

周媛裝傻。「他不說，我哪知道？」

「妳就嘴硬吧，若他就此一去不回，在外面娶了嬌妻美眷，看妳哭不哭！」

周媛不理他，回去就著手開墾荒地的事。等這邊章程列出來，謝希治也讓人送來了耕牛和其他活物。於是開荒的開荒、搞養殖的搞養殖，大家又開始熱火朝天地忙了起來。

大家按部就班忙活，周媛閒來無事，就在自己院子裡移栽了辣椒秧苗，又開始琢磨種番薯。除了辣椒和番薯，她還在院子裡種些花草和其他蔬菜，於是堪堪一個月過去，院子裡便多了許多綠意，更有一簇簇開得粉粉紅紅的月季爭奇鬥豔。

「都一個月了，懷仁也沒有音信，妳還有心思侍弄花花草草？」楊重踱到周媛院子裡，語氣涼涼地刺激她。

周媛一剪子下去，喀嚓一聲就剪掉一枝含苞待放的月季，轉手遞給旁邊服侍的侍女，然後才回道：「誰說沒信？送那些東西來的時候，不是捎了信說接你的欽差到了嶺南嗎？」

楊重嘆氣。「妳這丫頭怎麼就跟人這麼不一樣呢？不解風情！」

不解風情的周媛齜牙一笑。「多謝誇獎。」放下剪子去洗手，看楊重還跟著她，就說他：「你解風情，就該多去陪陪嫂嫂，整天教訓我幹麼？再說了，什麼叫解風情啊？他一走，我就不思茶飯，什麼事也不管，那就叫解風情了？」

誰知楊重竟然還點頭。「就是這樣。不然妳整日跟沒事人似的，有他沒他一個樣，誰能看出妳對他有意啊？」

「……誰跟你說我對他有意了？」

楊重瞪大眼。「難道妳對他無意？」

兄妹倆正大眼瞪小眼，忽然有個聲音從門口傳來。「七哥？」

兩人眼睛一同瞪得更大，同時扭頭看向門口，只見一個人逆光站著，高高瘦瘦、衣袂飄飄，正是他們口中談論的那個「他」——謝三公子。

「懷仁！你回來了！」楊重率先出聲，哈哈乾笑著走向他。「怎麼也沒人來通報一聲？」

周媛也有些心虛，可謝希治背光站著，她看不見他的表情，只能默默站在原地，聽他跟楊重說話。

「聽說七哥在這裡，我一時心急，就自己來了。」

楊重又哈哈笑了兩聲。「心急看我還是看誰啊？我們剛還說呢，一走一個月，怎麼也不來封信，不料你人直接就回來了。」

謝希治自動忽略了他的第一句。「本也沒想到這麼早就回來，因宋使君新任命了瓊州刺史，命我隨同赴任，這才今日就到了。」

「唔？新刺史？莫非是懷仁你吧？」楊重調侃道。

謝希治失笑搖頭。「並不是。新任刺史乃是宋使君的妹婿馬山，就是前次來過王府的馬姑娘之父。馬姑娘和宋姑娘也來了，此刻正在見王妃。」

周媛囧，那表姊妹倆怎麼又來了？

楊重比她直接多了。「宋姑娘也來了？看來宋俊是鐵了心，要招懷仁做女婿呀！」一邊說、一邊笑嘻嘻地看向周媛。

謝希治也看了周媛一眼，然後不動聲色地說道：「七哥誤會了，宋姑娘是陪馬姑娘來的。宋使君說，馬姑娘年幼喪母，難免失了教導，難得王妃喜歡她，讓她來跟王妃多親近親近，也多聽聽王妃的教導。」

這話怎麼越聽越不對勁呢？周媛跟楊重對視一下，又回頭盯著謝希治說：「宋俊讓他外甥女跟我嫂嫂多親近？一個雲英未嫁的小娘子，總往我們這裡來，這適當嗎？」宋俊不會是想把他外甥女塞給七哥吧？

楊重的表情有些呆滯，顯然沒想到還有這一層意思。

謝希治含蓄地答道：「只要七哥和王妃覺得合適，自然就沒什麼不合適了。」

果然！周媛回頭看楊重，見他好像還沒想通，丟下一句：「七哥好豔福！」然後快步走到門口，從謝希治身旁竄出去，直奔正院小樓了。

她不讓人通報，悄悄溜進堂屋，問了侍女，聽說王妃在西次間裡招待客人，就出門繞到屋後，躲在西次間窗下偷聽。

那馬姑娘與信王妃從點心聊到女紅，不只言之有物，還句句不忘恰到好處地恭維信王妃，讓人一路聽下來都不覺她炫耀，只覺得這姑娘謙虛誠懇、十分招人喜歡。

寄人籬下也是有好處的，能把天真少女迅速訓練成八面玲瓏的交際高手，馬姑娘的段數明顯比聒噪的宋姑娘高很多。

不過信王妃也不是尋常婦人，待客始終保持合適的分寸，既不過分親熱，也沒有高高在上、冷臉待人，並且力求不冷落任何一位客人。

周媛正暗自給嫂嫂按讚，身後卻忽然有人戳了她一下，竟是楊重！

楊重笑咪咪地湊近她耳邊說：「妳看看人家宋姑娘，都追到島上來了。」

「嗯，馬姑娘還登堂入室了呢！」

兄妹倆不分勝負，一起悄悄離開窗下，溜去了謝希治住的客院。

謝希治剛換過衣服，洗了把臉，看見他們兄妹一同進來，就笑道：「怎麼都不去招呼客人？」

「你不就是客人？」楊重回道。「也沒有我去招呼女眷的道理。」

周媛找了張凳子坐下，調侃楊重：「你知道馬姑娘長什麼樣子嗎？就不好奇？不心動？七哥別怕，說實話，我不告訴嫂嫂，我可是你親妹妹。」

對這種調侃，楊重的應對策略就是以彼之道，還施彼身。「妳是知道宋靖宇生得什麼模樣的，聽說他也要來，妳心動嗎？」

謝希治對這對幼稚的兄妹實在無語，只能藉著讓人上茶的空兒，阻斷他們的相互攻擊。

誰知楊重不知好歹，居然掉轉槍頭問他：「她們表姊妹倆這時候到，總不會是要留宿吧？懷仁一會兒還要送她們回去？」問完不等他答，自顧自地向周媛感嘆。「看來馬姑娘說得沒錯，若不是有懷仁在，宋夫人還真不肯放宋姑娘來呢！」

謝希治：「……」看來有些話不說清楚不行。「馬家有親信護衛，我們同路而來，只是順路罷了。七哥莫要再拿宋姑娘說笑，其實宋家眼下正給宋姑娘說親，我看宋使君的意思，是要把宋姑娘留在身邊的。」

「要說親的小娘子，在這個時候離家出遊？」楊重不信。

謝希治只得繼續解釋：「聽說宋姑娘在家裡鬧了一場，氣壞了宋夫人，宋使君就讓她隨馬山父女先離開邕州，打算選定人家之後，再接宋姑娘回去成親。」

周媛心裡正感嘆宋姑娘的剽悍，卻發現楊重笑嘻嘻地盯著自己，忍不住問：「人家訂親，你笑什麼？」

「我笑有人終於放心了。」楊重懶洋洋地站起身。「我去廚房看看今天吃什麼。」說完不等謝希治和周媛反應，便施施然走了出去。

謝希治反應過來追出去時，楊重已經出了院門，於是只能回來跟周媛說：「七哥走得倒快，我這裡還有封誠王殿下送來的信沒給他呢！」

周媛立刻問道：「這信哪兒來的？剛才在東小院怎麼不給他？」

「他見妳急匆匆去了正院，怕妳攪亂，立刻就跟著去了。」謝希治實在沒機會拿給楊重。「信是送到宋使君手上的，託他轉交。誠王殿下已於正月到了揚州，據我叔父說，殿下似乎有意到嶺南來與七哥相見。」

來找七哥？想拉著七哥跟他一塊兒反韓廣平嗎？

「他是怎麼從京城出來的？韓廣平必定是派重兵看守他吧？」周媛最好奇這一點。

「詳情我也不知曉，只知道是我二哥從中籌劃的。他與誠王殿下一道去了揚州。」

「唔，是光把他自己救出來了，還是帶著家眷？」周媛又問。

謝希治聞言，嘆了口氣。「還有兩位小公子也被帶出來了。上月韓肅在平州擊潰王敖舊部，又一鼓作氣揮師北上，現已逼近營州，並向洛陽發了援兵。韓廣平自然及時病癒，出來主持大局，因七哥遍尋不著，誠王殿下又失蹤，韓廣平就矯詔稱誠王、信王有意謀反，擅離住所，命各級州縣追查下落，並將誠王府內家眷下獄。」

楊川府中，除了正妃還有幾名姬妾。至於孩子，當初周媛離京時，他已有了三子兩女，就算這幾年沒有再添，也還是有三個孩子被遺下了。為什麼總是男人們做了抉擇，最後受苦的卻是女人和孩子呢？

周媛沈默半晌，又問：「還有旁的消息嗎？你大哥的事，吳王那邊沒有什麼說法？還有你家裡……」

「吳王親自寫了信來給七哥賠罪。」謝希治又摸出一封信，放在先頭那封信的旁邊。「他都如此了，家裡自然也沒什麼說詞。」

實際上，謝家現在就像沒他這個人一樣，沒人給他寫信，也沒人問他的近況。

第四十八章

周媛瞥了那兩封信一眼，又看看謝希治，見他臉上似乎有疲憊之色，不由開口說道：「讓你為難了。」

謝希治回視周媛，牽動嘴角，微微一笑。「倒也沒什麼為難。我是怎樣的人，妳應該知道，本就與他們格格不入，趁此機會，徹底分清楚也好。」

「可是離了謝家這棵枝繁葉茂的大樹，以後的日子恐怕……」不那麼容易吧。就算有宋俊祖護他，在別人眼中，他還是家族的棄子，總不如揹著謝家公子的名頭那樣光芒四射。

謝希治看周媛猶豫著沒有說完，直接接過了話。「依妳看，我是該背靠大樹好乘涼呢，還是脫離大樹的庇蔭，自己去撐起一片陰涼？」

他目光炯炯，一瞬也不瞬地看著周媛，那光裡似乎正跳躍著希望的小火苗，讓周媛慢慢綻開笑顏，答道：「你早晚可成參天大樹，又何必問我？」

「獨木不成林，若只顧長成，卻失了可攜手並肩的同伴，也無甚意趣。」謝希治深深看著周媛，低聲回道。

聽了他的話，周媛心中怦然而動。

「十娘。」他的聲音遙遠又接近。「認識妳之前，我早已對家族汲汲營營於名利而深感困惑，長輩們表裡不一的做法更讓我無法尊敬，見識得越多，就越灰心。既然他們都不按聖人之言行事，又為何要教與我們聖人之言？」

謝希治凝望著對面的周媛，像是看著一盞能指引前路的明燈，那是引領他走出孤芳自賞的光芒，也是讓他擺脫消極避世的力量。

「妳離開揚州之後，我傷心了很久。」本以為這輩子都不會對她說這些話，此刻卻不知為何，竟能異常輕鬆地說出口。「也恨也怨，可是易地而處，我自忖不能比妳做得更好。比起妳來，我那些煩惱不過是無病呻吟，堂堂七尺男兒，竟只知閉眼捂耳，裝作不看不聽，不肯身體力行。哪怕做出一絲一毫的努力也好，可我……」不由自嘲地笑了一聲。

周媛終於找到了自己的聲音。「你現在不是做得很好嗎？誰都不可避免要走幾回彎路。」

她目光溫柔，語音誠懇，讓謝希治的情緒平復下來。「是啊，妳說得對。」

說起來，他從周媛身上學到了很多。第一個就是躬行實踐。周媛有種踏實的韌勁，不管她有沒有做過，或者知不知道該怎麼做，一旦認定此事該做，哪怕之前沒人成功，她都會想盡一切辦法去完成。

他就是抱著這樣的態度和想法，去說服宋俊，讓他同意送信王來瓊州島。又竭盡全力勸服周媛和楊重，才有了今日的島上相聚。否則，依周媛的個性，現在他不知要去哪裡尋她了。

「妳說我已做得很好，那麼……」謝希治終於想起自己該說什麼，緊張地停頓一下，悄悄深吸口氣，繼續說道：「我已足夠好到可讓妳信任，讓妳把終身託付到我手上嗎？」

轟！似乎有什麼東西在周媛的腦子裡炸開了，所有想法都被炸得屍骨無存，只餘一片徹頭徹尾的白色背景，讓那句問話無數次地重複出現。

外面的太陽漸漸轉到正南方向，門口的日影一寸寸短了，室內靜得落針可聞，綠衣少女呆呆看著對面的青衣男子，就是不肯說一句話。

謝希治等得心跳都快停了，周媛卻呆愣著不說話，終於忍不住站起來走到周媛身前，然後緩緩蹲下與她平視。「我知道妳習慣了凡事自己作主，不肯依賴別人，覺得自己最可信。可是人總不能自己活著不是？妳能信任周松、周祿，能信任七哥，也能試著信我吧？」

他緩緩向周媛伸出手。「我知道妳心裡是有我的。從揚州到瓊州，我們別離又相聚，總也分不開，連在黔州那樣的地方都能遇見，可見天意也不叫我們分開。本來此事不該如此唐突與妳當面言說，可妳不同於尋常女子，我知道旁人作不得妳的主，索性自己來問妳了。

「十娘，妳肯信我一次嗎？妳願意與我並肩攜手，撐起我們自己的一片樹蔭嗎？」謝希治漆黑明亮的雙眸定定看著周媛，將手又向前伸了些，送到她面前。

周媛眨眨眼睛，將目光放到眼前修長舒展的手掌上，一瞬間，過往種種紛紛湧進了腦海裡，初見、了解、相知、情動、別離、再見，將她裹得動彈不得。

好半晌，她才移動目光，看向殷切望著她的謝希治，遲疑而緩慢地開口：「可我、我已經嫁過一次，而且……」她跟韓肅並沒有解除婚姻關係。

謝希治眸光微黯，卻還是沈穩答道：「朝雲公主已經故去。妳現在，是周媛。」

是啊，她是周媛，不再是朝雲公主了！周媛眉眼略彎，唇角上翹，又問：「我能作自己的主不假，可你能作自己的主嗎？就算眼下謝家管不得你，不是還有宋俊嗎？宋姑娘對你可是……」

「我早已與宋使君說了，心有所屬，不可轉也。」

周媛臉上笑容不受控制地又擴大一些，偏偏還想追問：「屬的是誰？」

謝希治看她露出熟悉的調皮笑容，也跟著緩緩綻開微笑。「妳先把手給我，我就告訴妳。」

臉皮什麼時候變厚的呀！周媛瞪他一眼，站起身繞開他，假裝要走。謝希治忙跟著起來，伸手拉她。不想他蹲下的時候有些長，一站起來才發現腿都麻了，拉住周媛胳膊時，不由踉蹌了一下。周媛嚇了一跳，忙轉身相扶。

謝希治站穩腳，低頭看著周媛一笑，拉著她手臂的手順勢下滑，有些遲疑地緩緩握住了周媛的手，柔聲說道：「除了妳，還能有誰？」

他的手掌溫暖乾燥，被他這樣輕輕握著，周媛立刻感覺整張臉都熱了起來，不好意思地往門外看了一眼，見院子裡並沒有人，暗自鬆了口氣。

謝希治看周媛面上帶了小女兒的羞澀，膽子又大了些，手上悄悄用力，握緊了她細滑柔嫩的手，低聲追問：「妳可應我？」

周媛被他熾熱的目光看得不由想躲，咕噥了一句：「應什麼？」

「相攜相扶，相守百年。」謝希治答完後，見周媛還是低著頭，不看他、不答話，就故作落寞地嘆了口氣。「莫非妳還是不信我？」

語氣之幽怨，讓周媛忍不住抬頭解釋：「誰說不信你了？」

謝希治立刻轉憂為喜。「那妳是應了？」

怎麼笑得像是得了全天下似的？周媛本來覺得有些話該先說清楚，可看到他如此粲然的笑臉，登時忘了要說的話，垂眼默認了。

謝希治還有些不確定，小心翼翼地又問了一遍：「妳真的答應了？」見周媛慢慢點了頭，終於按捺不住心中的喜悅，張開右臂，將面前的周媛擁進懷裡。

追過千山萬水，此刻終於軟玉溫香在懷，謝希治只想這樣抱著她不鬆手，再也不放開，其他什麼都顧及不到了。

他的衣服上有皂角的清香，軟軟薄薄的布料阻隔不了身體的熱度，周媛感覺自己的臉快被他胸膛的熱給蒸熟了。她正發呆，忽然感覺到他鬆開了手，將左手伸到她腰間抱緊，兩人之間僅存的空隙被擠壓殆盡，周媛覺得渾身好像要燒起來了。

兩個人就這樣一直靜靜相擁，誰都沒有出聲，誰也沒有別的動作，直到外面院子裡傳來說話聲，周媛才似忽然驚醒一樣，伸手去推謝希治。

謝希治有些不捨地放開了手，後退兩步，但還是情不自禁地伸手在周媛頭上摸了摸，幫她理了理頭髮。要收回手時，看她臉上粉中透紅，又忍不住用手背探了一下。「妳的臉……」好紅。

周媛抬頭看他一眼，然後噗哧一聲笑了出來。「你先去照照你的臉吧！」接著走到門口往院裡張望，見長壽正站在院門與人說話，並沒人走進院子裡，略微放心，臉上的熱也消了些。

「不要擔心，沒有通報，他們不會放人進來的。」

謝希治的聲音忽然在身後響起，嚇了周媛一跳。

她不由扭頭嗔道：「做什麼悄悄站在人背後說話？怪嚇人的。」

謝希治微笑，伸手拉住她的袖子，牽著她回去坐。「一會兒我與七哥說？」

周媛沒明白。「說什麼？」

「說我們的事啊。」謝希治眼中含笑，也不回去坐，只站在周媛身旁說話。「婚姻大事，總得有尊長幫我們操持才好。」

周媛斟酌著，說道：「先等等吧。我還有幾句話想問你。」

謝希治臉上的笑容慢慢收起，神情也變得嚴肅起來。「妳問。」

「宋俊當真想把馬姑娘給我七哥做妾？他有何目的？」

原來她問的是這個。謝希治的心放了回去，思索一下，答道：「他應該只是想試探七哥的意思，若是七哥有意，他就順水推舟；若是七哥無意，那就當沒有此事，反正也沒明說過。」

周媛仰頭看著謝希治，說道：「我是問，他背後有什麼深意？宋俊明明很看重你，卻允准你不管別的，只留在島上看著七哥。還有，一個好好的外甥女，怎麼就捨得送來給七哥做姬妾？他可是想等到適當的時機，推七哥出去爭帝位？」

謝希治聞言，沈吟一下。「據我對他的了解，他應該不會主動起事。不過能與七哥更親近，於他自然是有利的。我出發之前，宋使君曾叮囑我，一定好好照應七哥，有什麼事只管找新刺史馬山，可見是十分上心的。尤其如今誠王殿下平安離了京城，先帝諸子現以誠王殿下居長，若是京裡那位皇上當真出身有瑕……」

「當初冊立那孩子為太子時，我曾見過。」周媛插嘴。「確實沒什麼與楊家人相像的地方，倒更像蘭太后。不過，我長得也不像楊家人。」

謝希治聽了，細瞧周媛幾眼，然後笑道：「別人我不知，不過妳與七哥有些神韻是很相像的。」

周媛蹙眉。「誰跟他像了！我也聽過一些傳言，據說蘭太后當初到韓家，並不是指望入宮，多半是想著韓家人的，誰知先帝微服去韓家時偏相中了她。在這個孩子出生之前，宮裡已近十年沒有孩子出生了。」

「妳的意思是……」謝希治一直以為這不過是外面的無稽之談，堂堂皇室血脈，如何就能輕易混淆？可現在連周媛都這麼說，他也有些混亂了。

「你不知道，那幾年先帝只顧沈迷酒色，內外事務一概不管，俱落入韓廣平之手，在內起居注和彤史（注）上做些手腳，並不是什麼難事。」說完自己的猜測，周媛又轉回前面的話題。「這麼說，宋俊比較看好誠王了？」

謝希治點頭。「名正言順。」

「可是還有個吳王呢。」

注：彤史，記載宮闈生活的宮史。

謝希治微微皺起眉。「他不過是一地藩王，怎能服眾？就算有野心，也難以成事。」

「可他籌劃數年，又有財力、又有物力，怎會甘心為他人作嫁衣？」

到此時，謝希治終於明白周媛想問的是什麼。「妳是怕時局多變，最後結局對七哥和妳不利，宋俊會翻臉無情？還是擔憂我也會見風轉舵，棄妳於不顧？」說到最後，神情不由沈了下來。

見他誤會了，周媛只得站起身，正色答道：「你要是那樣的人，我今日又怎會應了你？你猜得沒錯，我是擔憂宋俊到時另有打算，但這是人之常情，誰都會選對自己更有利的一面。」

謝希治的臉色緩和了些，問道：「那妳說這些是為了？」

周媛垂下眼，嘆了口氣。「我也不知該怎麼說。反正我與七哥的下場實在難料，我雖然應了你，心中卻總不安定。你無論是回謝家，還是留在宋俊身邊，總有錦繡前程，可我若與你當真結為夫妻，那你……」

她的話尚未說完，人已被謝希治再次擁進懷裡。

「莫非妳剛才說我『早晚會長成參天大樹』的話是哄我的嗎？」謝希治悶悶的聲調在周媛耳邊響起。「『不義而富且貴，於我如浮雲』，我若有心求錦繡前程，就不會背離謝家了。」

周媛輕輕掙了兩下，往後仰頭看著謝希治的眼睛，問道：「那你的志向呢？」她還記得以前討論天下大勢時，他對仁義之道的推崇。

謝希治回望著她，從她烏溜溜的雙眸中看見自己苦笑的臉。「若事情果真如妳剛才設想的那般壞，我還能跟誰去談志向？」

也對，他從來就跟吳王格格不入，這次謝希修的事情，恐怕從吳王到謝家都對他很不滿了。

周媛把隱憂放下，有些心疼他，不由伸出雙手為他整了整衣襟，故作輕鬆地道：「這麼說來，只有我能收留你了？」

謝希治順勢握住她的雙手，笑道：「確實如此。還請小娘子切勿反悔，與我執手偕老。」

「咦，你這樣不成入贅了嗎？」周媛忍不住笑起來。「說來我還曾跟七哥說過笑話，來日要找個聽話的叫他入贅，連嫁妝都省了。」

謝希治臉上笑意微減，問周媛：「如果這次沒有到瓊州島，妳是不是又打算跟七哥一家悄悄走了？」

此刻誰說實話，誰就是傻瓜！

「哪那麼容易走啊！」周媛瞪大眼睛裝無辜。「除了嶺南，哪還有旁的地方可去？再說我們這麼些人，哪是說走就能走的？若沒有你，我們也不能這麼順利地躲到島上。」

「真的沒想再不告而別？」謝希治又問了一次。

周媛肯定地點頭。「沒有。我不是答應你了嗎？再不會了。」

謝希治一笑。「妳想走也走不了。」說著將周媛的手握緊，示意她看。「想甩脫我遠走高飛，再招贅個聽話的，是再不能了。」

「只是說笑罷了，誰還當真不成！」周媛噘嘴，往回抽手。

謝希治偏握緊了不放，兩個人掙來掙去，正相持不下時，外面忽然傳來長壽的聲音。

「公子。」

兩人立刻老實了，謝希治揚聲問：「什麼事？」

「殿下遣人來叫您和公主去用膳。」

周媛瞪著謝希治，低聲說：「還不鬆手？」

謝希治又握了她的手一下，才終於放開，向外面說：「就來。」又問周媛：「妳想何時與七哥提及此事？」

周媛轉了轉眼珠。「我不想跟他說。」說完解釋：「他總笑話我。」

「他也是為了我們好。」謝希治替楊重說完話，又給周媛出主意。「他要是再笑妳，妳就跟王妃說馬姑娘的事。」

噗！這傢伙真夠壞的！周媛忍不住笑起來。「這個主意不錯，不過他若知道是你給我出的，準氣壞了！他可沒少說你的好話。」整整衣衫，率先往門外走。

謝希治收起那兩封信，跟在她後面，好奇地問道：「是嗎？都說了我什麼好話？」

「不告訴你，免得你自滿！」

第四十九章

兩人一路說說笑笑進了正院，沿路看見的下人們無不驚奇：今日公主和謝公子怎麼談得這麼高興？

「看來你們兩個不餓啊，不叫都不回來吃飯。」楊重見了他們就說道。

「怕你忙著陪馬姑娘，不敢過來打擾。」周媛笑嘻嘻回道。

楊重舉起扇子，作勢要打。「妳再胡說，看妳嫂嫂聽見教訓妳，我可不管！」

「嫂嫂要教訓，也不是教訓我呀！那馬姑娘可不是衝著我來的。」

看他們兄妹又爭起來，謝希治忙出來打圓場。「馬姑娘還在呢，咱們說話還是當心些。再說此事若挑明了反而不好，先吃飯吧。」

「怎麼不好？若是七哥有心，挑明最好。」

楊重投降了。「我能有什麼心？這麼重的菩薩，妳哥哥我接得住嗎？」

周媛這才滿意地一笑。「你知道就好。吃飯吧！」

三個人坐下吃完了飯，謝希治終於有機會拿出那兩封信來。「這是誠王殿下和吳王託宋使君轉交給七哥的信。」

楊重接過來，先打開楊川的看了一遍，然後又看楊宇的，看完皺眉。「五哥說想與我一見。」把信遞給周媛。「還問妳是不是在我這裡。」

周媛接過信看了，楊川在信中簡單說了他離開京師的前因後果，又說如今京師烏煙瘴氣。韓廣平一黨頗肆無忌憚，雖明面上說請他主政，私底下卻對他們一家嚴加防範，連往來的御醫都是韓廣平安排的人，這次要是沒有謝希齊的幫助，他可能就要死在京師裡了。

信中還問了楊重的近況，問他有沒有見到周媛、以及周媛的現況如何。又說當日韓家為周媛發喪，他因病不能去，是王妃去的，可是入殮時王妃被阻止，沒能到近前，所以懷疑朝雲之死有些蹊蹺。

「這是二月時寫的信，應該是剛到的吧？」周媛問道。

謝希治點頭。「我回來之前到的。」

周媛看向楊重。「他為什麼想見你一面？」

楊重嘆氣。「兄弟離散，骨肉凋零，難得恢復自由身，想見見也不稀奇。」

「恐怕楊宇未必肯讓五哥這個『奇貨』離開他的掌握，所以信中的意思，還是想讓你過去相見吧？」

「我給他回封信，懷仁想辦法幫我送出去。」看謝希治答應了，楊重又轉向周媛。「妳的事？」

周媛看看謝希治，回道：「實話實說吧。若他想起事，我們也不好乾看著。韓家的事，你都告訴他。」

楊重有些意外，問：「要是他們想借妳的名頭……」

「隨他吧。唔，若能替我寫封休書給韓肅是最好。」不管怎麼說，她跟韓肅是行過婚禮的，雖然她現在不想要「朝雲公主」這個名號了，可知道的人會越來越多，到時人人知道她與韓肅才是正經夫妻，讓謝希治如何自處？既然下了決心跟他在一起，還是要名正言順才好。

楊重這回是真的驚訝了。「妳怎麼……」礙於謝希治在場，後面的話沒有問出來。

周媛明白他的意思，說道：「我想通了。若是五哥當真有心爭天下，咱們幫一幫他又何妨？難道七哥想一輩子困在這座島上？」

謝希治已經為她付出那麼多，她不願他再為此懷才不遇、壯志成空，最後在島上蹉跎一生。

謝希治想到先前自己與她的對話，一時內心若有所感，只呆呆望著周媛。

楊重看看妹妹，又看了看謝希治，頓時恍然。「既然如此，我還是寫信請五哥來嶺南吧。若是他來了，咱們當面再商議；若是不來，咱們就暫且安居島上，看看再說，如何？」

這邊剛商議定了如何寫信，前院就來人報訊，說兩位嬌客要走。三人彼此對看，最後楊重開口吩咐：「就說謝公子跟著我出門了，請兩位小娘子自便。」

等內侍應了出去，謝希治拱手道謝。「多謝七哥。」

「不用謝我，既然你本無意，宋姑娘家裡又要為她訂親，還是避嫌為好。」楊重難得正經地說了一句。

謝希治點頭。「七哥教誨，我記下了。」

楊重瞟著旁邊的周媛，說道：「該謝我的，明明是她！」

周媛哼了一聲。「寫你的信吧！」

楊重提筆蘸墨，一邊寫、一邊與周媛商量措詞，一封信足足寫了半個時辰才寫好。寫完三人傳閱了一遍，楊重再親自修改，謄抄好晾乾，才封起來交給謝希治，讓他安排人送出去。

「對了，楊宇信中怎麼說？」光顧著說楊川的事，忘了楊宇那邊了。

楊重拿起信紙遞給周媛。「就是客套話。說謝大公子一時糊塗做了錯事，請我原諒，他本是好心，也是為了大秦江山，並無他意，讓我大人有大量，不要與他一般見識。」

「唔，他這不是罵你嗎？若你與謝大公子一般見識了，就是量小，不能容人。」

楊重瞪了周媛一眼。「別胡說！楊宇好歹是我們堂兄，還是懷仁的表兄，別沒大沒小的。」

謝希治深吸了一口氣，問：「還有正事嗎？」

周媛、楊重：「……」

三人在正院一直躲到那表姊妹倆上車走了，才一起出來。周媛跟楊重與謝希治作別，回去睡午覺。

周媛睡醒以後，大郎帶著二郎跑來找她玩，她想著今日還沒教大郎認字，就帶兩個孩子去了正院，在廂房門口教他們背《千字文》。

大郎記性甚好，現在一口氣就能背上十幾二十句，正背得起勁，眼角餘光卻看見院門處有人進來，不由轉臉去看，驚叫一聲：「謝先生來了！」

「有你這般背書的嗎？」楊重聽了先皺眉。「做學問最忌三心二意！」

大郎看父親板起臉，知道他是認真的，忙老老實實認錯。周媛看了有些心疼，卻不好當著孩子的面駁楊重的話，只伸手摸了摸他的頭安慰他。

謝希治便開口打圓場。「我聽大郎剛才背得甚是流利，這是學多久了？」

「從郁林折騰到瓊州，早先學的都快忘光了，這是這些天剛背起來的。」周媛替大郎答了，又說謝希治：「之前就請你幫著給尋個先生，你應得倒爽快，現在先生在哪兒呢？叫我這個半吊子來教，怎麼教得好？」

楊重開口替謝希治說話。「這怎能怪懷仁？這幾個月就沒個安穩時候，哪有心思尋先生？現今上了島，只怕更難了。」說到這裡，似是忽然想起什麼，轉頭看著謝希治道：「我真是糊塗了，眼下不是有個現成的先生嗎？謝三公子才名遠播，教導個把頑童，應該不困難吧？」

他倒順竿爬上樹了……不過讓謝希治來教也合適。當下周媛就推大郎的脖頸說：「傻孩子，還不快去拜見先生？」

大郎看看他爹又看看周媛，然後麻利地奔到謝希治面前行禮。「學生拜見先生！」

謝希治哭笑不得，這兄妹倆連句話都不讓他說，就讓孩子拜師了，只能蹲下身扶住大郎，溫聲說道：「我才疏學淺，實當不得先生二字。不過，幫大郎開蒙認字，倒還能勉強勝任。」說完站起身看著楊重，笑道：「只要七哥不嫌棄。」

「不嫌棄，不嫌棄，大郎先頭識字都是跟著十娘學的，有事你只管問她。我先看看慧娘去。」

慧娘是楊重和信王妃的小女兒。二郎在旁邊本就聽得無趣，一聽父親說要去看妹妹，忙撒開小短腿追上。「看妹妹！」

楊重還真是一直樂此不疲地給她和謝希治製造機會啊。周媛默默感嘆。

「進去坐吧。」周媛指指廂房，對謝希治說。「現在有先生，也該正經教一教了。」

謝希治一笑，牽著大郎的手，跟周媛進了廂房。

周媛把大郎最近認字的情況跟謝希治說了，又把大郎寫的字拿給他看，然後就功成身退。「我去叫周祿做些冰碗吃。」

等新上任的謝先生下課了，周媛便與他一邊吃冰碗、一邊閒聊，聊著聊著就提起了他的二哥謝大才子。

「幼年時，我二哥常羨慕我可以不用去學裡，寫字背書也不像他們那麼辛苦。他們習字至少要練五十遍，每日學的詩詞文章，第二日若是背不出來，或背錯了，都是要挨戒尺的。不過二哥也就是白抱怨，他可從沒挨過戒尺，過目不忘，說的就是他了。」

周媛聽了，有些難以置信。「世上真有過目不忘之人？我瞧外面都快把你二哥說得神了，可惜沒機緣一見。聽說謝大才子才比子建，貌勝潘安，不知屬實否？」

誰知謝希治居然點頭。「待妳見了他，就知傳言不虛了。」

沒見過這麼不謙虛的人！光看謝希修，周媛怎麼也不相信謝希齊名副其實。不過話又說回來，既然謝家能養出卓爾不群的謝希治，那麼再養出個才貌雙絕的謝希齊，似乎也很正常。便對謝希齊更加好奇起來，常常向謝希治問起他們兄弟早年相處的趣事。

周媛跟謝希治一日比一日相處得自然親近，楊重見了，不免心中狐疑，又想到周媛忽然想通，肯讓他與楊川通信，十分古怪，便直言向周媛問起。

誰知周媛反問道：「我幾時不讓你跟他通信了？我只是對此人持觀望態度罷了。」雖是兄妹，可從沒往來過，戒心實在難除。

「其實五哥平素雖高高在上了些，心卻不壞，我離京就藩時，他還悄悄塞給我不少銀錢。他不屑如二哥、四哥他們那般奉承太子，也對韓氏父子敬而遠之。」

「那是因為他另有圖謀吧？我可聽說，有時父皇連太子都不見，卻肯留五哥用膳呢。」

「五哥確實更得父皇的喜歡。蘭氏入宮之後，唯一能請動父皇的，也只有淑妃娘娘。可是我倒不信五哥有取太子而代之的心。太子乃正宮嫡出，當初誰能想到還會被廢？」

有那麼個昏君爹，啥幹不出來啊！這些人還是太天真。周媛搖搖頭。「好吧，我聽你的，悄悄給五哥加點好感。」

從她的角度來說，她沒自那個哥哥身上得到任何關愛，自然對他沒什麼感情。不過楊重說他有可取之處，倒也可信，所以勉強加個分吧。

「可萬一他讓我們與他一道起事呢？」

周媛也有些苦惱。「咱們本來是不求什麼大富貴的，只想有安生日子過，可我又怕五哥他不成，最後這天下讓別人坐了，你我兄妹就只能逃亡海外了。」嘆了口氣。「可若要摻和這事吧，咱們倆又沒這個才幹。還真難以定奪。」

「是啊，什麼也沒有，空有個身分，還真是……」楊重也嘆氣，又問周媛：「妳到底怎麼想通的？原來不是只想著躲嗎？可是懷仁跟妳說了什麼？」

這幾天，謝希治一直在等她點頭，好跟楊重說明他們之間的事。可周媛怕楊重打趣她，便沒有讓謝希治開口。

今日楊重都問了，也不能再瞞著他，周媛就一本正經、故作冷靜地說：「他讓我嫁給他。」

「妳說什麼？」楊重提高音量、不敢置信地問。

周媛假裝沒聽見，逕自往外走。楊重呆了一會兒，追上去問：「他讓妳嫁給他？妳怎麼說的？」

「我答應了啊！」周媛繼續保持冷靜。

楊重幾乎絕倒。「妳……你們兩個……」也太不把我放在眼裡了吧！

周媛回頭，一臉無辜地看著他。「不是你總在我面前說他有多好嗎？怎麼你現在好像不高興似的？」

「我是說他好，可我也沒說妳就能直接答應嫁給他啊！這種事難道不是他該來求我嗎？」讓他這做舅兄的尊嚴往哪兒擺？長兄如父知不知道？

周媛眼珠轉了幾圈，反問：「他問你，你能作得了我的主？」

楊重憤怒了。「好啊，你們私定終身，這事我不管了，看你們怎麼操辦婚事！」

「不管就不管，我等五哥來。」周媛有恃無恐。「反正我們也不急著成親。」

楊重氣得呼哧呼哧直喘，卻拿周媛沒轍，最後只能說：「等我找懷仁算帳去！」

兄妹倆最開始只是一邊說著話、一邊往院外走，誰知越聊越遠，一路走到坡下田間，俱口乾舌燥，便到瓜棚裡坐下喝水。

楊重悻悻地嘀咕：「女大不中留，怪不得自己說起韓肅的事呢！也是，這事早晚也得了結，不然於懷仁面上不好看。對了，妳與韓肅沒有圓房的事，妳跟懷仁說了嗎？」

「我怎麼說？」周媛覺得自己的臉轟地一下熱了，僵著臉反問。

倒也是，這話還真有些不好說。楊重思量了一會兒，又感嘆：「懷仁真是個有擔當的好男兒，竟能為妳擔待至此。妳以後可不准欺負人家，學妳嫂嫂，做個稱職的好妻子。」

「……我是你妹妹，還是他是你妹妹啊？」怎麼被他一說，像是謝希治嫁給她似的。

「又胡說！他就沒問起妳與韓肅的事？」

周媛搖頭。「我提了一句，但他說，他要求娶的不是朝雲公主。」

「懷仁心胸寬廣，當真難得。」楊重也不生氣了。「等等消息吧，若是五哥真的會來，到時我們一起商議，早點把你們的婚事辦了。」

兩人在外面逛夠了回去，在院門處迎面撞上謝希治，被他埋怨：「出去也不叫上我，光你們躲清閒。剛剛宋公子和兩位小娘子來辭行了。」

楊重有些意外。「辭行？他們要走了？」

「是啊，宋公子來接宋姑娘回去，聽說她的親事已經定下了。」

楊重看看周媛，又看看謝希治，連說了幾聲好。「那咱們這裡就少了不速之客了。」竟沒有開口打趣謝希治，也沒有拿話刺周媛。

謝希治見他轉了性，有些驚奇，不過這是好事，自然不會開口問。

第五十章

一連幾天，楊重都沒再打趣謝希治跟周媛，甚至有時還有意隔開他們倆，不似以前般，總給機會讓他們倆獨處。謝希治覺得有些不對勁，這天晚上吃完飯從正院出來，悄悄拉著周媛問緣故。

「我跟他說了我們的事，他生悶氣呢。」周媛站在樹蔭下，往正房方向努嘴。「嫌我們私定終身。」

這個詞讓謝希治彎了眉眼，臉上也有些熱。「原來如此，那我明日跟他賠罪吧。我本來是打算不說實話，先跟他提親，等他問妳的時候，妳應了就是。沒想到妳直接說了實話。」

「那你也沒告訴我啊！」周媛瞪大了眼睛。「怎麼變得這麼狡猾了？」

謝希治委屈道：「妳叫我再等等，不許我跟他提，我自然就沒說了。這也不是狡猾，這是迂迴。妳看，現在他惱了，不讓我們獨處了吧？」說著伸手去拉周媛。

他們此刻就站在正院往東小院去的路上，正院的門已經關了，外面沒什麼人，所以謝希治才大了膽子去牽周媛的手。

周媛任他握住自己的手，低聲囑咐：「其實七哥好哄得很，你只要低聲下氣認錯，他不會為難你的。他一直覺得你很好，是可堪託付終身的男子……」說著說著，終於也覺得不好意思，聲音小了下去。

「是嗎？那妳呢，也這樣想嗎？」謝希治臉上笑容擴大，緊握著周媛的手追問。

周媛抬眸斜睨他。「你說呢！」

謝希治並不退縮，答道：「我想聽妳說。」

周媛瞪著他不說話，他就看著周媛靜等，最後還是周媛投降，說道：「我本來沒想過再嫁的，若不是遇見你，也許真的就不再嫁了。」

這是非君不嫁的意思嗎？謝希治心中的喜悅翻滾著湧向四肢百骸，只覺有這一句，前面所有的怨恨苦痛都一掃而空。偏偏喉嚨有些哽，說不出話，只能向前一步，拉周媛入懷，將她的頭按在胸口，讓她聽自己的心跳聲。

周媛順從地靠在他懷裡，兩隻手悄悄環在他腰間，鼻間充斥著乾淨好聞的氣息，耳邊是他一聲緊似一聲的心跳，也覺心滿意足。

「七哥說了，等五哥回信，若是他能來，就等他商議，將韓家的事了結了，就辦我們的事。」周媛倚在謝希治的胸口說道。「若是他不來，咱們就自己想辦法了結。」

謝希治將臉貼在周媛的髮上，低低應了一聲：「嗯。」

周媛忽然有些忐忑，抬起頭問他：「你真的不介意？」

夜色下，謝希治的眸子漆黑如墨，定定看著周媛，答道：「我只恨相識太晚。」說完忽然伸手蓋住周媛的眼睛，緩緩低頭，在她額間印下一吻。

那天晚上，周媛不知道自己是怎麼回去睡的。明明只是在額頭上蜻蜓點水般的一個吻，卻讓她心跳得完全無法入睡，腦中不停重現那瞬間的感覺：眼睛被他溫熱的手掌蓋住，接著額頭上傳來溫軟的觸感……

最後她輾轉到天快亮才睡著，早上根本沒起來吃早飯。

等到午飯時，楊重見了周媛就打趣。「夜裡做什麼壞事去了？今天睡到日上三竿才起來！」

說者無意，聽者有心，兩個做了「壞事」的人都有些心虛，各自臉熱低頭，誰也不看誰。

吃完飯，楊重跟他們倆商量。「我明日想去碼頭看看船，你們去不去？」

「好啊。我正想與七哥說，這船閒著也是閒著，不如招募船工、舵手，跟著他們出海販貨去。」謝希治建議道。

楊重聽了，眼睛一亮。「你有門路？」問完又笑自己：「我真是糊塗了，你在宋俊身邊，怎會沒有門路！」

謝希治笑道：「其實宋家自己就有船隊，不過咱們不好跟他們摻和。我在廣州還識得一個大客商，他家有十餘條船，還有護衛，六月裡要南下去闍婆，用絲綢、瓷器與他們換香料、金子。七哥若是有意，倒可以湊湊這個熱鬧。」

楊重連聲說好，跟謝希治商量一番，就把此事全權交給謝希治。半月後，船從瓊州去廣州，謝希治親自隨船出發，要將船交付到信得過的客商船隊那裡。

「這可是你全副身家啊，真信得過他，全交到他手裡？」連船上的管事都是謝希治安排的，周媛都佩服楊重這份心胸了。前世時，家裡跟親戚合夥做生意賠了，最後可是打得頭破血流，彼此好些年不來往呢！

楊重嘿嘿一笑，轉頭看著周媛。「我連妳都託付給他了，還有什麼不放心的？」

周媛：「……」

「我只有一件事不放心。不知道懷仁這樣為我做事，宋俊會不會不悅？」

周媛道：「放心吧，宋俊把他放在這裡，就是為著讓你有事好使喚的！現在你也算是奇貨可居了。」

楊重無語。「妳說誰是貨？」

「誰是誰自己知道！」

謝希治一去，將近兩月才回來。

「船隊是六月二十九出海的，順利的話，明年正月就回來了。」現在天正熱著，他一路趕回來，進門時滿頭都是汗，身上的衣裳都有些汗濕了。

周媛忙遞了一把摺扇過去，又親自去倒涼茶給他喝。

兩人久別重逢，謝希治接茶時，情不自禁盯著周媛看了幾眼，直看得旁邊的楊重受不了。「行了，你路上辛苦，有話也不急在一時半刻。先回去沐浴更衣，涼快涼快。」又叫周媛：「替我送送懷仁。」

「也好。」謝希治飲盡一碗涼茶，站起身往外走，走了兩步又站住。「差點忘了，這裡有誠王殿下的回信。」說著自荷包內取出一封信交給楊重。「半月前到的。」
周媛雖然好奇信的內容，但更關心謝希治，便跟著他出去，沒留下來看信。
「這麼大熱天，怎麼還騎馬回來？坐車多好。」周媛跟謝希治並肩前行，看見他滿頭的汗，難免心疼。
謝希治側頭看著周媛笑。「歸心似箭。」
周媛心中微甜。「辛苦你了。快進去洗洗，換身衣裳，我去切西瓜給你吃。」
「嗯，我等著妳。」謝希治看著周媛，有些捨不得進去。
周媛指指天上太陽。「快進去吧！曬著呢！」伸手推他進去，自己轉身去找周祿，從井裡提上西瓜切開，給正院送了一半，剩下的都拿去謝希治那裡。
守在門口的無病一看見她，就迎上來接過托盤，說道：「公子在裡間更衣，公主先坐下等等吧。」
「我在這裡等吧。」周媛莫名覺得有些害羞，便站在簷下等，沒有進去。
無病把西瓜拿進去放下，進了裡間向謝希治回稟。
謝希治剛沐浴完畢，頭髮還在滴著水，聽說周媛來了，忙把衣裳穿好，讓無病給他擦乾頭髮綰起來，然後快步走了出去。
「進來坐吧。」謝希治笑吟吟地站在門口，請周媛進去。
周媛打量了他一眼，見他換了身靛青直裰，頭髮鬆鬆綰在頭頂，看著黑亮黑亮，似乎還是濕的。「頭髮還沒乾，怎麼就綰起來了？」

謝希治與周媛隔著小几坐了，聞言答道：「現在天熱，不用晾得那麼乾。」拿了一片西瓜遞給周媛，自己又拿了一片吃。

「那也不能就這麼綰在頭頂，還不如放下來散著呢，當心頭疼。」

謝希治笑道：「那就沒辦法待客了。」

周媛把手上的西瓜吃掉，拿帕子擦了擦手，說道：「那我先回去。你晾乾了頭髮再歇，一會兒一起吃飯。」說著起身要走。

慌得謝希治忙把手上西瓜放下，伸手去拉她的袖子。「再坐一會兒吧。」想到自己沒擦手，忙又鬆開，撿起小几上的帕子擦了。

他這樣依依不捨，周媛整顆心軟得幾乎化了，哪還邁得動步，只站在原地笑看著他。

謝希治擦完手，抬頭發現周媛微笑看他，大大杏眼裡映著的，正是他的身影，眸光裡也都是喜悅和溫柔，不由放下帕子，向前邁了一步，想去牽她的手。

「參見殿下。」院裡忽然傳來無病的聲音。

謝希治和周媛一驚，一齊轉身向門口看，果然看見楊重施施然走了進來。

「可是我來得不是時候？」這兩人站得夠近的。

周媛不理他，自己坐回椅子上。

謝希治則上前幾步請楊重到上首坐，問：「誠王殿下信中怎麼說？」

「他說已經啟程往嶺南來，算著時候，再有一月就該到了。」楊重不客氣地坐下，又來回打量謝希治和周媛。「同行的還有謝二公子。」

周媛聽了，瞟了謝希治一眼，問楊重：「楊宇怎麼肯放他走的？」

楊重答道：「信中沒提，興許是有自信五哥離了他不能成事吧。再說不是有謝二公子同行嗎？」

聽到這裡，謝希治才開口。「我早說他難成大事。太過自負，總以為自己是聖明天子轉世，人人都要拜服於腳下。偏行事瞻前顧後，有心竊國，卻不肯擔賊名，總想求萬全之策，尚不如韓廣平。」

兄妹倆聽了他這番論斷，都是一愣。楊重問道：「此話怎講？」

「七哥想來也知道吳王的野心了。按理說，如今天下亂局已成，河南道劉青已奉興王殿下為主，誠王殿下本在京城，您又身在嶺南不肯出頭，他就該韜光養晦，等各方鬥爭有個結果，再以宗室藩王之名出頭力挽狂瀾，豈不是名正言順？偏偏他等不得，又不想擔不義之名，竟把誠王殿下搬了出來，這豈不是自認名不正、言不順？」

周媛拍掌而笑。「還真是！」看楊重似在沈思，以為他沒明白，就解釋：「他的意思是說，若楊宇真有稱帝的心機才幹，就該等外面鬧得差不多，你和五哥九哥都鬥敗、去見先帝時，楊宇身為文宗皇帝的子孫，於國家危難之際挺身而出，做那吃了螳螂的黃雀，才是上上之策。」

她說得這麼直接，讓楊重和謝希治都有些無語。

「我自然明白懷仁的意思！」楊重瞪了周媛一眼。「不過這也不能說是楊宇思慮不周，實在是時局易變，到時是什麼情形，誰能預料？他怕時機稍縱即逝，也是有的。」

「七哥說得對。可他若有意讓誠王殿下做傀儡，就不該放誠王殿下離開揚州到嶺南來。宋使君的態度早已表明，我大哥的事就是明證。可他竟然還是讓誠王殿下來了，可見還是見事不明。」

周媛挑眉。「也許他是放心你二哥的本事呢？」

謝希治笑了笑。「我二哥可不是大哥。」

「你的意思是……」楊重接道。「謝大才子另有考量？」

謝希治點頭。「他一直身在京師，從未摻和家裡與吳王那邊的事。若吳王真有明君才幹也罷了，可他所作所為，連我都有些不屑，更不用說我那有青雲之志的二哥了。我猜，此番誠王殿下能這麼快就從揚州啟程來嶺南，多半有他的功勞。」

周媛心想：噗，楊宇好可憐。幾個表兄弟，最忠誠的一個是豬隊友，另外兩個心裡都看不起他，不肯與他為伍，還一門心思想借謝家的勢呢！

「不是還有令舅父嗎？」楊重插嘴。「難道他也袖手旁觀？」

這是他們第一次談及裴一敏，周媛也十分好奇裴一敏的立場，便側頭看著謝希治，等他回答。

謝希治微微蹙眉。「舅父為人內斂，雖對我們小輩慈和關愛，卻從未與我談論時事，我並不知他有何打算。不過……」沈思著，字斟句酌地說了。「舅父應是不會輕易有動作的。」

也是想觀望？看來楊宇想成事，還真不是那麼容易。周媛略微放心，跟他們又討論了一會兒，就去廚房準備晚飯了。

之後的一個月，島上過得很平靜。

謝希治每日上午帶著大郎上課，下午幫周媛照料她的菜園，有時還與她一起出去走走，到農田裡看看，日子過得十分悠閒。

就這麼到了八月初，宋俊的信送到，說誠王已與他從廣州出發，不日即到瓊州島。

看來這些人是要到島上過節了，楊重跟周媛略做準備，又等了幾日，果然在中秋節前，浩浩蕩蕩的一行人抵達了。周媛終於見到久違的五哥楊川、久仰大名的謝大才子謝希齊，還有一個無論如何也沒想到的人物——歐陽明大官人。

歐陽明幾乎沒認出周媛來。眼前的少女身段纖長、面目姣好，眉不描而翠、唇不點而紅，一頭烏黑的秀髮簡單堆疊，梳了在室女的髮髻，哪裡還是當初在揚州隨他四處玩耍的小女孩兒？

周媛知道今日他們到，因要見楊川，所以特意打扮了一番，穿了杏黃薄衫、齊腰石榴裙，頭髮也正經梳了，不似平常隨意。見歐陽明站在後面悄悄打量她，等跟楊川等人見完後，就往他那裡走了兩步，笑著打招呼。「大官人別來無恙？」

歐陽明忙上前幾步，躬身行禮。「公主安好。」又苦笑道：「公主就別打趣小人了。官人二字，小人如何當得？」

「怎麼當不得？原來當得，現在便也當得。」周媛笑咪咪地說完，又回頭叫楊重：「這位便是我在洛陽結識的歐陽大官人，當日能順利南下，多虧了他呢！」

歐陽明又給楊重行禮，楊重伸手扶住，笑道：「久仰久仰，常聽舍妹提及大官人之名，當日多虧有你相幫，他們才能在揚州落腳，小王感激不盡。」

歐陽明連聲說不敢，楊重也沒再多說，請眾人去他書房坐。

「五哥，我帶著侄兒去見七嫂吧。」等眾人分賓主坐下，周媛開口向楊川說道。

楊川生得頗似先帝，身形高壯，尤其是一雙細長的眼睛，幾乎跟先帝一模一樣。他本來就在打量周媛，聽她這樣說便點頭，輕輕推了推倚在懷裡的兒子，說道：「三郎，跟著姑母去見嬸嬸。」

那孩子看著有五、六歲，有一雙又大又圓的眼睛，周媛見過誠王妃，看出這孩子長得像她，知道這必是誠王夫妻的幼子。可不是說帶了兩個孩子出來嗎？大的那個呢？

三郎似乎有些怯意，拉著父親的袖子不肯撒手，偷偷瞟了周媛一眼，就把臉埋在楊川膝頭上，不理人了。

「三郎，你不記得我了？我是十姑姑呀。你小時候，我還抱過你呢。」周媛走到他跟前，蹲下來與他說話。「走吧，我們去見嬸嬸，嬸嬸那裡還有哥哥和弟弟與你玩，可好？」

楊川也低頭哄兒子。「三郎聽話，跟姑母去吧，去嬸嬸那裡找哥哥玩。」

三郎終於抬頭，黑漆漆的眼睛裡卻盛著一汪水，哽咽道：「我不去，爹爹別不要我！我不要別的哥哥，我要大哥！」說著再也忍不住，淚珠滾落下來。

他這句話出口，楊川心裡一痛，眼圈頓時紅了。

周媛十分意外，抬頭看見楊川的神情，立時明白了。怪不得楊宇這麼爽快放誠王到這裡來，原來他還留了人質，真是欺人太甚！

「三郎別怕，爹爹不走。」楊川將兒子抱到腿上坐了，柔聲哄他。「過些日子，爹爹就帶你回去找大哥。聽話，別哭了。」

周媛給楊川遞了一條帕子，轉頭四顧，發現其餘人都在與楊重說話，似乎沒人注意他們的對話，便也轉身哄三郎。「三郎不哭啊，爹爹怎會不要你呢？爹爹只是要和叔父他們說話，你在這裡沒人與你玩啊。姑母帶你去找嬸嬸，咱們吃點心去，好不好？」

兄妹倆哄了三郎好一會兒，才哄得他點頭，肯下地隨周媛走。可是走到門口，他還是忍不住回頭看楊川，似乎想確認父親會在這裡等著他。

周媛心裡很難受，拉拉三郎的手，說道：「三郎不怕，一會兒姑母帶你回來找爹爹。」

三郎仰頭看看周媛，終於點頭，跟著她出了書房，去後院見信王妃。

第五十一章

就藩之前，信王與誠王一家是同住在十王府的，信王妃與誠王妃也偶有往來。可時隔幾年，當初襁褓裡的小兒長大了，根本不認得她。

周媛抱著三郎坐到信王妃身邊，又拿了點心給他吃。大郎和二郎好奇地站在旁邊看著，信王妃就指給三郎說：「喏，這是毅哥哥，那是敏弟弟。三郎是不是還有個乳名叫堅兒啊？」

三郎有些驚訝，瞪大眼睛看著信王妃，似乎是好奇她怎麼知道。

「你出生的時候，嬸嬸就在你們家呢。」信王妃笑著摸摸他的頭，又跟大郎說：「這是你堅弟弟，要好好帶著弟弟玩，不許欺負他，知道了嗎？」

大郎乖乖點頭，去拉堅兒的手。「堅弟弟，我們去踢毽球吧。」

堅兒往周媛懷裡縮了縮，又抬頭看她。周媛輕輕摸了摸他的額頭，說道：「去吧，姑母坐在門口看著你們玩。」親自牽他出去，看著他跟大郎、二郎在院子裡玩。

「唉，這孩子，真可憐見的。」信王妃站在周媛身邊，輕輕嘆了口氣。

周媛點頭，把剛才堅兒說的話和她的猜測都說了。「我看五哥也憔悴了許多，當初眼裡的傲氣都看不到了。」雖是兄妹間沒什麼感情，可當她親眼看見、親耳聽見楊川一家的遭遇時，還是不免內心難過，鬱氣難平。

信王妃拉過她的手，安慰道：「能出來就是好的。我叫廚房晚上好好準備一桌酒席。」孩子們的友誼建立得很快，不過一會兒工夫，堅兒的小臉上就有了笑容，也開始哥哥、弟弟的叫。三個孩子追來追去，歡笑聲響起，讓鬱悶的周媛也開心了許多。

信王妃的臉上也有了笑意，想起來問周媛：「可見到謝大才子了？」

「啊，見到了。」周媛開始繪聲繪色地描述。「嫂嫂可記得有句說嵇康的話，叫『蕭蕭肅肅，爽朗清舉』，或云：『肅肅如松下風，高而徐引』。往常我總難想像這樣是怎麼個美法，今日才算是知道了！」

信王妃不信。「真有這般出眾？」

周媛點頭。「謝二公子跟謝三公子差不多高，但沒他那麼瘦，兩人生得很相像，但氣質完全不同。三公子總是帶著些冷淡疏離，謝二公子則不是，他笑起來溫柔和煦，可卻莫名帶了紆尊降貴，讓人覺得他如此相待，真是三生有幸、受寵若驚。」

「讓妳說得我都好奇了。照妳這麼說法，他們兄弟二人，單從容貌上來說，到底誰更勝一籌？」

周媛糾結半天，最後說：「還是謝二公子更勝一籌。」謝希治太瘦了，沒他二哥那麼俊美，儘管有感情上的加分，她還是不得不承認，謝希齊的顏比謝希治更美。

「是嗎？那我得跟妳七哥說說，找機會讓我見見謝二公子，看看是不是如妳說的這般出色！」

嚇得周媛忙抱住她胳膊懇求。「嫂嫂口下留情！妳要是說給七哥聽，他轉頭就告訴三公子了！」嗚嗚，她可不想跟謝希治分辯這個誰比誰更美的問題。

把信王妃笑得不行。「敢做不敢當。我本來還以為，往後必定是妳管得謝公子死死的，不料妳也有這般沒骨氣的時候。」

「嫂嫂太高看我了。七哥說了，這馭夫之術，還得叫我多跟嫂嫂妳學呢！」

信王妃把手一抽。「一會兒我就告訴妳七哥去！」

周媛忙又拉著她哄，姑嫂倆笑鬧了一會兒，看孩子們都跑出了汗，忙上前叫住，拉著他們進房擦汗，又給他們喝水、吃點心。

前院書房的談話一直到晚飯前才散，宋俊沒有留下吃飯，要去馬家，說怕天黑了路不好走，楊重兄弟也沒強留，送他走了。其餘人則一起在前院吃了晚飯。

吃完飯安排住處，周媛把她的小院讓給楊川住，自己去正院廂房跟大郎、二郎一起睡。謝希齊和歐陽明則去了客院。

等謝希治引著他二哥和歐陽明辭去，楊家兄妹三人才終於有機會坐下單獨說話。

「十娘都長成大姑娘了。」楊川打量著周媛感嘆。「我總是記著妳瘦瘦小小的黃毛丫頭樣。」

周媛笑了笑。「我還以為五哥不記得我長什麼樣呢！」

楊重瞪她一眼，沒等他說話，楊川先開口了。「咱們兄妹以往雖不親近，卻也不是沒見過，哥哥怎會不記得妳的模樣？我知道，韓家的事，兄弟們沒人為妳出頭，讓妳受了欺辱，妳心裡難免怨恨我們……」

「五哥言重了。此事是父皇作主，他都不肯管我，我又怎麼怪得著哥哥們？」周媛臉上一直帶著微笑。「我早知道凡事都得靠自己了。」

楊川沈默了一會兒，最後苦笑。「是啊，那時大夥兒都是自顧不暇……」

楊重開口打圓場。「過去的事就不要提了。如今咱們還能在此地相聚，實屬不幸中的萬幸，不如說說今後的打算。」

「怎麼，你們今日沒談出個所以然？」周媛挑眉問道。

楊川搖頭。「今日不過是簡單寒暄，說說局勢，有些事須得私下詳談。」又問周媛：「我聽妳七哥說，謝三公子對妳有意。韓肅那裡，妳打算如何？」

周媛看了他們一眼，笑道：「我自然是求兩位哥哥為我作主。」

楊重清咳一聲，跟楊川說：「五哥別理她，總是這般沒個正經。楊宇那裡，到底是怎麼與五哥說的？」白日這話不好問，現在沒外人了，他得好好問問楊宇的打算。

「他啊，說是有心重整大秦江山，可沒有我振臂高呼，怕師出無名，無人回應。又把十娘的事說給我聽，韓家如此欺辱宗室，我們若還不奮起反抗，只怕不用多久，這天下就姓韓了。」楊川說這話時，臉上沒什麼表情，像是背書一樣平靜。

「楊宇現在手上約有五萬人，也暗自相約了些別地官員。」楊川說出幾個人名。「除此之外，他最大的籌碼還是劍南裴一敏。」

周媛終於找到機會問：「他怎麼肯放你來嶺南？」

楊川似乎甚是疲憊，聽了周媛的問話，答得十分簡短。「我與仲和向他打包票，會說服宋俊和七郎隨我們起事，又把熙兒留下，他就答應了，遣了歐陽明送我們。」

楊重和周媛想起被留下的熙兒，心情十分沈重。三人沈默了一會兒，楊重先開口：「今天宋俊說，韓肅與張勇已經停戰，正在議和，恐怕不久韓肅就能回援洛陽。劉青不過一介草寇，碰上韓肅難有勝算。」

「議和？」周媛嗤笑。「又不是兩國交戰，議得哪門子和？」

楊川答道：「他在營州久戰不下，東都卻形勢危急，他們自然想先救洛陽。張勇看出他們的意思，要求裂土封王，還想了個封號叫遼王。」

韓廣平一番部署折騰，自己還沒封上王呢，就先要給別人封王？周媛實在忍不住，接連笑了幾聲。「我倒沒想到，他們父子這麼不濟事。」

「為大局，一時讓步也不算什麼。」楊川臉上也露出笑意。「等剿滅劉青等人，再回頭攻克營州也不遲。」

周媛聽了，低頭沈思，半晌抬頭。「這麼說來，現在正是時機！若韓廣平當真敢封張勇為遼王，四下群起而效之的必定不少，五哥與七哥出面匡扶正統，那就是天時地利人和了。」

楊川有些驚訝，定定看了她半晌，才點頭。「我與仲和也是這般想。我們若不想白辛苦一場，為他人作嫁衣，首先就得說服宋俊和裴一敏。我正想問問七郎，你與宋俊可有交情，此事到底有幾分可行？」

楊重把相識以來對宋俊的了解說了，最後說：「可行與否，我也不好說，此事還得與他詳談才知。」

「唔，也好。裴一敏那裡，仲和會去談。這些都是急不得的事，今日先這樣吧。」楊川揉了揉眉心，又對周媛說：「韓肅的事妳別急，哥哥自會想法子。」

看他還想著她，周媛心裡對他多了些親近感，起身正色道謝。「多謝五哥。」

楊重鬆了口氣，便讓楊川早些回去歇著。

楊川點頭，站起身來找堅兒。周媛剛說孩子睡了，裡面就傳來哭聲，很快，信王妃就牽著堅兒走出來。「突然醒了，說要找五伯。」

楊川忙上前把堅兒抱起來，答道：「路上一直跟著我，習慣了，醒來見不到我就要哭。辛苦弟妹了。」說完又哄堅兒，帶著他回去睡。

周媛跟楊重送他們父子回了東小院，讓周祿服侍著，然後兩人一同回返。

「看著這孩子，心裡真是痠痛。也不知京裡的五嫂和其他孩子如何了？」

「唉，五哥也很不容易。妳啊，以後對五哥尊重些。」楊重說了周媛一句。

周媛默默點頭，回去廂房睡了。

第二日宋俊又來，與楊重兄弟倆、謝希治兄弟倆關在書房說話，只有歐陽明沒事，四處遛達。周媛聽說，看堅兒跟大郎他們玩得好，便出去尋歐陽明。

歐陽明正在坡上往下望，看著下面一片一片的田地，頗有些驚奇，正想下去一探究竟，後面有人叫了一聲。「大官人這是做什麼呢？」

他苦笑著回頭。「公主又打趣小人了。」

「哈哈。」周媛笑了。「行啊，我不叫你大官人，你也別自稱小人了。你長得這麼高大，還自稱小人，實在違和得很。」

歐陽明看她態度一如在揚州時，也就順著她的意思應道：「那我恭敬不如從命了。」說完指指下面，問周媛：「聽說早先這裡是一片荒地，現在的田都是你們到了才開墾的。」

周媛也往下面望去，頗有成就感地答：「這是第一茬。怎麼樣，不錯吧？」

「何止不錯，公主真不像是深宮裡長大的女子，這世上好像沒什麼難得倒妳的。」

這傢伙心眼太多，不能跟他聊這些。周媛笑咪咪地答道：「誰說難不倒？這地又不是我開墾的，總有懂的人可以驅使。」換了話題。「對了，還沒來得及問你，與李家小娘子可琴瑟和諧？」

歐陽明擺擺手。「公主不知道嗎？李家哪是我這樣的人高攀得起的。李家兩位小娘子都已出嫁，嫁的俱是升州高門。」

周媛有些尷尬地笑了笑，安慰歐陽明。「大丈夫何患無妻，將來大官人出將入相，自有名門淑女任你選。」

「公主又取笑我了，我已是這把年紀，若真要等出將入相，可不得等到鬢髮皆白？」

也是，算起來歐陽明都快三十，再不娶妻生子就晚了。不過周媛還是說道：「你別灰心，沒準兒過兩年就能了呢？」

歐陽明只搖頭嘆氣。「公主就別笑我了。這兩年我每每想起公主信中所說，重溫呂氏石崇故事，都要驚出一身冷汗，哪敢奢想出將入相？」

想起當初自己留下的信，周媛笑得更厲害了。「你怕什麼，我不過是略提醒你兩句，讓你以此二人為鑑，不要重蹈覆轍而已。其實我主要還是想祝你心願得償嘛！」

歐陽明苦笑拱手。「多謝公主，歐陽明受教了。」

「歐陽兄這是做什麼呢？」

周媛不躲不閃受了歐陽明的禮，正要再跟他開句玩笑，忽然從身後傳來清冷的問話聲，轉頭一看，是謝希治來了。

歐陽明站直身，笑著回道：「公主當日好意提醒，一直沒機會道謝，今日有幸再見公主，自然要當面謝過。」

「哦？」謝希治挑了挑眉，看向周媛。

周媛不想回答，她當初走的時候，沒給謝希治留信，若是讓他知道她給歐陽明留了信，還不得生氣呀。於是轉移話題，問他：「你怎麼出來了？談完了？」

「沒有，兩位殿下讓我來請妳去一趟。」謝希治沒有糾纏，直接說明來意。

周媛應了一聲，跟歐陽明道失陪，叫下人陪著他去轉轉，才跟謝希治往回走。一邊走、一邊跟他說：「你聽說了嗎？原來歐陽明跟李家二娘的親事沒成。」

謝希治點頭。「你們在說這事？這門親事沒成，好像是歐陽明不樂意。」說到這裡，側頭看著周媛。「他有沒有與妳說，他後來跟誰訂了親？」

「他訂親了嗎？」周媛意外地問。「他剛才沒說啊，我還安慰他大丈夫何患無妻呢。」

「好像是年初訂親的，定的是吳王府長史的孫女。吳王府長史，妳知道是誰嗎？」

周媛想了想，問：「好像姓胡，是裴家的親戚吧？」

謝希治答道：「胡長史是我堂姨丈，他的妻子是我母親的堂姊。」

噗，歐陽明這不是生生比謝希治矮了一輩嗎？周媛忍不住笑出了聲。「這麼說來，他不成了你表姪女婿？從妹夫一下子降了一輩呀！那你還稱呼他歐陽兄？」

謝希治囧。「我還沒想到這一層。」

周媛想到當初讓自己管他叫世叔的歐陽明，眼看著就比自己小一輩，笑得喘不上氣。可是眼看到書房了，謝希治還是不停步，便伸手拉他。「七哥他們叫我來做什麼？」

「呃，其實是三郎哭起來了，殿下無暇去哄他，我就出來尋妳了。」

周媛一聽，也沒發覺謝希治的小心思，立刻快步回內院去看孩子。

她進去時，堅兒正蹲在地上，哭得上氣不接下氣，誰去哄他也不理，一拉他就要伸手打人踢人，眾人束手無策。

這孩子太沒安全感。周媛慢慢靠近他，柔聲哄了好一會兒，又抱著他，偷偷去看了書房裡的楊川。

堅兒也懂事，看見就放心了，回去時，還要自己下來走。「阿娘說我是大孩子了，不能再讓人抱著。」

周媛把他放到地上，聽他提起誠王妃，更心疼他了，就伸手緊緊牽著他，一邊走、一邊哄：「堅兒真懂事，真是個好孩子。姑母跟你說，爹爹心裡啊，可疼你和你哥哥了，才捨不得不要你們呢。可爹爹是大人，有很多大事要做，不能時時刻刻陪在你們身邊。等他做完大事，就會回來陪著你們的。」

「真的嗎？爹爹會回去接大哥嗎？會回去接阿娘他們嗎？」堅兒抬起頭，認真地看著周媛。

周媛蹲下來，看著他的眼睛答道：「會的，所以堅兒更要聽話，不能總是哭鬧，不然爹爹沒辦法做正事，就不能更快地接回你阿娘和哥哥了。知道嗎？」

堅兒認真想了片刻，很堅定地點頭。「我知道了。姑母，我再也不哭著找爹爹了！」

第五十二章

周媛沒想到，堅兒這孩子竟然說到做到。

幾日後，當楊川要跟楊重等人暫時離開島上，去廉州與裴一敏相見時，堅兒雖然一直緊緊攥著楊川的衣袖，眼睛裡也噙著淚水，可始終沒有哭出來。

「堅兒聽話，與姑母在這裡等著爹爹回來。」楊川抱著兒子低聲哄。「爹爹就去幾日，你跟哥哥一塊兒識字讀書，等爹爹回來，是要考你的。學得不好，爹爹可要罰。」

堅兒繃著小臉，勉強點了點頭，問了一句：「爹爹幾日回？」得到答案後，便含淚望著父親走了。

這次除了謝希治，楊川等人都跟宋俊坐船離了瓊州島，渡海去廉州見裴一敏。

這幾日在島上，他們要麼是聚在一起談話，要麼是分開個別對話，反正一直都在關起門來談。據說宋俊對楊川兄弟還是很恭敬的，聽說韓廣平殘害宗室、把持朝政的真相之後，表示願從兩位殿下之命討逆。

尤其現在韓肅跟張勇議和，張勇要求封王，韓氏父子居然有答應的意思，宋俊對此也十分憤慨。

但是只有態度沒有用。楊川向他問計，宋俊只說一切聽從兩位殿下吩咐，並不多言。這樣一來，楊川拿不準他的意思，有些話就不好說得太白。最後還是謝希齊說，不如見了裴一敏，大家再一同詳談。

他們上島之前，已經給裴一敏去信，中秋後收到回信，說裴一敏已經往嶺南來，約他們在廉州港相見。眾人便商量，只留謝希治在島上，其餘人等去見裴一敏。

周媛不懂起兵打仗的事，本著不懂就不添亂的原則，這些天只聽了進展，並沒有發表意見。不過心裡還是對這些人不停地互相迂迴試探感到有些煩。

「要是我啊，就直接拍桌子問宋俊：韓廣平是個大奸賊，你也看到了，龍椅上那個小兒，沒準兒就是他的兒子。我們兄弟要反攻京城、恢復大秦正統了，你跟不跟我們幹？」周媛跟下了課的謝希治發牢騷。「就一句話的事，何必搞得這麼麻煩！」

把謝希治笑得險些跌下椅子去。「公主高見，真是讓人佩服！」

周媛白他一眼。「我知道你笑話我。其實不就是這麼回事嗎？宋俊總也有所求吧，說清楚求的什麼，看咱們能不能應，能應就結盟，不能就想辦法唄。」反攻京城，說得容易，光靠楊宇那幾萬人還是不成的，宋俊是必須爭取的助力。

「我還以為妳說不能應就算了呢。」謝希治本來止了笑，聽了後面這幾句，又忍不住笑開了。「誰想到妳還非要拉上宋使君了。」

周媛斜了他幾眼，乾脆拿扇子去擋他的臉。「笑笑笑，有什麼好笑？不拉上他能成事嗎？你舅舅那裡也不知是什麼打算，我這心裡沒一刻安定，果然造反也不是誰都能幹的。」

聽出她是真的擔憂，謝希治收起笑，端正神色，伸手將扇子抽過來，看著周媛道：「其實妳不用如此憂慮。眼下的時局，但凡還有一點憂國憂民之心的，都無法再安坐旁觀了。先頭宋使君是不確定京裡到底什麼情形，現在知道了妳和誠王殿下的遭遇，自然不肯再奉朝中的旨意。

「妳也看明白了，他現在不過就是有所求不好開口。」謝希治舉著扇子給周媛輕輕地搧。「至於我舅父，他也是一樣。官做到了他們這一步，心裡所思所想，不是封侯拜相，就是庇蔭子孫。」

徐緩的風隨著扇子送來，讓周媛的煩亂平息了些。「不只吧。我覺著，宋俊應是還想觀察五哥，看看他值不值得追隨。」可楊川也有些猶疑，不知能不能信任宋俊，所以才僵住了。

「這是難免，此事涉及身家性命，誰能不慎重？妳且耐心等等看吧。」

「道理我自然知道，可事情總沒有進展，我怕遲則生變。」

柳暗花明，峰迴路轉，忽然得到了從不敢奢想的幸福，怎不希望這幸福能安安穩穩、長長久久呢？

謝希治右手還是輕輕搧著扇子，左手卻伸出去握住周媛的手，安慰道：「妳呀，也該學著放心了。凡事習慣了自己作主，事情一旦交到旁人手裡，妳不知進展，就免不了焦躁、憂慮。」

周媛不服氣。「胡說。你做事我就很放心的，從不憂慮。」

這話很中聽，謝希治笑了起來，問她：「那七哥呢？」

「七哥辦事，我也很放心啊。他做事一向有分寸，我是從不擔心的。」

謝希治又問：「那誠王殿下呢？」

周媛沒有立即回答，尋思一會兒才說：「他麼，我不好說。」

謝希治捏了捏她的手。「妳看，連妳都這樣說，也難怪宋使君暫時不鬆口了。我們要有耐心，此事除了誠王殿下，誰也替不了。我看殿下為人，是個值得追隨的明主。」

周媛有些驚訝，看著他問：「當真？」

謝希治肯定地點頭。「殿下寬厚堅忍、聰明仁惠，又占著大義名分，宋使君沒有不從之理。」

不知為何，看他眼神這般肯定，周媛心裡也跟著安穩下來。「好，就聽你的，我們安心看五哥施展。」

楊川他們一去就是二十天才回到島上。

堅兒知道消息，立刻飛奔過去迎接；大郎、二郎遠遠看見自己的爹，也興奮得不得了，跟著堅兒一起往坡下跑。周媛哪個也追不上，乾脆不管了，回去告訴信王妃一聲，就去廚房看著準備午飯。

吃飯時，她進去堂屋，發現裡面只坐著楊川和楊重，有些意外。「怎麼就你們兩個？」

「大夥兒都累了，還是各自吃飯自在些，也能早些歇息。」

兄妹三人很快吃完飯，周媛等下人把東西都收拾下去，才開口問：「如何？這一趟可有收穫？」

楊川和楊重對望一眼，笑了笑。「收穫還不少呢。妳和懷仁打算何時成婚？」

這什麼情況？怎麼第一句話就問這個？周媛呆呆地看向楊重，希望他能解釋一下。

楊重笑咪咪地開口：「我們已經與懷仁的舅父議定了你們的婚事，他自願作媒，替謝家求親。等仲和擬了討伐韓廣平父子的檄文，昭告天下韓氏父子之罪，你們就可以名正言順操辦婚事。不過當此非常時期，恐怕一切須得從簡。」

周媛雖然驚訝，卻也只能說：「我都聽哥哥們的。」

楊重忍不住打趣她。「妳也有這麼乖巧聽話的時候？可惜還是沒一點兒女兒家的羞意。」

周媛斜了他兩眼，沒應他的話，只問楊川：「你們去了這麼久，不會只談了我們的事吧？大事談得如何？」

「這就是大事啊！」楊川居然也有心情跟周媛開玩笑了。「婚姻大事還不夠大嗎？」

楊重笑得不行，頻頻點頭。「就是！」

周媛：「……」為什麼一個無良哥哥這麼快就變成了倆！

楊川喝了口茶，清清喉嚨，終於解答周媛的疑惑。簡單來說，他們這次會面是極為成功的，雙方的態度也非常誠懇，在友好的交談後，定了下一步的行動。

首先由謝希齊起草一份討韓檄文，以楊川、楊重之名召集宗室諸王、各地軍民，共同起兵討伐韓氏逆賊。

然後是名正言順地讓周媛跟謝希治成親。這不單是他們的婚事，也意味著吳王、裴一敏和謝家都站到了楊川這邊。周媛沒有想到，兜兜轉轉，她和謝希治不願背負在身上的東西，最後還是一樣不少地壓到了他們頭上。

再來，楊川就要整合各地兵力，出兵北上，直奔京師。趁著韓肅還在跟張勇糾纏，劉青也在東都那裡拖著朝廷的人，京師布防空虛，他們要出其不意、一擊即中。

「既然要出其不意，幹麼還先發檄文啊？」這跟要偷襲別人後背，還先喊一嗓子一樣，哪還有攻其不備的效果了？

楊重很無語地看了周媛一眼。「咱們又不是做賊的！發兵反攻京師，必須名正言順，占著大義名分，不然如何引來忠臣孝子相投？」

那倒也是，無論什麼時候，能占著民心，就成功一大半了。周媛把這事放過去，又問楊川：「那楊宇那裡要怎麼辦？」她可沒忘記，還有個姪子在那兒做人質呢。

「我正要與妳說，我想把堅兒託付給妳和七郎一段時日。」楊川臉色漸漸沈了下來。「過兩日我先去益州，我會寫信約楊宇到益州相見，共同在益州舉事。」

「楊宇會來嗎？」

楊川蹙眉。「他就算不信我，也該相信裴一敏和仲和。不過，他多半是不會來。」

「我們把謝希修放出來了。」楊重接道。「已讓他跟歐陽明回去見楊宇，把妳與懷仁的親事，還有我們的部署轉告給他。他愛來不來，都已是鞭長莫及，就算熙兒在他那裡，他也不敢如何。」

還真叫謝希治說著了，楊宇只要把楊川放到嶺南來，就是完全的失策。謝希齊不聽他的，裴一敏也另有打算，一個歐陽明還真算不了什麼，更何況歐陽明心眼那麼多，未必全心聽楊宇的。

「可是堅兒那孩子……」周媛斟酌著用詞。「心思太重了些。五哥不在的這些日子，我瞧他心裡煎熬得很，擔心時候長了，孩子熬不住。」

楊川眉頭鎖得更緊了。「我不能帶著他去。若事情進行得順利，要不了多久，就要興兵北上，怎能帶著他？我答應過妳五嫂，一定要保兩個孩子周全。」

這招討檄文一發，只怕第一個遭殃的，就是在京裡沒逃出來的誠王妃和幾個孩子。周媛心裡沈重起來，知道這是楊川無奈之下的選擇，於是也只能保證。「我會好好看著堅兒。」

楊重也說：「五哥放心，仲和不是說，已託人想辦法營救五嫂他們了嗎？咱們且慢慢等消息。」

楊川閉了閉眼，又睜開，目光已全是堅毅之色。「等不及了。時機稍縱即逝，如今咱們也只能全力去拚。」

等謝希齊擬好檄文時，周媛有幸列席聽了一回。謝二公子的聲音溫潤動聽，如同溪水輕巧流過圓石，好好一篇氣勢萬千的檄文，讓他唸得像是詩賦一般。

「……丞相韓廣平，欺天罔地，穢亂宮禁；殘害宗室，狼戾不仁；又任用奸佞，誅戮忠正；楚、越之竹，不足以書其惡。天下昭然，所共聞見。今略舉大端，以喻使民。」後面列數韓廣平的各項大罪，從當日先帝在時蒙蔽聖聽開始，到慢待公主、欺辱親王等等，洋洋灑灑寫了逾千言。

唸完後，楊川和楊重提出修改意見，謝希治也跟著討論了幾句，只有周媛托腮不言。

等他們討論完，楊川忽然問她：「十娘可有何見解？」

周媛老實搖頭。「我沒啥見解，有好幾段都沒聽懂。」

幾個男人：「……」

「咳，那好，便這麼改吧。後日我們就離島去益州。」楊川說完，看向謝希治。「懷仁還暫留島上？」

謝希治鎮定地點頭。「兩位公子的學業不能耽誤。」

謝希齊很不給面子地笑出聲。「也好，免得來回奔波，耽誤大事。」又問周媛：「公主打算把婚期定在幾月？若有大致日期，我也好往家裡寫信。」

周媛囧，怎麼都來問她，沒人問謝希治啊？當著這幾人，她裝不來害羞，只能瞟謝希治一眼，正好謝希治也看著她，周媛就示意他開口。謝希治眨了眨眼，好像在問她確不確定，周媛微微點了頭。

「自然是越快越好。」謝希治得到她的首肯，立刻開口答道。

周媛：「……」你矜持點好不好?!

在場的人都不客氣地笑了出來，周媛有些羞惱，站起身丟下一句：「五哥作主便是。」就跑了。

謝希治雖然還維持著鎮定神色，耳根卻紅了。「二哥與兩位殿下商議吧。」要去追周媛，但臨走還是不放心地留了一句：「別拖到過了年。」

他剛走出去，門堪堪關緊，就聽見裡面傳來一陣大笑聲。

謝希治再不停留，問明周媛的去向，飛速離了書房門前。

周媛也沒往別的地方去，出了書房，就回了現在住的屋子。她剛進房坐下，侍女就來回報：「公主，謝公子來了。」

「說我不在。」周媛不爽地回道。

謝希治很尷尬地站在門口，清咳一聲，侍女很機靈地退了出去。

周媛回頭望了一下，又轉回來低頭喝茶，故意不看他。謝希治只得自己慢慢走進去，然後坐到她對面。

「怎麼惱了？」謝希治偏著頭，看著周媛問。

周媛沒好氣地答：「誰惱了？」

謝希治又往她那邊湊了湊，問：「真沒惱？」

「沒有！」周媛斬釘截鐵。

謝希治笑起來。「那我就放心了。」

周媛瞥他一眼，還不及說話，又聽他說：「沒有娶回來，總是不放心。」

周媛忍不住笑了，又想起他在書房說的越快越好，就埋怨他。「你怎麼當著五哥和七哥就那樣說？越來越不害臊了。你二哥還在呢！」

「這是正事，有什麼害臊的？」謝希治握緊了她的手。「再說此事本就是越快越好，咱們耽擱的時候夠多了。」

也是，從揚州到海島，輾轉幾千里，一轉眼已經過了兩年多，現在萬事俱備，他們還等什麼呢？

周媛將另一隻手覆到謝希治握著她的手上，說道：「我就是怕七哥笑話我。」

這樣的周媛，總是能讓謝希治心情安定，於是他又給周媛出主意。「他要是笑話我們，我們就把馬姑娘的事說與王妃聽。」

兩人相對竊笑半晌，周媛才又開口。「就弄不懂你有什麼不放心的。我們整日都在一處，現在又有人替我們張羅婚事，眼看著就要……」紅著臉把那四個字說出來。「長相廝守，你還不放心什麼？」

謝希治的心頓時化成了一池春水，忙忙認錯。「是我錯了。」想就此把周媛擁進懷裡，又顧忌這是在她的屋子，有人突然進來不好，所以只能緊緊握著她的手，深情地望著她。

周媛呆了一會兒，忽然一笑，罵了句：「傻瓜。」然後向前，主動抱住了謝希治的腰。

第五十三章

周媛跟謝希治比從前更顯親密，可是兄長們卻不許他們多見面了。理由麼，自然是訂了親，已選定婚期，該當避嫌。

於是謝希治只能老老實實在西小院給兩個孩子上課，周媛則每日被信王妃拘在屋子裡做針線活。她的東小院要做新房，有人去重新收拾，便只能繼續住在正院裡，與謝希治更沒了見面的機會。

直到謝文廣夫婦抵達嶺南，與楊川等人一同到了島上，兩人才終於打了照面。

謝夫人裴氏是名美麗文雅的中年婦人，一言一行都是標準的世家女子風範，面對信王妃和周媛時，不卑不亢，不冷不熱。

周媛心裡不免有些嘀咕，覺得謝夫人對這門婚事不滿意。她本來對謝家的印象就不好，見裴氏如此客氣冷淡，自然不會表現出多少熱情，所以見面時，只有信王妃在調和氣氛。

好不容易應付過一頓飯，將不肯留宿的謝文廣夫婦送走，信王妃一邊與周媛往房裡走、一邊說她：「妳今日怎地這麼靦覥？可是見了婆母害羞了？」

周媛猶豫一下，把自己的感覺說了，而且這對夫妻連留宿都不肯，天都快黑了，還非要去縣城住下，怎麼看都代表著他們保留的態度。

信王妃卻道：「不滿意麼，我倒沒看出來，我看她有些尷尬是真的。明明是娶媳婦，卻要在我們家裡成婚，倒像自己的兒子入贅。這婚事本也算是從天而降，易地而處，將來大郎若也這般，我的臉色恐怕要更難看些。」

倒也是。周媛之前沒想到這一層，他們不肯留宿，想來也是因為覺得尷尬吧？更尷尬的是，她不是初婚，又從沒見過他們，裴氏對她無論如何也談不上喜歡，自然無法表示親熱。偏偏她還占著公主的名分，她不能拿長輩的架子，還真挺為難的。

這樣一想，周媛對她的態度也釋懷了。「是我多想了。不過……」悄悄跟信王妃笑道：「今晚三公子恐怕要不好過了。」

謝希治跟謝希齊送父母去縣城安頓，肯定要陪著在那邊住的。離家這兩年，他可沒做什麼讓父母滿意的事，今晚少不得要挨父母的訓斥。

謝希治若知道周媛這麼幸災樂禍，在跟母親誇她時，一定很想打個折扣。不過他並不知道，所以還在盡心想讓母親認可這門婚事。

「……兒子怎會有半分委屈？早先以為她只是尋常商戶之女，兒子都求之不得，何況現在得知她本貴為公主？」

「公主又如何？」裴氏始終覺得這婚事太委屈兒子了。「說句大不敬的話，我寧可我的兒子只娶個尋常人家的女兒，也不願他去尚主、受皇家的閒氣！何況還是再嫁的公主！」更不用說這門婚事在他們夫婦不知道的情況下就定下，她怎麼接受得了？

謝希治跪倒在母親腳下，扶著她的膝頭，解釋道：「娘，兒子並不曾受過逼迫，也不覺委屈，兩位殿下待兒子親如兄弟，公主與兒子更是情投意合，兒子怎會受閒氣？」又將周媛下嫁後的遭遇，以及她不甘忍受、自行籌劃離京到揚州的經歷，都說與裴氏聽。

「……若出身可選，她必是無論如何也不願生在帝王家的。這幾年她顛沛流離、身不由己，皆因身世之故。娘，您也見過十娘了，這樣一個女子，能獨自支撐著逃離火坑，讓自己好好活到現在，難道不可佩可敬嗎？」

想起白日所見纖秀文靜的朝雲公主，裴氏的臉色漸漸緩和，但還是追問一句：「當日她那樣棄你於不顧，你都忘記了嗎？心裡真的不介懷？若誠王、信王所謀之事不成，她又再只顧自己逃走，你當如何？」她可沒忘了當初兒子大病一場的模樣，實在不想再看兒子沈淪。

謝希治抬頭望著母親，目光堅定地答道：「她不會。」

裴氏也盯著兒子看了半晌，然後嘆氣。「你為了她與家裡決裂、與你表兄翻臉，當真值得嗎？你當日對你大哥那樣無情時，可曾想過為娘？」

終於說到這裡了。謝希治放下扶在母親膝頭的手，挪動膝蓋後退，然後以頭觸地拜了兩拜。「兒子不孝。大哥之事，本是公事，兒子秉公而行，並非為了誰而如此。因此事讓母親傷心，是兒之過，請母親責罰。」說完將額頭貼著地面，等著裴氏發話。

「你這話說得有趣，你是秉公行事，若你母親因此罰你，豈不是是非不分了？」謝文廣的聲音從謝希治身後傳來。

裴氏站起身迎接丈夫，讓他到正位坐下，自己坐到另一邊。跟著進來的謝希齊也不敢坐，站在下首。

謝希治又向著謝文廣拜了兩拜，答道：「父親大人明鑑，兒子實無此意。」

謝文廣冷笑兩聲。「你們都大了，翅膀也硬了，連婚姻大事都敢自己作主，還到我和你母親面前做什麼孝子模樣？」

這話一說，連謝希齊也捎進去了，他只得走到謝希治身邊跪下，說道：「父親息怒，三郎的婚事是兒子請舅父作主的。兒子擅作主張，請父親責罰。」

「請你舅父作主？」謝文廣更生氣了。「我是死了嗎？」

裴氏見丈夫動了肝火，忙親自端了一盞茶送到他手邊，勸道：「孩子們做錯事，你好好教訓就是了，何苦咒自己？」

謝文廣接過茶盞，直接砸到了謝希齊兄弟倆身前。「教訓？呵呵，妳也不瞧瞧，這兩個可肯聽我們教訓？」

滾燙的茶水四處飛濺，兄弟倆身上都沾了不少，卻跪在原地不敢動彈。

裴氏又勸了謝文廣幾句，謝希齊才又開口：「父親大人明鑑，江南距嶺南數千里之遙，此事關涉國家存亡，兒子不得不擅作主張，實非不敬不孝……」

謝希治聽著兄長解釋，思緒卻漸漸飄遠。如果說母親的責備和不滿還讓他心生愧疚，覺得傷害了母親關愛兒子的心，那父親的暴怒和指責就讓他覺得可笑了。

父親字字句句都在指責自己和二哥自作主張，傷害了他作為父親的尊嚴，卻並沒有表示出對這件事本身的不滿。母親擔心自己是不是自願，有沒有被逼迫、受委屈，他卻只在乎自己和二哥不聽他的掌控。

也是，如果他真對這件事不滿，就不會來了。這門婚事，眼下看來簡直對謝家有百利而無一害，謝家成了連接吳王和誠王之間的紐帶，重要性不須贅言，只要舉事成功，最後無論是哪邊登上至尊之位，謝家都會更進一步，他們怎麼會不滿意？

可是自己前段時間的「一意孤行」，顯然讓家裡很不滿，現在父親是要跟自己算總帳，要自己屈服了。

「父親，此事都是兒子的過錯，與二哥無關。」謝希治忽然開口，打斷了謝希齊。「兒子困於兒女私情，讓父親失望了……」

謝希齊看他的神情，深恐他說出負氣的話來，再惹得父親大怒，下不了臺，忙插了一句：「父親，三郎已知錯了，當日兒子也看著他與大哥賠罪了。這門婚事牽涉重大，又是誠王殿下與舅父所定，實在反悔不得，您要打要罰，也且等離了島上。」

謝文廣神情森冷，盯著兩個兒子看了半晌，問謝希治：「三郎的話還沒說完，怎麼不說了？」

「兒子知錯。」謝希治又在地上磕了兩個頭。「讓父親母親憂心煩惱，實乃不孝至極，請父親責罰。」

看他服了軟，謝希齊偷偷鬆了口氣，又悄悄看向母親，暗示她求情。

裴氏接收到他的請求，卻不急著開口，先看丈夫。

「你知道錯了，怎麼一直不寫信回去認錯？」謝文廣的神情終於略略鬆動。「你祖父為了你氣得病倒，你可知道？」

謝希治聽了，心裡無論如何也不相信，不過面上卻不露聲色，只惶恐地磕頭說道：「兒子不知。祖父現今如何了？」

裴氏適時慢悠悠地接話。「已無大礙。不然我與你父親也不能這麼快就來嶺南。」

謝文廣側頭瞥了妻子一眼，哼了聲。「眼看就到婚期，這頓家法暫且給你記下。你一會兒回去寫信向祖父認錯，再寫封信給裴太妃問安。」

「你姨母聽說你要成親，讓我帶了許多東西來，你寫信時，好好謝謝她。」裴氏接道。這是讓他跟兩邊都主動認錯、緩和關係，謝希治一一應下，態度十分順從。

謝文廣心裡舒服了些，讓兩個兒子起來，又對謝希治說：「這幾日你就與我們住在縣城，不要去殿下那邊了。」

一家人又說了幾句閒話。謝文廣告訴謝希治，杜允昇本來與他們同行，但路上身體不適，怕耽擱他們行程，就讓他們先走，自己留下養病，再慢慢跟上來。他們留下了謝希治的二嫂服侍她父親。

「想來明日也就到了，應能趕上你們成婚。」裴氏最後說道。

謝文廣等妻子說完，又囑咐謝希齊：「明日你上岸去迎他們。」

謝希齊答應了，謝文廣看時候不早，終於放了兄弟倆回去休息。

「你總算開竅了。」兄弟倆回到居處，謝希齊跟著謝希治進了他的屋子，感嘆道。「我真怕你又強起來，跟父親說，若是不滿意，盡可去退了這門親事。」

謝希治坐到椅子上，揉著自己的膝蓋，反問：「換作你，肯與父親說，請他退了你跟二嫂的婚事嗎？」

謝希齊也在揉膝蓋，聽了他的話笑道：「我倒沒看出來，你還是個情種。」

「不及二哥多矣。」謝希治笑了笑，又揉了膝蓋幾下，才站起來對謝希齊深深作了一揖。「多謝二哥為我籌劃奔走。」

謝希齊坐著受了他的禮，然後擺擺手。「自家兄弟，說這個做什麼。你要是真想謝我，將來等你和公主生了兒子，過繼與我一個便是。」

謝希治一愣，想起二哥與二嫂成婚十年，卻只存了一女，父母雖沒說什麼，揚州家裡那個祖母卻有意給二哥賜下姬妾，便蹙眉說道：「二哥二嫂正當盛年，子嗣上實不必著急，哪裡就到了過繼的地步？祖母那裡無須理會。」

「我不過隨意一說，你還當真了？子嗣之事全由天定，我是不掛懷的。」謝希齊懶洋洋地站起身。「早些睡吧，我明日還得去接岳父和你嫂嫂。」

看著二哥灑脫離去的背影，謝希治不由心裡感佩，自己忝為杜先生的弟子，在為人處世上，卻遠遠不及二哥更似杜先生。

周媛剛跟信王妃笑完謝希治，就有下人來請，說誠王殿下請她去書房議事。

周媛辭了信王妃，自己跟著下人去了書房。一進門發現楊川和楊重的神色都有些凝重，不由收斂了臉上的笑，坐下來問：「怎麼了？」

「韓廣平矯詔冊封張勇為遼王，韓肅已從營州撤軍，正分兵回援京師和東都。」楊川開門見山，直接說了局勢的最新變化。「不過洛陽現在已被劉青圍困數月，只怕城破就在旦夕之間，韓肅未必趕得及。」

周媛聽了也皺眉，問道：「你們準備得如何了？打算何時舉事？」

楊川摩挲著手裡的茶盞，答道：「等你們婚事辦完，我們就在益州誓師北上。楊宇不肯來，不過他捎信說，會與我們同日在揚州舉事。」

看來他們都已經商量好，不需要她操心。「那兩位哥哥叫我來，是有別的事？」

楊川與楊重對視一眼，最後還是楊川先開口。「開弓沒有回頭箭，我們既然邁出這一步，便再無退路。可謀事在人，成事在天，此番成敗實難預料。十娘，我跟七郎想把這僅剩的一家人託付給妳。」

「等你們成親後，我要跟五哥去益州。」楊重接話。「妳嫂嫂不大懂外面的事，還要照顧孩子們，家裡大大小小的事就要妳和懷仁多費心了。萬一來日出師不利，事情有變，咱們也有船，妳和懷仁就帶著妳嫂嫂和孩子們走吧。」

周媛沒想到他們會說這個，呆了呆，才鄭重點頭。「哥哥們放心，但有我在，必會照顧好嫂嫂和姪兒們。」停頓一下，又說：「韓氏逆賊早已失了民心，覆滅之日不遠，哥哥們定能旗開得勝，我在島上等著哥哥們的捷報。」

楊川和楊重聽了，露出笑容，楊重又叫周媛不必多想，先專心籌備婚事即可。

之後三人散了，各自回房。周媛跟楊重一路，待與楊川分開，忽然問道：「可有五嫂的消息？」

檄文已經發了兩個月，京裡不可能沒有動作。

楊重腳步一頓，回身往後看，確認院門關上了，才低聲跟周媛說：「仲和新近得到消息，說五嫂已經自盡了……」

周媛張大了嘴，卻一聲也發不出，整個人僵住了，不知該做何反應。

楊重按住她的肩膀，囑咐道：「別出聲。京裡捂著沒有發喪，五哥還不知道。我們想等誓師出征前再告訴他。」

周媛呆呆地點頭，好一會兒才找到自己的聲音。

「那其餘幾個孩子呢？」

「還不知道，五嫂好像沒跟幾個孩子關在一處。」楊重長長嘆息一聲。「五嫂一定是得知了五哥起事的消息，不想五哥心有顧慮……」

周媛想起堅兒的得人疼，眼眶有些發熱。

「五哥要是知道了，能挺得住嗎？」

楊重往院子看去，半晌才答：「挺不住也要挺。不然五嫂不是白死了嗎？」他難得有了堅毅神色，回頭又囑咐周媛：「妳知道了便算，千萬莫露出來，也別跟妳嫂嫂說。」

周媛點頭答應，最後又說：「七哥放心，我一定照顧好嫂嫂和姪兒們，不讓他們受一點委屈。」

楊重看看面前矮他一截的妹妹，慢慢露出笑容，回道：「有妳在，我沒什麼不放心的。」

回去歇著吧，別想太多。」說完伸手輕輕摸摸周媛的頭，催她回去睡。

周媛與楊重作別回房，躺下以後卻沒有立即入睡，腦子裡一直在努力回想誠王妃的樣子，卻總是模模糊糊想不起來。最後實在想得累了，才不知不覺睡去。

第五十四章

五日後，裴一敏和宋俊帶著來觀禮的人抵達，周媛隔著屏風受了他們的拜見，然後繼續躲在信王妃那裡待嫁。

這幾日，裴氏又來了兩回，態度依舊恭敬客套。不過周媛調整了心態，想著她是謝希治的母親，平常謝希治言語中也表現得跟母親比較親近，所以比初見時熱情了些，會主動找話題，與她聊上幾句。

裴氏看她沒有端公主的架子，態度也慢慢親和起來。

其間，謝希治一直隨著父母住，與周媛始終沒有相見的機會，只偷空讓人傳了幾句話給她。

謝希齊接了岳父杜允昇和妻女來到島上，與他們同行的，還有兩個讓周媛驚喜不已的人物：周松和春杏。

「妳怎麼也來了？孩子呢？」周媛拉著春杏的手追問。

春杏笑答：「我託給隔壁陳大嫂了，正好她還有奶，讓她幫著帶一、兩個月。」她六月裡生了一個男孩，一直在家帶孩子，已有一年沒有見周媛了，此時再見，心情格外喜悅。

周媛佯作不悅。「妳也真放心！二喜呢？」

「他要看著食肆。」春杏仔仔細細將他們家公主打量一番，才欣慰點頭。「公主真是長成大姑娘了，娘娘在天有靈，一定高興得很。」說著說著，眼圈就紅了。

周媛忙拉著她坐下。「瞧妳，說著高興又要哭。」

周松也在旁笑道：「眼看就是公主的大喜日子，妳可不能又抹眼淚。」

春杏忍住眼淚，辯道：「誰抹眼淚了？奴婢高興還來不及呢！阿彌陀佛，菩薩保佑，我們公主終於要成親了。」

周媛囧。「怎麼妳說得我好像嫁不出去似的？」

「是她少說了，是我們公主終於要跟謝公子成親了！」周松接道。「小的這裡給公主道喜了。」跪倒在地，鄭重給周媛行了禮。

周媛忙上前扶起他，嗔道：「這是做什麼？哪來這些禮。我心裡從來都當你們是一家人，再這樣我可惱了。」

春杏本來也要行禮道賀，聽她這麼一說，就止住了，回身打開包袱，把自己給她做的衣服鞋襪都拿出來。

主僕幾人說說笑笑，又敘起別來情狀，足足說了一個時辰才罷。

如此熱鬧幾日後，各路人等紛紛到齊，周媛與謝希治的大喜之日終於到來了。

這天早上，周媛早早就醒了，卻不願即時就起，躲在被子裡胡思亂想。

當初下嫁韓肅，她心裡很恐慌不安，那時她還不確定韓肅的態度，所以也不知道婚禮那天會發生什麼，深恨自己沒學個功夫什麼的，好在關鍵時刻派上用場。

還好，韓肅輕視她到底，並沒打算與她行周公之禮。

可謝希治還不知道這件事欸！這個這個，要怎麼跟他說呢？不對，好像今晚他就能發現了……想起今晚可能會發生的事情，周媛的臉慢慢熱起來，頭上似乎也要出汗了。前世今生活了兩輩子，這已經是第二次出嫁，她卻在某些方面還是一張白紙，不由忐忑不安。

這一天似乎過得格外地慢，太陽在天上懶洋洋地移動，院子裡的紛亂嘈雜遙遙傳來，讓獨自坐在樓中的周媛覺得自己像是個局外人。

這一天好像又過得很快，還沒等她定下心神，本來緩慢移動的太陽就跳到了西面，她也在恍恍惚惚中被人圍著梳妝打扮好，靜坐在樓上，等著迎親的人到來。

因不是在宮中，又是身為藩王的兄長主持婚事，所以他們沒按照公主出降的正規禮節來，而是依民間人家的禮儀來進行。

攔門、催妝、奠雁、撒帳，到這一刻，周媛與謝希治終於再次面對面。明亮的燭光映照下，對面的良人一身朱衣，俊眉朗目，正含情脈脈地看著她。

周媛的心忽然安定了下來，之前的恍惚和忐忑俱消失不見，只剩下真真切切的喜悅：他們終於成親了，從此以後執子之手，與子偕老。

兩人按照指引去拜別楊川，楊川代表父母勉勵了周媛兩句，就讓楊重送著他們出門坐車，在外面繞了一圈，又回到東小院，行夫妻交拜禮，再送入新房，坐帳去扇。

謝希治還是第一次見到如此盛裝的周媛。燈光下，美人膚白如玉，連如雲秀髮上插戴的珠釵所散發的珠光都不能奪去她一分一毫的容光。秀美的眉、波光瀲灩的雙眸、小巧挺立的鼻、嫣紅潤澤的櫻唇……謝希治一時看得癡了，遲遲沒有動作。

旁邊儐相提醒了兩回，要他與周媛吃同牢飯，他都沒有反應。屋子裡觀禮的女眷們忍俊不禁，謝希治的二嫂杜氏就上前喚了一聲：「三叔！」

周媛整張臉都燒起來了，眾目睽睽下，又不好做什麼動作，只能盡可能地埋下頭，掩飾羞意。

謝希治終於回過神來，紅著臉與周媛吃了同牢飯，又飲交杯酒。

此時，圍觀的人終於散了，由杜氏陪著去入席。謝希治也要出去敬酒，臨走前，悄悄握了周媛的手，低聲說道：「我去去就回。」

周媛紅著臉點頭，等他快步走了，才長長呼出一口氣，只覺出了一身的汗，身上衣裳和頭上首飾越發重得難受。

侍女上前服侍她喝了幾口水，又幫她拆下頭上的首飾，不想剛拆到一半，謝希治就回來了。

「……」這傢伙還真是去去就回啊！

於是，兩人各自脫去了禮服，周媛頭上的首飾、珠花也都拆掉了。新婚夫婦並肩坐在床上，梳頭合髮。至此，服侍的人終於完成使命，剩下的步驟就要留給他們完成了。

眼看著床帳落下，周媛只覺身周空氣陡然凝滯，溫度更是往上飆升，熱得手心都出汗了。正當她想偷偷在衣裳上擦擦手心上的汗時，一隻更加溫熱的手伸了過來，牢牢牽住了她的手。

周媛緊張得心跳漏了一拍，悄悄側頭看時，卻發現身邊的人也正凝望著她。可床帳裡光線昏暗，她只能看清他的輪廓，卻看不清他的眼神。

周媛想看得清楚些，謝希治似乎知道她心中所想，居然一點一點地靠近，直到兩人額頭抵著額頭，再無一絲縫隙。

「十娘……」

他的氣息就吹拂在她臉上，從沒有試過的親近，讓周媛不自在地想後退。可不知什麼時候，腰上多了一隻手臂，讓她無法動彈，只能望著他亮如星子的眼睛，應道：「嗯。」

謝希治忽然笑起來，又低低叫了一聲：「十娘。」

周媛莫名跟著笑起來，再應：「嗯。」

他又湊近了些，兩人鼻尖相撞，呼吸在鼻端繾綣纏綿，慢慢發酵出甜得醉人的芬芳。

「周媛……」謝希治又換了稱呼。

周媛覺得暈乎乎的，就像是喝酒後的微醺，神志清醒，卻只懶洋洋地不想動，於是微笑著看他，不答話。

謝希治等了半天，不見她答，不甘心地又叫了聲：「周媛……」聲音裡似乎多了些委屈。

周媛抽出被他握著的手，將雙臂伸到他的脖頸後面，圈住了他，才應：「叫我幹麼？」說完略停了停，壓低聲音喚道：「三郎。」

這聲輕柔的呼喚頓時讓謝希治心中洶湧的情緒滿溢，收緊手臂，將周媛緊緊抱在懷裡，然後微微側頭，薄唇吻上了她柔軟芬芳的唇瓣。

周媛覺得世上的一切好像都不存在了，她唯一擁有和在乎的，只有親吻著她的這個人。他專注而溫柔，將她當稀世珍寶一樣珍視，她不再忐忑，心甘情願地為他綻放自己，給他最直接的回應，將自己的感情毫無保留地傳遞給他。

窗外的月光一點一點照了進來，與室內燃著的紅燭交相輝映，給這個美好的夜晚平添了許多詩意，直到床帳內一個遲疑的聲音打破平靜。

「妳……十娘……」

這聲音是如此震驚，讓原本忍著疼痛的周媛不得不貼到他耳邊承認。「我與他並無夫妻之實。」說完卻見謝希治還是呆怔著沒有反應，只得主動抬頭去親吻他，直到他回過神來，熱烈回應。

室內再沒有了語聲，月兒慢慢向西移去，直到喧譁漸消、萬籟俱寂，新房裡才又傳出一對新人的竊竊私語。

「妳瞞得我好苦。」謝希治將臉埋在周媛的頸窩裡，低聲控訴。

周媛渾身痠軟，馬上就要昏昏睡去，聽了這一句，就咕噥道：「這種事，叫我怎麼跟你說？」

也是。謝希治轉念一想，又覺得心疼她，將她擁得更緊了些，細細地吻她的眉眼，直到她漸漸沈睡，才跟著睡熟了。

第二天一早，周媛悠悠轉醒時，已經有熹微的晨光透窗而入。入目是一片由緋紅床帳營造出的粉紅色，身側貼著溫暖的身體，耳邊是謝希治悠長均勻的呼吸。

周媛微微側頭，悄悄將手伸到他腰間，然後看著他清俊的眉眼發呆。這人怎麼生得這麼好看呀？只這樣靜靜地睡著，就已是一幅美得讓人移不開眼的畫面。

青黑秀挺的眉、細密纖長的睫毛、高高的鼻梁，周媛的目光在他臉上一路梭巡，最後落到他微抿著的紅潤薄唇上。想起昨晚的親密，她心裡有些羞意，又有些甜蜜，情不自禁往他臉上湊去，然後飛快地在他唇上輕啄了一下。

謝希治似有所覺，眼珠在眼皮下滑動，周媛忙縮回來，閉上眼睛裝睡。她等了一會兒，對面的人也沒動靜，於是悄悄睜開眼睛，卻望進一雙癡癡瞧著她的眼裡。他的眼神還帶點剛睡醒的迷濛，但更多的是喜悅與滿足。

「醒了？」謝希治語聲很輕，嗓音帶著剛醒來時特有的低啞。

「嗯。」周媛低低應了一聲，不知他有沒有感覺到自己偷親他，有些心虛地把臉埋進他胸口。

謝希治臉上綻開微笑，收緊環在她腰間的手臂，低低喚道：「十娘。」

周媛悶聲應：「嗯？」

「再叫我一聲。」

周媛偷偷笑了兩聲，又在他胸口蹭了蹭，才低聲喚：「三郎。」

柔軟纏綿的呼喚頓時讓謝希治心裡一熱，低頭親吻周媛的秀髮，手在她後背上輕撫。

「十娘，我真歡喜。」

周嫒笑得嘴角高高翹起，回應道：「我也是。」

謝希治再忍不住，輕輕捧起她的臉，深情而溫柔地淺吻起來。

兩人意亂情迷，身體發熱、呼吸漸急，偏偏就在這時，門外傳來了輕喚聲。「公主、駙馬，快辰時了。」

周嫒恢復理智，伸手去推謝希治。「別鬧了，快起來吧，別叫你爹娘等急了。」

謝希治正情動呢，哪能立刻平息下來，還是抱著周嫒親吻了半晌，才戀戀不捨地鬆手，與她起身穿衣，叫了婢女進來服侍。

兩人梳洗完畢，一同出門去前院廳堂拜了舅姑、認了親。

新人與謝家長輩見過禮後，自然就輪到見謝希齊夫婦。因為認識杜允昇，加上大才子謝希齊聲名在外，周嫒早就對這位妯娌十分好奇，落坐之後，不由多打量了杜氏幾眼。

杜氏不是讓人眼睛一亮的絕色佳人，但面容溫婉秀麗，眼眸清亮如水，自帶著一股書卷氣，笑起來更是讓人如沐春風，不由自主就想與她親近。

「茜娘，快來拜見公主。」杜氏與周嫒見過了，就把立在身旁的女兒介紹給周嫒。

周嫒已聽說他們夫婦只有這一女，鍾愛異常，為了回報謝希齊為成全她和謝希治所做的努力，還特意備下一份厚厚的見面禮給她。不過此刻見了這個孩子，她更是驚豔和喜歡了。

「這是茜娘？我還是頭一遭見著這麼漂亮的孩子！」周嫒拉著小女孩的手，仔細看了一回，越看越喜歡。這孩子的眼睛好似泛著螢光的黑葡萄，看著人時，總讓人心生憐愛。一張巴掌大的小臉肖似其母，五官卻更像其父，自然就有幾分像謝希治，讓周媛看著更喜歡了。

茜娘被周媛誇得有些害羞，卻仍大大方方地行禮問好，又在母親的示意下，接了周媛給她的禮物。

周媛又拉著茜娘問了幾句話，裴氏就招呼著她們吃飯，一家人男女分席而坐。

用過早飯，新婚夫婦又去見了裴家的親戚們和杜允昇。

杜允昇先給周媛行了禮，又毫不客氣地受了她的禮，笑咪咪地說道：「這正是良緣天定，佳偶天成。老夫雖早有預料，卻無論如何也想不到會是在此時此地看你們結為夫婦。」還送了一對西域寶劍給他們做賀禮。

謝希治知道這對寶劍的寶貴之處，簡直喜出望外，拉著周媛再三道謝。

見完一眾親戚，新婚夫妻回房休息。

謝希治對周媛說：「明日待我們去正院見過五哥、七哥，舅父和杜先生他們就要走了。爹和娘再住幾天，也要回江南去。」

「那二哥二嫂呢？」

聽她改了口，謝希治臉上的笑容更大了些，答道：「娘答應了讓二嫂留下。等送爹娘回江南後，二哥他們就一同去益州。」

「這樣才好。不然真到了開戰的時候，夫妻分隔兩地，也不知幾年才能再見。」他們夫婦都年近三十，再不生下男孩，就真的耽誤了。

謝希治點頭，又說：「五哥和七哥明日也要一同走，妳知道嗎？」

「嗯，知道。他們說了，怕再耽誤會錯過時機。」周媛想起誠王妃，心裡更加難過，不過他們剛剛成婚，也不適合說這個，就忍住了沒說。

看出她情緒忽然低落，謝希治伸手將她拉近，抱在懷裡，將臉貼在她的頭髮上安慰。「不要擔憂，如今我們眾志成城，大事不日即成。」

周媛把頭埋進他懷裡，聽著他規律的心跳聲，心裡的難過慢慢平復，也伸手環住他的腰，咕噥道：「當我是小孩子哄嗎？這等事哪有不日即成的。」

謝希治低低地笑，又垂頭去親吻她小巧白嫩的耳垂，在她耳邊呢喃。「是我錯了，忘了我們公主胸有丘壑，哪是那麼容易哄的？」說著，手跟著移動到相應的位置。

外間候著的侍女聽著裡面漸漸沒了說話聲，連燭火也熄滅了，便悄悄出去，將房門掩好，自己回去睡了。

第二日一早，到了該起的時辰，侍女見裡面還是沒有動靜，才去敲門。

這一回，新婚夫婦確實起晚了，手忙腳亂地穿衣裳，又叫人進來侍候梳洗，匆匆忙忙收拾好，出門往正院去見楊川和楊重夫婦。

第五十五章

兩人相攜進了正院，還沒走幾步，大郎就跟堅兒一同跑了出來。

「姑母！」兩個孩子一邊一個，奔過來抱住了周媛的腿。

二郎腿短，難免落後，跟著出來時，已經沒了抱大腿的位置，於是只能在後面跟著叫姑母。不過他一轉頭看見了謝希治，想起父母的囑咐，便揚起笑臉，清脆地叫了一聲：「姑丈！」

這一聲把謝希治叫得欣喜不已，應聲就彎腰蹲下把二郎抱起來。周媛則一手牽了一個，與他一同進去堂屋。

楊川看見他們進來，先跟楊重笑言：「瞧這樣子，是沒什麼不放心的。」

「有懷仁在，哪還有什麼不放心的。」

周媛瞪了楊重一眼，倒沒反駁，而是先跟謝希治一起行禮，等坐下了才說：「你只信他，那便什麼事都叫他做，別來找我了。」

楊重哈哈大笑。「妳現在還跟他分得這麼清楚？莫不是才成親就要分家？」

楊川不給他倆鬥嘴的機會，直接開口打斷。「十娘上去見妳七嫂吧，我們跟懷仁說說話。」

周媛應了起身，臨走還不忘跟楊重做個鬼臉，才帶著孩子們上樓去見信王妃。

信王妃一見周媛上來，就吩咐人傳膳，又安排幾個孩子坐下，才拉著她的手上下打量。

「不過一日沒見，要瞧得這麼仔細嗎？」

信王妃打量完了，拉著她去桌邊坐下，笑著回道：「當然要仔仔細細地瞧，不然妳少了一根毫毛，妳兩位兄長可都是不依的。」

周媛笑了，與信王妃說起昨日認親的情景，又說得了什麼見面禮。「在這島上住著，那些東西都用不著，偏偏又不好拿出去換錢，唉。」甚是可惜地嘆了口氣。

把信王妃聽得哭笑不得。「這是一國公主說的話嗎？不知道的，還以為妳多缺錢！」

周媛瞪大眼睛，辯道：「我本來就缺錢！一旦與朝廷接戰，每日用的錢不知要多少。幸好咱們的船要回來了，這回能賺一把大的。」

「這些事自有他們男人操心，妳呀，少管一些。」信王妃教育她。「如今已經嫁人了，妳多把心思往駙馬身上放。」

說著話，不一時，大夥兒都吃飽了，信王妃讓人帶著孩子們出去玩，姑嫂兩個移步到裡間說話。

「七哥他們今日就走？」周媛先問。

信王妃點頭。「估摸著一會兒就要啟程了。」

周媛聞言，仔細看她，見她面色如常，很是驚奇。「嫂嫂捨得七哥走？」

信王妃已經習慣了她的直接，聞言也不扭捏，如常答道：「捨不捨得都要走，又何必作小兒女態？不若讓他安心地去，在外面才能一心一意做大事，做完好早日歸家。」

周媛很想給信王妃按個讚。「七哥真是有福氣，能娶到嫂嫂這麼一位好妻子。」

「妳也很有福氣。」信王妃笑著點了點周媛的額頭。「遇到這麼一位好駙馬。」

周媛不服氣。「難道不是他有福氣嗎？」

「妳這不害臊的勁頭跟妳七哥真像。」信王妃斜周媛一眼，看周媛瞪圓眼睛要爭辯，又笑道：「好好好，駙馬也有福氣，能娶到我們十公主這樣的好女子。」

周媛這才故作害羞地說道：「嫂嫂過獎了。」把信王妃逗得笑個不停。

楊重恰在此時上樓來，看見妻子和妹妹說得高興，不由笑問：「說什麼呢？這麼高興？」

「我說嫂嫂真賢慧，七哥能娶到她，實在是太有福氣了。嫂嫂聽了高興，笑得停不下來。」周媛一面歪曲事實、一面站了起來，躲開信王妃要拉她的手。

信王妃抓不到她，就跟楊重說：「別聽她胡說，又編排我呢！」

周媛笑嘻嘻地退到房門口，扔下一句：「我不耽誤哥哥嫂嫂說話。」就下樓了。

她下樓進了堂屋，裡面卻沒人，再往院裡看時，只有謝希治在跟大郎和二郎說話。

周媛走到他們身邊問：「堅兒呢？」

「五哥帶他去說幾句話。」

是去告別了吧，不知堅兒肯不肯讓五哥走？周媛臉上的笑意變淡，不知不覺嘆了口氣。

謝希治拉拉她的手，安慰道：「堅兒很懂事，妳不要擔心。」

周媛點點頭，沒有說她其實更擔心楊川，他若得知妻子已經自盡，會是什麼反應？

很快地，楊重跟信王妃一起下樓，叫大郎和二郎進去囑咐幾句，又從妻子懷裡接過女兒慧娘，好好親了幾口，才讓下人帶著孩子們出去，跟周媛道別。

「家裡就要妳跟懷仁多掛心了。我們那裡，妳不用擔心，有事我會讓人來信。」

「七哥放心。」周媛收了嬉笑神色，正色應道：「家裡的事，你就不用惦記了。我們在家裡等著你們的好消息。」

楊重點頭。「遇事多跟懷仁商議。」又拍拍謝希治的肩膀。「你多讓著她。」

周媛正想開口讓他多開導楊川，眼角餘光卻發現楊川父子已經走了進來。她忙轉頭，看見堅兒紅著眼睛依偎在楊川懷裡，死死抱著他的脖子不鬆手。

楊川抱著堅兒走到周媛身前，先對堅兒說：「記得爹爹告訴你的話嗎？」

堅兒噘著嘴點頭。

「那還不鬆手？」楊川柔聲哄他。「去姑母那裡吧。」

周媛也伸出雙手等著堅兒，堅兒在楊川懷裡又賴了一會兒，才不情不願地鬆手，轉投周媛的懷抱。

周媛抱緊堅兒，跟楊川說：「五哥放心，我會好好照顧堅兒。」

楊川點頭。「妳多費心。」又叫楊重：「走吧。」

堅兒一聽這句，立刻把頭埋進周媛肩窩。周媛忙一手抱著他、一手拍他的背哄，卻很快就感覺到一陣濕意。

楊川看了兒子幾眼，最終還是沒有開口，狠狠心，跟楊重出門走了。

周媛顧慮堅兒，就沒有往外送，信王妃則帶著孩子送到了院門口。謝希治一路送著他們與裴一敏等人會合，又將他們送到船上，才回家去。

喧鬧了一段時日的院落陡然冷清下來，眾人都很不適應。尤其是堅兒，情緒非常低落，每日就是坐在院子門口發呆，也不與大郎他們一同玩耍，周媛只能什麼也不做地陪著他。

謝希治那裡，因為謝文廣夫婦還沒走，他要時常去縣城，所以孩子們沒有繼續上課，大郎和二郎便每日挖空了心思想各種遊戲拉堅兒玩。周媛哄著堅兒捧場，如是幾天之後，堅兒終於慢慢有了笑臉，肯跟大郎他們玩了。

過了年，謝文廣夫婦告辭回去，周媛將自己給謝岷夫婦準備的禮物交給他們。因吳王府裴太妃也有饋贈，她就回了一份禮，餘外還給楊川的長子熙兒帶了許多衣裳用品。

在他們走之前，杜氏來見她，看堅兒跟大郎他們玩，想起來跟周媛說：「當日在揚州，我與母親去吳王府，曾見過誠王府大公子的。」那孩子跟茜娘年紀差不多，聽說與誠王頗為相像，她可憐那孩子的遭遇，便多留意了幾眼，此時正好說給周媛聽，讓她多些安慰。

「太妃憐惜大公子，特意留在身邊教養，一應飲食起居都親自照料，不讓旁人插手。大公子也孝順懂事，很得太妃的喜歡。」

果然，周媛聽了略覺安慰。「真是有勞太妃了。」回頭又跟謝希治說，請他寫信時，替他們兄妹多謝裴太妃。

謝希治應下了。在父母臨行前，又特意去跟他娘說：「娘去姨母那裡時，也留意一下誠王府大公子。這孩子獨自在江南，兩位殿下都很惦記。」

裴氏聽了嘆氣。「此事你姨母也說了你表兄幾回，做得實在不夠仁義。要麼便不要放人走，要麼就好人做到底，爽爽快快、乾乾脆脆。」說到這兒，想起兒子本就不願跟楊宇多來往，自己不該在他面前再說這些，忙收住了話頭。「你放心吧，這事我心裡有數。」

謝希治鄭重謝過了母親。第二日與周媛把父母和兄嫂送到碼頭，看著他們上船走了，兩人才相攜回去。

之後的整個春天，周媛和謝希治是在收各種戰報中度過的。

二月初二，誠王楊川和信王楊重在益州誓師北伐，率十五萬大軍北上征討韓廣平。同日，吳王楊宇在揚州回應，隨後率王府衛隊和揚州等地府軍沿運河北上。

在此之前，劉青已於正月初六率軍攻克洛陽城，將被他們奉為新帝的興王迎入東都行宮。但他剛進城休整，韓肅派的援兵也已到達，再次將洛陽城圍了個水泄不通。

二月十三，誠王等人一路向北，到達梁州城下。此時經過沿途整合，他們所率大軍已有二十萬之眾。

梁州是京師通往巴蜀之地的門戶，背靠秦嶺、南屏巴山，又城高池深，實是易守難攻。兼之守城將領是韓廣平心腹，宋俊命人強攻幾次，都未能撼動城門。

二月二十六，韓肅率援兵趕到梁州城外，卻在接近城門前，正中裴一敏所設埋伏，被搶了小半糧草。韓肅不敢追擊，只能先帶著援軍入城。韓肅入城之後，楊川等人卻不急著攻城了，只團團包圍，獨留梁州與京師的交通要道，行圍點打援之計。

另一方面，楊宇憑藉水軍，一路兵來將擋、水來土掩，幾乎沒耽誤什麼時日就到了洛陽。

同時，謝希治接到消息，謝希齊親自出馬，繞道去了鄯州，打算說服與韓廣平不合的隴右節度使出兵夾擊。

「江南有信來嗎？算著時間，父親母親也該到揚州了吧？」周媛想起揚州那邊，問道。

「信還沒到，不過應是到家了。父親大概不會在揚州多停留，只怕已回徐州了。」

周媛惦記著在吳王府的熙兒，聽說沒有信，頗為失望。不想過了幾日，當江南的信來了之後，還有更讓她失望的消息。

「楊宇帶著熙兒北上了?!兵車戰陣之中，他帶著熙兒幹什麼？」

謝希治皺著眉頭，仔細再看了母親寫來的信，最後說道：「他應是不放心，怕我們想辦法把熙兒從吳王府帶出來。」

周媛確實動過這個心思，可是謝家又不聽她指揮，哪會聽她的話把孩子帶出來，所以也只是想想罷了。想到這裡，她心裡忽然一動，開口說道：「這麼說來，現在他也不信任你們家了？」

「這也是常理，二哥沒把五哥帶回去，我們又成親了，他心裡對謝家有忌憚也是難免。」謝希治露出嘲諷的笑意。「不知祖父對此做何感想？」

哈哈，謝岷估計會有點憋屈。周媛忍住笑，另問：「那此次吳王北上洛陽，你大哥可跟著去了？」她對謝希修實在無法改觀，不願改口。

謝希治也沒在意她的稱呼，只點頭。「他是吳王府司馬，自然要跟著去的。對了，吳王陣中有一員大將還是妳我相識的，妳猜是誰？」

「總不會是歐陽明吧？」他應該沒有這麼全能才對。

謝希治聽到這個名字就挑眉，看了周媛好幾眼，才搖頭。「不是，是谷東來。」

周媛瞪大眼睛，不敢置信。「他會打仗？莫非他有什麼來歷？」

「妳先告訴我，為何猜是歐陽明？」謝希治不答反問。

周媛摸了摸鼻子，答道：「楊宇身邊的人，我一時只想起他嘛。」說完又調侃謝希治：「你怎麼對這個表姪女婿頗有成見似的？」

謝希治失笑。「什麼表姪女婿？還沒成親呢。」迴避了周媛的問題，又說起谷東來。「我也是上次聽二哥說的。谷東來本姓方，他父親原是韓廣平麾下的將領，後來不知因何被韓廣平下獄，家眷籍沒，子弟都流放了。谷東來因緣際會被吳王所救，改名換姓扮作伶人，留在了揚州。」

韓廣平到底幹了多少壞事、得罪了多少人啊！周媛感慨道：「當初只覺得他氣質出眾，不太像個伶人，沒想到竟是將門虎子。對了，那跟他在一起的劉一文呢？」當初在揚州，劉一文對她很友善，她對他的印象很不錯。

「他倒沒什麼來歷，是個貨真價實的伶人。不過他與谷東來交好，此番也跟著北上了。」

兩人說完這些，便叫上三個男孩出了院子玩。三個孩子你追我趕，在外面撒了歡一樣瘋跑，兩個大人看得也不由高興起來。

「十娘，等天下平定了，妳想在哪兒定居？」謝希治忽然問道。

周媛扭頭看他，思忖半晌才答：「其實我不想回京師，可來日若五哥登上至尊之位，我實在不放心熙兒和堅兒。」五嫂已經不在，到時楊川另立皇后，這兩個孩子沒人庇護，怎能叫人放心？

謝希治明白她的意思，握緊了她的手，再問道：「如不需考慮別的，妳最喜歡的地方是哪兒？」

周媛側頭想了一會兒，笑道：「自然是揚州了。」在揚州的那段日子，是她最無憂無慮的時光，而且又有眼前人陪她一起嚐遍各色美食，怎不讓人懷念？

這個答案讓謝希治露出會心的笑容。「可惜。」微微嘆了一聲。

是啊，可惜，他們很難回去揚州生活了。周媛跟著嘆了一聲，又問他：「你呢？可是想到了什麼好地方？」

「這裡就很好。」謝希治伸手往眼前比了比。「遠離塵囂，有妳相伴。」

周媛聽了，心中溫軟，看謝希治時，發現他眼中神色認真，正定定望著她，就笑道：「你說得對，只要我們在一起，哪裡都很好。」一邊說、一邊蕩了蕩兩人牽在一起的手。

「嫁雞隨雞、嫁狗隨狗，往後不管你去哪兒，我都跟著就是了。」

謝希治大為震動，緊緊盯著周媛的眼睛問：「當真？」她向來有自己的想法，要去哪兒、做什麼，從來都是打算得好好的，今日竟能說出這樣的話，讓謝希治怎能不驚喜？

「當然真了。你不信我？」周媛故意噘嘴問道。

謝希治臉上漾開笑容。「信，怎能不信？」若不是此刻身在外面，還有孩子們在旁邊玩，他真的很想將周媛擁進懷裡，好好抱抱她。

天慢慢黑了，將孩子們送回正院歇著，夫妻倆攜手回房，沐浴更衣就寢，謝希治才終於把周媛牢牢抱在懷裡，將衷腸話說了又說。

此後，因兩邊戰況都陷入膠著中，前線少有信來，即便有信，也多半是報平安，讓身在「世外桃源」的周媛等人牽掛的心慢慢放下，如常過起了日子。

第五十六章

六月裡，販貨歸來的海船再次跟著船隊出海，周媛跟謝希治更沒了心事。每日上午，謝希治給兩個大的上課，下午則與周媛帶著幾個孩子玩，有時一同下地種菜，有時領著他們去田間走走，教他們認識各種農作物。

可是周媛的好心情很快被一封信打破。

她捏著手裡的紙張，難以置信地看向謝希治。「九哥墮城而亡？怎麼會？好好地站在城頭上，怎麼會自己跳下來？」

「有傳是因聽了吳王之言羞愧自盡的。」謝希治臉上神色也很不好看。「也有說是被劉青逼迫的。」

周媛好半天才鎮靜下來。「那九嫂他們還在劉青手裡嗎？」當初興王奉旨進京，是帶著家眷的，後來被擄，家眷也一同被劉青擄走了。

謝希治點頭。「應該是。不過，若吳王以此為由強攻洛陽，只怕……」

只怕凶多吉少。周媛心情異常沈重。

另一邊，歐陽明走進興王停靈的靈堂，想叫還在守靈的楊熙回去睡。楊熙穿了一身孝衣，一動不動地跪在靈前，誰也不理會。

歐陽明嘆了口氣，走到他跟前蹲下來，低聲勸道：「斯人已逝，大公子還當節哀。」

楊熙又沈默了一會兒，忽然轉頭問他：「我阿娘和京裡的弟弟妹妹，都不在了，是嗎？」細長的眼睛裡隱隱有水光閃現，卻倔強地睜著，好像怕一眨眼，那淚水就會落下來。

歐陽明心下憐憫，哄勸道：「誰跟你胡說了？沒有的事。」

「你騙我！今天吳王在兩軍陣前都說了！」楊熙提高了嗓音，直直瞪視著歐陽明。

歐陽明默然，心想不知是誰嘴這麼快，竟然傳到楊熙耳裡了。

楊熙見他默認，眼中的淚水再忍不住，飛快轉頭，不想給歐陽明看見自己的眼淚，索性伏倒在地，吞聲哭了起來。

歐陽明這才明白，這孩子一直留在靈堂守靈，恐怕不只是為了興王，還為了他自己的母親。眼看他哭得渾身顫抖，卻硬是不肯哭出聲來，歐陽明嘆氣，叫靈堂裡守著的人都退出去，在門外看著，給楊熙留出痛哭的空間。

等眾人離開，裡面才漸漸傳來嗚咽聲，越來越響。

歐陽明負手而立，仰頭看著天上的星星，等到裡面聲音漸歇，才親自進去，將哭得力竭的楊熙抱出來送回房，再去向楊宇覆命。

「是我疏忽了。」楊宇揉了揉眉心。「忘了囑咐他們。耀明，眼下戰事吃緊，熙兒這孩子我就託付給你了。他還小，需要有人開導著。」

歐陽明應了。「王爺放心，我會盡力照顧好大公子。」

楊宇現在確實沒有心力顧及楊熙，把這事交給歐陽明之後，就一心籌劃怎麼拿下洛陽。

他與歐陽明合作已有數年，歐陽明替他做了許多他不方便做的事，一直很得他信任。可他無論如何也沒有想到，這次，自己竟然作了十分錯誤的決定。

之後，吳王一心猛攻洛陽，連續交戰二十餘日，終於破城而入。劉青率殘部向城北撤退，沿途點火燒燬無數民居宅院，位於城北的洛陽行宮也未能倖免於難，被一把火焚燒殆盡。

吳王率軍進城後，並沒放過劉青，遣部將一路急追，終於將劉青殘部剿滅，並把劉青的人頭帶了回來。

與此同時，誠王楊川收到了謝希齊的信，說他已說服隴右節度使，他將於六月初東進，切斷京師與涼州的聯繫，並乘勢突襲京師。朔方節度使也將派兵南下，對京師形成合圍之勢。

謝希治和周媛收到這些戰報，難免牽掛，日常談天也多是分析戰事進展，以至於有件非常重要的事被他們給忽略了。

有一天吃飯時，侍女剛把蒸好的魚端上來，周媛就一陣乾嘔，然後掉頭跑了出去。

謝希治忙跟出去，扶著她輕輕拍背，有些擔憂地問：「我看妳這幾日吃得少，精神也不太好，是哪裡不舒坦嗎？」把手移到她的手腕上，給她摸了摸脈搏。

周媛還在乾嘔，捂著翻騰的肚子回道：「也沒覺得不舒坦，就是懶懶的，不大有胃口。」說完擦了擦眼角的淚，看謝希治似在發呆，就問他：「怎麼了？」

謝希治回過神，盯著周媛看了半晌，先把她小心翼翼扶進屋子裡，又接過侍女送來的水，親自餵給周媛漱口，然後才問她：「妳的月事多久沒來了？」他恍惚覺得她是有一陣沒來月事了，可不敢確定，還是要問一問。

周媛仔細想了想。「好像有一段時間了。兩、三個月？這次怎麼晚了這麼多？」

謝希治坐到她身邊，又扶起她的手仔細診脈，但只能聽見自己胸口裡跳動的聲音，根本無法細細感受周媛的脈搏，只在心裡不停自問：真是有了嗎？她有了他們的孩子？狂喜讓他的冷靜飄飛而去，不能定下心神診脈。

到此時，周媛也明白過來了，用另一隻手捂住嘴，驚詫道：「不會吧？」她可還沒做好準備當媽媽呀！

謝希治深深呼吸，讓自己快點冷靜下來，好好給周媛診脈，然後握緊她的手答道：「我們有孩兒了。」

他的聲音很輕，像怕嚇到她似的，可周媛還是驚得瞪大了眼，半晌說不出話。這麼快就有孩子了？他們要升格做父母了？也太快了吧！

謝希治小心地把周媛擁入懷裡，輕輕拍她的背，卻沒有說話。

他的心跳有點快，一聲一聲響在周媛耳畔，讓周媛漸漸冷靜。最初的驚惶過去，隱藏在心底的喜悅慢慢浮了上來。

他們有了孩子呢！不知道是男孩還是女孩？男孩的話，是像大郎那麼機靈好呢？還是像二郎那樣憨厚好呢？或者像堅兒一樣懂事得人疼也不錯。女孩的話，要是像茜娘那麼漂亮就好了，以她和謝希治的條件，應該不難吧？

她想著想著就笑了起來，謝希治聽見她的笑聲，慢慢鬆開手臂，問她：「笑什麼呢？」

「我在想，要是能生個像茜娘那麼好看的女孩就好了。」周媛伸手環住謝希治的脖子，貼著他的臉說道。

謝希治想到自己將有個茜娘那樣的女兒，整顆心頓時軟成了一灘水。「好啊，就生個那樣好看的女兒。」一面說、一面側頭親了親周媛的鬢髮和耳朵。

「可是，要是那樣好看，又擔心將來不知什麼樣的女婿才合意。」

還沒生下來，就開始擔心女婿了。謝希治抱住周媛笑了起來。「妳呀，還是先想辦法吃點飯，然後去告訴七嫂這個好消息吧！」

信王妃聽到消息時，喜得不知如何是好，連說：「阿彌陀佛，太好了。」把周媛安頓坐下後，先去燒了一炷香答謝，然後又回來問周媛的狀況，並把兩個服侍過自己生產的老嬤嬤給了周媛。

之後，周媛成了保護動物，只能好好安胎，別的也顧不上了，每日吃了吐，吐了吃，餘下的工夫就在昏睡。

其間，謝希治寸步不離地照顧她，大大小小瑣事幾乎不曾假手於人，就算趕來照顧的春杏到了也一樣。周媛的一飲一食都是他親自張羅、親手奉上，讓信王妃好一番感嘆周媛有福氣。

等周媛終於熬過害喜，漸漸有了精神，能帶著孩子們出門散步時，島上來了幾位不速之客。

「二嫂怎麼忽然來了？」周媛跟信王妃一起出門相迎，將杜氏和茜娘迎進堂屋。

杜氏先扶著周媛坐下，才笑著答道：「公主有了身孕，母親離得遠不便過來，我離得近，自然要來看看的。」

周媛忙說：「煩勞二嫂了。益州說是比江南近，可路程也實在頗遠，二嫂一路辛苦。」

幾個人寒暄半晌，周媛總算弄明白了，應該是裴夫人那裡接到信，就跟杜氏商量，讓她替婆母過來照看周媛，然後裴家派人手一路護送，又帶了許多禮物，將杜氏母女送到了島上。

周媛很不好意思，讓她們母女千里迢迢地顛簸過來，心裡很是不安，就跟杜氏說：「其實我這裡什麼都不缺，又有七嫂在，真不需要二嫂千里奔波，辛苦妳了。」

「你們單獨住在島上，不親自來看看，家裡如何能放心？」杜氏一臉溫柔笑意。「這是你們的第一胎，不論是揚州家裡，還是舅母和我，都有些不放心呢。」

周媛只得再三謝過，安排她們母女去客院住下。裴家十分周到，不僅送來許多服侍的人和各式藥材，還捎帶了一名大夫過來，聽說是十分擅長婦科的。

除此之外，杜氏還帶來了最新戰況。七月裡，吳王楊宇已從洛陽出發，直奔潼關，現在恐怕已與潼關守軍接戰了。另外，隴右和朔方節度使已在西北兩面成合圍之勢，作勢要直取京師，韓肅見狀急忙帶人回援，宋俊趁此機會偷襲，讓韓肅折損了不少人手。

另一邊，韓肅好不容易擺脫宋俊追擊，返回京師。他對一意孤行、只想先保京師的父親十分不滿。加上家中母親病重，父親卻不聞不問，他在探望母親時，又發現母親吃的藥有問題，不免更加鬱憤，便帶著藥渣進宮去見一夜未歸的父親韓廣平。

韓肅進了宮，往官署中尋了一路，也沒見到父親，直找到含光殿，卻只見著在瘋跑的小皇帝。小皇帝本來玩得正高興，一看見韓肅來了，當下便嚇得摔倒在地，哇哇大哭。

偏偏這時韓廣平與蘭太后正好並肩疾步而來，一見這幅情景，韓廣平立刻大聲訓斥：「孽子！你想做什麼？」

韓肅心中怒極，臉上就掛了冷笑。「父親也太偏心幼子了。小孩子玩瘋了摔倒哭泣再尋常不過，有甚稀奇？母親與父親結髮夫妻，又曾共患難，父親卻對她的病情不聞不問。如今連外面一個來歷不明的……」

當著滿殿的人，韓廣平怎聽得下去，抬手便打了韓肅一耳光。

韓肅冷笑兩聲，也不去擦嘴角流出的血跡，只說：「父親還是先叫人來看看這些藥渣吧，那時自然便知誰才是居心險惡。」說完也不等韓廣平回話，頂著巴掌印出了宮城，直接回軍營。

看到這件事的人甚多，所以傳播得也很廣。過沒多久，連潼關外面的楊宇、歐陽明等人都知道了。

歐陽明把這事當作趣聞講給熙兒聽。「韓肅自己寵妾滅妻，現下還真是報應不爽，他老子韓廣平如今也不拿他們母子當一回事了。」

「天道好輪迴，善惡終有報，這也沒什麼稀奇。」熙兒明明一張臉滿是稚氣，說話卻老氣橫秋。「他們父子的報應還在後頭。」說完忽然把目光定在歐陽明身上。「人還是要多行好事。」

歐陽明被他澄澈的目光看得頗不自在，乾笑著說：「大公子小小年紀，知道的道理還真不少。」

熙兒繃著臉，十分認真地說：「我是好心規勸，你若當我是小孩子胡說，那也隨你。我不過是看你跟他們不同，這才多嘴說一句罷了。」

「他們是誰？」歐陽明見他如此認真，不由好奇起來。

熙兒回頭看了身後的營地一眼，然後又轉回來看著面前的關隘，答道：「就是他們。多行不義必自斃，別看他們現在洋洋得意、志得意滿，韓廣平當年又如何？現下還不是人人喊打。是真小人還是偽君子，總有藏不住露出來的一天。天下人的眼睛瞎了，還有老天呢。」

他說完這段話，也不理會歐陽明的反應，自己跳下土丘，轉身往營帳的方向去了。

獨留歐陽明立在原地，呆呆看著他的小小身影，好久之後才低笑一聲。「這小子。」

而此時的周媛卻過得正滋潤，不只能吃能喝，每天還要點許多奇奇怪怪的菜。今天要吃生醃小黃瓜，明天就想吃韭菜盒子，後天又要吃燉牛肉。

謝希治幾乎不會說個不字，除非像韭菜這樣實在沒有的，別的都盡力給她弄來。為了她想吃牛肉，二話不說就殺了一頭小牛犢，把種地的衛兵們心疼得夠嗆。

信王妃看著，不禁感嘆。「這哪還用得著我們照看？有駙馬一個人，就能把十娘照顧得好好的了。」

「要不是親眼所見，我還真難想到三叔這般體貼。」杜氏也頗為驚奇。「他自小體弱多病，多是家裡人顧著他，哪還用他看顧別人，真是想不到。」

兩個嫂嫂對坐感慨，都說周媛命好。

周媛聽了，看看她們倆，嘻嘻一笑。「說得好像兩位嫂嫂命不好似的！二哥和七哥哪個不是萬裡挑一的好夫君？」

信王妃和杜氏相視一笑，倒沒反駁她。

周媛得理不饒人，繼續說道：「我知道，兩位嫂嫂準是思念離人了。這不是來信了嗎？梁州已經取下，攻破京師不過是旦夕之間，闔家團圓的日子必不遠了，兩位嫂嫂莫急。」

「妳這個十娘，平日裡編排我也罷了，如今連妳妯娌也敢編排。若不是看妳肚子裡的外甥面上，今日嫂嫂非得教教妳道理！」信王妃看杜氏有些不好意思，恨得直拿團扇去拍周媛的手。

周媛嘻嘻笑著站起身躲過，要去和孩子們玩，待走到門口才回嘴。「一看七嫂就是心虛了才情急。妳看我們二嫂，就半點不在意呢！」說完就溜出去了。

周媛出門帶了幾個孩子回去玩，還叫謝希治彈了回琴。等把孩子們送走，就對他笑道：「辛苦你哄著頑童玩了。」

「這叫什麼辛苦？難得有興致。」

周媛與他一起坐下來，眼睛卻一直盯著他看，直到把他看得不自在了，才說：「你現在真的變了很多。」

謝希治被她看得都想去照鏡子了，聽了這句更驚訝。「哪裡變了？」

「哪裡都變了。」周媛伸手點點他的唇角。「我剛認識你時，你可很少像這樣整日掛著笑容。」又指他的眉眼。「眉眼也是清清冷冷的，哪像現在呀？」全成了柔情密意。

謝希治捉住她的手，笑問道：「那妳說，我是變得好了呢，還是不好？」

周媛笑嘻嘻地傾身親了他唇角，回答：「自然是好的了。你不知道，當日在大明寺，我多想揍你一頓！」

謝希治很委屈。「我難得主動請人同遊，盡心盡力招待，妳竟然還想打我？」

周媛嗤笑一聲。「盡心盡力？你是忘了你惜字如金的模樣吧？又那麼一副高冷樣，我當時沒打你，純粹是因為惹不起你們謝家。」

謝希治仔細回想，揉了揉自己的臉頰，笑道：「那我還得感謝公主手下留情呢。」

周媛傲嬌地哼了聲，又說：「所以越發難想像你如今日這般耐心哄著幾個頑童。」

謝希治垂眼笑了一會兒，伸手攬住周媛的肩頭。「原來妳那時惱了我，是嫌我不愛說話。」

第五十七章

「難道你不覺得那樣待人很沒禮貌嗎？」周媛奇怪地問。

謝希治想了想，答道：「我從前不常出門，也少與人往來，平日見到生人，多是奉承之輩，我慣了簡單應答，好叫人說不下去，省了大家麻煩。」

「這樣說來，當時還真多虧了有歐陽明，不然你還沒由頭上我們家蹭飯呢！」

說起歐陽明，謝希治不免皺眉，尤其沒有歐陽明的牽線，他還真不會認識周媛。細想起來，頗讓人不愉快。

「我一直想問妳，為何妳這麼願意與他結交，反而要遠著我？」謝希治挑眉反問。

「嘿嘿，那是謝三公子太高傲，我們升斗小民不敢高攀呢。」

謝希治笑咪咪地重複。「升斗小民？」

周媛只得老老實實解釋：「好吧，是我心虛，怕沾上你們謝家，洩漏了身分。而且後來的事實也證明，我當初的想法是對的，我若能遠著你，也不至於被你們知道身分，被迫離開揚州。」

謝希治斂去臉上的笑容，星眸定定望著周媛問：「哦？那我倒想問問，是誰尋到妳之前的婢女，又把此事告知了吳王呢？」

把這茬給忘了。周媛訕訕一笑。「那是各為其主。其實歐陽明不知道我的身分時，還是一心幫著我們的。當時你祖父多方命人查我的身分，他曾暗示我，說你不在揚州，恐怕謝家對我不利，讓我們出去躲躲，我們才能乘機悄悄離開揚州。」

謝希治聽了，面色不動，又問：「所以妳臨走就只給他留了信？」

他居然知道！周媛只驚愕了一瞬，然後就飛快地倒進他懷裡，撒嬌道：「我留信給歐陽明是因為氣不過，故意拿石崇和呂不韋來比喻，嚇嚇他呢！」說完偷看謝希治神色，看他還是繃著臉，忙又加了兩句：「我並不是故意不給你留信，而是實在不知該寫些什麼。」

謝希治嘆了口氣，收緊手臂將她抱住。「我只是有些不平罷了。」不平旁人比我更得妳的信任，比我更與妳親近。

「只是不平，不是吃醋？」周媛仰臉問道。

謝希治不解。「什麼吃醋？」

周媛笑起來，答道：「就是嫉妒。你莫不是嫉妒他吧？」看謝希治眼睛閃了兩下，便伸指戳了戳他的胸口。「你傻了？你與他並肩站在一處，隨便問個人，眼裡也只能看見你，看不見他呀。何況我，嘿嘿，我心裡可只有你。」

謝希治終於重新露出笑容，低頭輕輕親了她的額頭，說道：「我倒不是心胸狹窄，以為妳跟他如何，只是有些奇怪，為何妳願意與歐陽明那樣的人結交？」

「唔，其實歐陽明人不壞啊，雖然總是帶著目的與人結交，可他確實幫過我們。再說，這世上誰與誰結交不是有些目的呢？我那時不敢相信什麼情義，所以倒覺得這樣互為利益更讓人放心。他這個人雖然頗有野心，但為人行事還算光明磊落，是個值得結交的朋友。」

謝希治對此頗持保留態度，不過並沒有再糾纏這個話題，只問周媛：「餓了嗎？想吃什麼？」

周媛想起吃的，雙眼發亮。「煮個羊肉鍋吃吧。」

瓊州島上的小日子，有琴有酒有肉，分外愜意，可京城裡的韓氏父子，日子就不那麼美妙了，因為楊川等人已經率領二十萬大軍，兵臨城下。

到此危急關頭，韓肅顧不得許多，聯合了鄭家和自己親信，逼韓廣平出面將一切罪名推給蘭太后，寄望於有人擔當罪責後，好消解民憤，等來勤王之兵。

不久後，周媛就得到了蘭太后自盡謝罪的消息，忍不住說：「還真是報應不爽。」卻又嘆氣。「可笑這些男人們，半點擔當也無，一到了要命的時候，便先推女人出來赴死。」

其時已經到了年底，她的肚子高高鼓了起來，行動有些遲緩，正坐在臨窗的椅子上，慢悠悠地做針線活。

謝希治坐在她對面，看她仔仔細細、一針一線地給孩子做小衣服，就笑道：「妳這針線上的功夫倒有長進。」

「這叫熟能生巧。」周媛抬頭瞥他一眼。「我知道你想說什麼。待會兒我就把那兩件破衣裳扔了，省得你動不動就拿出來笑我。」

謝希治喊冤。「我幾時笑妳了？我拿出來是認真要穿的。」

周媛更不高興了。「你穿出去，人家還不是笑我？有多少衣裳可穿，非得要尋那兩件出來。」

「別的衣裳不是妳做的啊。」謝希治可憐巴巴地說道。

周媛明白了他的意思，敷衍道：「好好好，等我把這件做完，也給你做一件穿。不過我現在雖有長進，做起來卻慢得很，你又不讓我總是低頭做活，這衣服什麼時候能做好，我可就不敢說了。」

謝希治得了她的話，已覺心滿意足。「不急，等生完孩兒再做吧。好了，妳也忙了好一會兒，先放下，我陪妳出去走走。」搶下周媛手裡的東西，扶著她起身散步去了。

這個年，周媛他們過得很平靜，甚至比去年還要平靜。去年此時，大家都覺前途未卜，不免有些忐忑。今年楊川他們已經將大軍開到京師長安城下，把長安城當作餃子餡包了起來，沒什麼可擔心的，所以格外安心。

年三十晚上，停戰一段時日的潼關忽然火光沖天，有一隊不知來歷的人馬突襲潼關，與此同時，關外的吳王也忽然發動攻擊，毫無準備的潼關在內外夾擊中情勢危急。

五日後，楊川接到潼關大捷的消息，他跟宋俊、裴一敏商議了，命軍中專司叫陣的兵士大聲傳揚潼關大捷。於是當日天還沒黑，整個長安城都知道潼關失守了。

又過了三日，從潼關敗退的守軍接近長安，被城下以逸待勞的宋俊輕鬆擊潰，返身要逃時，又有吳王率領的追兵趕到。眼看城中守軍完全沒有出來接應的意思，敵軍又大喝投降不殺，這些潰軍再撐不下去，紛紛投降。

長安徹底成了一座孤城。

吳王楊宇終於順利與楊川等人會合，大家坐下來談完戰況後，楊重開口問：「怎麼不見熙兒？」

「我讓他跟著歐陽明留在潼關了。眼下我們跟韓廣平還有得耗，他跟來吃不好、睡不好的，不如留在潼關。等我們取下京師，再讓歐陽明送他過來。」楊宇微笑答道。

楊川扯了扯嘴角，目光一點點冷了。這個楊宇，現在連藉口都尋得這麼敷衍了。過後，裴一敏悄悄尋了他說話。「殿下安心，此事仲和去辦了。」

自過完了年，周媛就一直等著打下長安城的消息，可是左等右等，一直等到了三月裡，她都要生了，還是沒等來好消息，不免有些著急。「這麼個耗法，得到什麼時候啊？真怕遲則生變。」

「耗不了太久的。」謝希治安慰她。「這不是外族入侵，城內的人也不是上下一心，我看也就是這一、兩個月吧，韓氏父子早已失了人心，能撐到現在已是極限。」

他總是能講出很多道理，讓周媛平息不安。「可我還有件擔心的。」她輕輕摩挲著自己的肚子，低聲說道。

謝希治不用問也知道。「擔心熙兒？舅父和二哥會想法子的。楊宇再怎麼不甘心，也不能冒天下之大不韙。」

「要是熙兒也出事，我真怕五哥撐不住。」周媛抬頭望著謝希治。「他已經失去了太多。我們也要有孩兒了，所以我越發能體會他的心痛……」

謝希治將手掌覆蓋在周媛的手上，安慰道：「不會有事的。這次七哥來信，不是說楊宇把熙兒留在了潼關嗎？我覺得這正是個機會……啊喲，他動了！」

周媛笑起來。「他總在動，又不是第一次，瞧你那驚嚇的樣子。我這幾天就要生了，到時可別我還沒怎樣，你先嚇壞了呀！」

謝希治感受著肚裡孩子的動作，刻意忽略了周媛的取笑。

可惜謝希治力持的鎮定，到了周媛要生的時候，終於還是消失得無影無蹤。

信王妃和杜氏帶著穩婆進產房看周媛，並將他拒之門外，他只能六神無主地在門外徘徊。慢慢的，裡面開始傳出周媛的呼痛聲，謝希治更加心慌，幾次三番想衝進去，都被杜氏給攔在了外面。

最後，他只能隔窗叫周媛。「十娘，我在這裡守著呢，妳莫怕！十娘……」

周媛痛得死去活來，在陣痛間隙聽到這帶著恐慌語調的呼喚，腦子裡只有一個想法：你在這兒管什麼用？你能替我生嗎？

折騰了一天半，周媛終於在三月初五產下長子。同日清晨，誠王楊川、信王楊重率大軍挺進長安城，韓廣平父子挾小皇帝自北門出逃，在亂軍中僥倖得脫，一路向西北而去。

「這真是我的孩子？」周媛側臉看著身邊紅紅皺皺的小人，實在難以置信。「怎麼這麼難看啊！」

信王妃在旁失笑。「剛生下來的孩兒都是這樣的，外甥還算好的。妳瞧這小臉，多得人疼。」

杜氏也笑道：「我看這孩子像三叔多些。」

「……這妳們都能看出來？」

信王妃和杜氏笑了周媛一回，讓人拿來吃食，叫她吃些東西。「天也不早了，吃完就早些睡。」

周媛應了，讓謝希治送兩位嫂子出去，自己又側頭看了身旁的兒子好半天，還是看不出他像誰，但初為人母的喜悅慢慢充滿了心裡。

「這會兒又不嫌他醜了？」謝希治回身進門，發現周媛正目不轉睛地看著孩子，忍不住出言打趣她。

周媛嘿嘿笑了兩聲。「聽說過些日子就長好了，到時就白淨好看了。」

謝希治走到床邊，在孩子腳邊坐下，伸手握住周媛的手，低頭親了親她的臉。「辛苦妳了。」

「有了他，辛苦也值得。」周媛拉著他的手，一起去握小嬰兒的手。「希望他將來像你。」

謝希治沒有答話，只溫柔沈默地看著妻子和兒子，等下人送來飯食，還親自動手餵周媛吃飯。直到看著一大一小睡著了，才起身回房寫信給各處報喜。

因為巧合，最後兩處收到喜訊的時日也差不多。周媛這裡得知楊川入駐長安時，孩子剛過完滿月。她跟謝希治商量了，給孩子取了乳名暉兒。

這日，她正帶著幾個孩子圍觀暉兒睡覺，謝希治銜進來，講了這個好消息。

「當真？三月五日入京城的？」周媛很驚奇。「竟然跟我們暉兒出生同一個日子。」

謝希治笑道：「正是。想來這時候他們也該收到我們的信了，不知是不是與我們一般驚奇。」

楊川和楊重確實很驚奇。

「這小子倒會選日子生。」楊川正與楊重等人坐在紫宸殿內議事，乍然收到這個喜訊，忍不住跟眾人分享。

裴一敏就笑道：「此中也可見天命所歸。殿下，國不可一日無君，不能再拖了。否則韓廣平一路矯詔勤王，實在不利隴右和朔方節度使行事。」

楊宇聞言，抬頭瞥了裴一敏一眼，見他並不看向自己，只殷切望著楊川，心中的惱恨幾乎要噴薄而出。

「裴使君所言極是。」宋俊接話。「殿下，如今先帝之子只餘您與信王殿下，您又居長，理當由您承繼大秦百年基業。」

楊川不答話，只側頭看了楊宇一眼。

幾個開城門迎他們進城的忠臣代表也道：「請殿下順應天時民意，早登大寶。」

此言一出，眾人紛紛跪倒求楊川即位，連楊重都起身跪在了楊川面前。

殿中只剩楊川和楊宇對坐不語。

入城後，幾乎每日都有人來勸說楊川早日繼位，廢黜小皇帝楊崢。一開始，他以城內尚未安定，韓氏父子也脫逃未伏法為由拖著，可眼看一個月過去，城內一切回歸正常，秩序井然，韓氏父子的行蹤也有了消息，眾人終於等不得，要「請」他即位了。

可是楊川心有顧忌。當日入城，楊宇本奉命率軍阻截韓氏父子和小皇帝，可他一看城中動盪，居然就捨了韓氏父子率先入城，並直奔宮城而入。若非如此，韓廣平等人也不能逃得這般容易。

從此事上自然能看出楊宇的意圖，他想搶占先機，好承繼大統。若此時裴一敏和宋俊倒戈，楊川與楊重也只能束手就擒，為楊宇作了嫁衣。幸好裴一敏和宋俊尚算是一言九鼎的忠義之士，也幸好楊宇行事急功近利，不夠光明磊落，並未贏得人心。

眾人建議治楊宇的罪，誰讓他不聽號令，放走了韓氏父子？可是楊川並沒同意，不為別的，熙兒還在潼關，還在楊宇的控制中，他不免投鼠忌器。

就是現在所有人都恭請他登基即位的時刻，楊宇仍敢面容冷冷地望著他，好像他就是個忘恩負義之人，並絲毫不懼怕他占據上風，會伺機報復。楊宇的憑恃，正是熙兒。

「殿下，謝侍郎求見。」一個尖尖的聲音打破殿內的沈默。

楊川回過神。「是謝希齊？」

小中官戰戰兢兢答道：「回殿下，正是中書侍郎謝希齊。」

楊川命請，過了一會兒，小中官引著一名身穿官服的男子走進來。本來淡漠坐著的楊宇一看見他，忽地站了起來，指著他怒道：「謝希齊，你……」

「熙兒！」楊川也看到了謝希齊手中牽著的孩子，登時喜出望外，什麼也顧不得地衝了過去，將熙兒一把拉進懷裡。

第五十八章

自得到長安城破的消息後，周媛他們很久都沒有收到來自楊川兄弟的信，她有些不安，跟謝希治私下說：「別是楊宇搞了什麼鬼吧？五哥和七哥會不會有事？」

「不會的。」謝希治寬慰她。「楊宇一共就帶了幾萬人，又有舅父在，他什麼也做不了。」

可周媛擔心的就是裴一敏，猶豫半晌，還是問：「為何你舅舅不肯幫楊宇？」自家外甥做皇帝豈不是更好？

謝希治一笑，反問：「那我為何不肯幫楊宇？二哥為何不肯幫楊宇？」看周媛只是笑不說話，又說：「難道舅父的見識還不及二哥與我？」

這麼一想，楊宇還挺可憐，家裡親戚沒一個看好他。周媛終於露出笑容。「那他不是白忙活一場？」

「他若就此罷手，把熙兒好好送到五哥那裡，倒也不算白忙。以五哥的為人，以後必不會虧待他。」可是照他的性格，恐怕是不肯甘心的。謝希治不欲多說，把話題轉回去。「一會兒我去瓊州府見見馬刺史，他那裡應該有些消息。」

兩人商議好了，等午飯後謝希治就去探聽消息。誰料還沒等到吃午飯，馬刺史就親自來了，將楊川登基的消息告訴了他們。

楊川登基後，追尊生母梁淑妃為惠懿太后，配享太廟，同時追封元配妻子誠王妃呂氏為貞獻皇后，並打算為皇后發喪。馬刺史傳達了旨意，請信王妃陪同皇子楊堅進京奔喪，京中派遣謝希齊為使者前來迎接，如今已在路上，將與他們在途中會合。

馬刺史又說：「公主剛生產不久，與公子都不適宜長途顛簸，不如且在島上再住一段時日？」

周媛點頭，又問：「捉到韓廣平父子了嗎？楊崢呢？」

「隴右節度使已押解韓廣平進京，韓肅在與隴右軍接戰時被節度使斬於馬下，廢帝楊崢早在逃亡途中便已病逝。」楊川登基，自然要廢楊崢，所以馬刺史便直呼小皇帝為廢帝了。

周媛聽說後患已除，送走馬山後，便催著信王妃打點行裝。信王妃卻擔心周媛。「單留妳在此地能行嗎？」

「有什麼不行的？這裡這麼多人，還有暉兒他爹呢。嫂嫂與七哥分別也一年多了，還是早日進京一家團聚的好，再說堅兒也需要人照應。」

杜氏在旁邊插嘴。「王妃放心，還有我呢。」

「二嫂留下做什麼？此次來接的使臣就有二哥，妳快跟著一同回京吧！」

「那怎麼行？暉兒還不到百日，妳這個娘親，說實話可不太稱職，我們都走了，哪能放心？」杜氏笑道。

周媛連連擺手。「我雖不懂，還有乳娘呢。再說春杏她們都懂，又有老嬤嬤們，真不用妳們留下。」好說歹說，又叫來在門外玩的茜娘。「想不想爹爹呀？」

茜娘跑了進來，睜著大眼睛答道：「想！爹爹來了嗎？」

周媛點頭。「明日妳跟妳阿娘去，就能見著妳爹爹了。」

杜氏看女兒一臉期待的模樣，又思及自己不在身邊，丈夫一定顧不到生活細節，不免動心想走。又被周媛催著，最後還是收拾了東西，與信王妃一同啟程。

堅兒到了要走的時候，抱著周媛的脖子，好半天不肯撒手，信王妃在旁勸了幾次，他都不為所動，只趴在周媛的肩窩裡不出聲。

「堅兒忘了昨天答應姑母什麼了？我們不是說好了到京師再見嗎？你不想回家見爹爹和哥哥了嗎？」周媛貼在他耳邊哄。

堅兒終於慢慢抬起了頭，噘著嘴說：「那姑母快來。」

周媛鬆了口氣，看他眼中含著淚珠卻硬撐著不哭，更是心疼，抽了帕子給他按按眼睛，應道：「姑母很快就去，等你表弟大些了，姑母就回去。」又叫茜娘和大郎來牽著堅兒。「好好照顧弟弟。」

信王妃說道：「妳放心，有我呢。妳自己也要好好保重。」又扭頭對謝希治說：「有事只管往京裡來信。」

杜氏也在旁囑咐了兩句，兩位嫂嫂才不甚放心地登車而去。

謝希治跟著送到碼頭，回來卻發現周媛懨懨地歪在榻上，忙過去問：「這是怎麼了？」

「這院子從沒這麼安靜過。」周媛噘起嘴，一臉失落。「感覺空蕩蕩的。」

謝希治微微一笑，坐到她身邊去，摸了摸她的臉。「原先只當妳喜歡清靜日子，現在怎麼倒愛熱鬧了？」

周媛哼了哼。「若是一直清靜，那自然不喜歡熱鬧。可是咱們這些人在一處住久了，每日都有一群孩子圍繞身邊，久而久之，自然就習慣了這熱鬧嘛。他們冷不防一走，難道你不失落？」

「失落自然是有的，不過還有妳和暉兒在，我心裡已覺足夠。」

周媛聽了就笑起來。「你現在越來越會哄人了。」握著他的手坐起身，換了一個話題。「現在朝中百廢待興，你心裡急不急？」

謝希治一愣。「我急有什麼用？治大國如烹小鮮，只能慢慢來。」

「我的意思是，你自覺不擅長軍事，所以沒有跟他們北上討伐韓氏父子，但你於朝政、庶務等事上卻頗有些想法，如今正是大展身手的好時機，你就不急？」

謝希治明白過來，笑道：「這有什麼急的？國計民生，從來不是一朝一夕就可底定的。」

周媛往窗外看了一眼，低聲說道：「都是因為我，才把你困在這座島上。」其實他心裡肯定很想北上一展抱負吧，就是五哥和七哥那裡，也很需要他這個幫手，偏偏因他們母子，絆住了謝希治的手腳。

「這是什麼話？什麼叫困在島上？」謝希治嚴肅了神色，低頭直視周媛的眼睛。「妳我夫妻一體，自然該同進退。再說暉兒是我們的孩兒，他現在太小，不宜顛簸出行，我們做父母的自然要為他著想。難道我是那等只顧自己前途，不體恤妻兒的人嗎？」

周媛伸臂環住他的頸項，貼在他耳邊解釋：「你自然不是那樣的人。我只是覺得，你遷就我太多，每每想起，總覺對你有些虧欠。」

軟軟的聲調讓謝希治臉上的神色跟著緩和，話裡的意思更讓他心裡溫熱。「我們是夫妻，哪還用計較這些？妳把自己的終身託付給我，又給我生了暉兒，妳說說，還有什麼虧欠我？」

「唔，那就還欠你一個女兒？」

謝希治笑道：「這是妳說的，我可記下了啊！」

有貼心貼意的丈夫陪著，又有一天一個模樣的兒子要照顧，等周媛收到消息，說信王妃一行順利到京時，她已經慢慢習慣了島上清靜的日子。

她與謝希治每日育兒為樂，間或讀書撫琴、侍弄菜園，再研究點美食吃吃，日子過得清靜平和。

這一日，夫妻倆正在逗著孩子玩，外面忽然傳話進來，說馬刺史來到，有朝廷邸報要報與公主和駙馬知曉。

「什麼重要的消息，要他親自來？」周媛嘀咕。「還要見我？」

謝希治一笑。「我去看看。」

過了好一會兒，謝希治才回返，一見面就笑著恭喜周媛。「皇上日前下旨，加封妳為長公主，還重新賜了封號，妳猜是什麼？」
周媛眼珠轉了轉。「我哪知道？快說！」
「南國長公主，微臣這裡有禮了。」
周媛摸摸鼻子。「他們倆是不是嫌我煩了，不想叫我回去，就把我封在這裡了？」
謝希治笑個不停。「難得妳有自知之明。」躲開周媛拍過來的手，解釋道：「皇上把瓊州島和合浦郡都封給了妳做食邑。」
周媛眼睛一亮。「算他們有良心！」這兩處可都是好地方，以後不缺錢花了。她在心裡算完自己的身家，又問：「除了我，別人自然也有封賞，都怎麼封的？」
謝希治給她一一細數：信王楊重改封洛王，封地洛陽，並加尚書令銜；吳王楊宇封地、封號不變，另加封太尉；劍南節度使裴一敏得封左相、興國公；嶺南節度使宋俊得封右相、護國公；隴右節度使加封衛國公；朔方節度使加封英國公；原中書侍郎謝希齊升任中書令。
「楊宇只得了個虛銜，怎麼沒折騰？」周媛好奇問道，他可帶了幾萬兵馬呢。
「有舅父和二哥在，他折騰不起來。」
不得不說，謝希治非常了解楊宇，也非常了解他舅父和二哥。
此時的楊宇已被軟禁在十王府，幾萬吳軍卻駐紮在城外，雖然暫時沒有異動，但吳王久不露面，終究還是隱患重重。
裴一敏與他談了一回，希望吳王認清現實、交出兵權，卻碰了一鼻子灰，出來便向門口候著的謝希齊搖頭。「他還是滿腔怨憤，說不通。」

謝希齊一笑。「早料到了，我去見阿兄吧。」

「你能說通大郎？他能調動吳軍？」裴一敏有些猶疑。

「他是吳王府司馬，這幾萬人多半都經他的手。至於他肯不肯聽，總要試過才知道。」

裴一敏便沒再多問，點頭說道：「那你去吧。」

謝希齊與裴一敏分道而行，拐進了另一個院子。他跟守衛打了招呼，剛往裡走了幾步，就聽見謝希修的怒喝。「你這個三心二意的小人，給我滾出去！」

謝希齊摸摸鼻子，心想還沒照面呢，怎麼大哥就罵上了？

正思量間，堂屋房門一開，從裡面踉蹌退出一個人來。謝希齊定睛一看，正是歐陽明。

「歐陽兄，你這是？」謝希齊上前兩步，扶他一把。

歐陽明一看是他，有些尷尬，很快站定了行禮。「參見中書令。」

謝希齊擺擺手。「幾日不見，歐陽兄怎麼客氣起來了？你我本是舊識，大皇子之事，還多虧了你從中出力。皇上本是要召見你的，只是這幾日忙，你且等等。」

他話音剛落，還不等歐陽明回話，裡面忽然傳來砸東西的聲音，兩人一驚，歐陽明忙說：「您快進去看看大公子，小人先告退。」

謝希齊顧不得他，只拍拍他的肩致意，就快步進了屋子。

歐陽明站在院裡，聽裡面先是傳來謝希修的怒喝，還有廝打之聲，猶豫著該不該進去，卻漸漸沒了聲息。他左思右想，還是到門口跟守衛說了一聲，讓他們進去查看，自己先走了。

出了府門後，歐陽明一時有些茫然，不想就回驛館，於是沒有上馬，只漫無目的地在街上行走。其時剛過午後，街上人來人往，甚是熱鬧，每個人臉上都掛著安適的笑容，一點也不像剛經過一場戰火的樣子，與洛陽大不相同。

這個念頭一閃過，他不由失笑，長安怎麼會和洛陽相同？長安被圍不過三個多月，洛陽卻長達半年，還經歷了兩場奪城戰役，死傷無數。且劉青在城中到處放火，當日他們進城後，洛陽城內小半已成廢墟。

當時看著只餘一片焦土的洛陽行宮，大皇子楊熙曾經問他：「歐陽兄，你跟隨吳王，是為了功名利祿嗎？」

聽見這個稱呼，他本來想笑，這段時日相處下來，這個一本正經的小少年也知道跟他開玩笑了，可他後面的問話卻又讓歐陽明怔住。

「算是吧，主要還是為了前兩個字。王侯將相，寧有種乎？我想讓以後的子孫出生於名門望族之家，做個讓子孫為之驕傲的祖宗。」

熙兒聽他說得樸實，不由露出微笑，不過很快又收起了笑容，追問道：「那若是你的所求會讓無數人家破人亡，你還會繼續嗎？」一邊說、一邊指了眼前焦土，又回頭比了比低處的民居。

歐陽明轉身四顧，不由沈默。

「功名。」熙兒細細品味了這兩個字。「建功立業，天下揚名，誰人不想？可『忠為百世榮，義使令名彰』，若不忠不義，建的是什麼功，揚的又是什麼名呢？」

歐陽明現在還記得當時那小少年的樣子，他昂首挺胸，明明小小一個人，周身卻自帶一股正氣，讓人無法再把他當作不懂事的孩童看待。

所以謝希齊問他，是願意一門心思跟隨吳王這個主公，還是楊川父子時，他猶疑了。

謝希齊並沒有多言逼迫他，只叫他自己想。

歐陽明左思右想，難以決斷，憶起楊熙提及的兩句詩，忍不住拿這兩句去問謝希齊。

「壯士何慷慨，志欲威八荒。驅車遠行役，受命念自忘。良弓挾烏號，明甲有精光。臨難不顧生，身死魂飛揚。豈為全軀士？效命爭戰場。忠為百世榮，義使令名彰。垂聲謝後世，氣節故有常。」謝希齊緩緩吟罷，笑道：「歐陽兄是從何處讀到阮步兵這兩句詩的？」

歐陽明只顧品味詩中涵義，並沒有回答謝希齊的話。

兩日後，歐陽明終於下定決心，將楊熙交給謝希齊，讓他護送去了長安。

理智上作出了決定，情感上卻不免覺得自己道義有虧，他不敢去、也見不著楊宇，只能去見謝希修。謝希修如意料中的對他切齒大罵，他挨了一通罵，心中反而舒服了些。

事情都已經做下了，何必再多想其他？這世道成王敗寇，只要以後的路走好了，將來旁人提起此事，只會說他識時務，總好過跟吳王一條路走到黑。

歐陽明想通了，心情大為暢快，回頭叫侍從牽馬來。他翻身上馬，揚鞭快行，一路奔到西市去尋了家好食肆，品嚐美食去了。

島上無事，謝希治和周媛每日除了帶著暉兒玩耍，就剩下夫妻相對。

說也奇怪，越是這樣朝夕相對、片刻不離，兩人反而更覺纏綿甜蜜，竟半點都沒覺得對方礙眼討人嫌。

「原來我總想著，要一對夫妻日夜相對幾十年，到最後該是何等相看兩厭。」周媛捏著黑子，一邊在棋盤上搜尋、一邊說道。

謝希治挑眉。「哦？」

周媛終於尋到一個自覺很合適的位置放下棋子，笑道：「現在卻覺著，這事也跟容貌有很大關係，若是都生得似你這般模樣，便是叫人看上百年，想來也沒人會厭。」

「多謝長公主誇獎。」謝希治笑咪咪地受了周媛的誇獎，手上卻不留情地撿起她的棋子。「彼此彼此。」

周媛心疼得臉直抽。「我可以悔棋嗎？」

謝希治抬頭一笑，堅定搖頭。「不行，妳已經悔了三次了。」

「好了，我認輸！」周媛一推棋盤。「真不知道這東西有什麼好玩的，還不如去跟大郎他們踢毽球呢！」說完想起姪兒們，又嘛嘴。「不知孩子們現在做什麼呢？」

謝希治慢條斯理地收棋子。「既然回京了，現下應是跟著先生讀書呢。」連二郎都該開蒙了，幾個大的更不用說。

周媛贊同地點頭。「一回那地方，就要拘束起來了。」伸手幫著謝希治收好棋子，然後拉他出門散步。

她把手挎在謝希治臂彎，與他慢悠悠往南邊走。「有時候很想即刻就回京去，與大夥兒在一處，熱熱鬧鬧地過日子；有時候又有些忐忑，五哥已經做了皇上，來日還要立后選妃，不同以往了。」

「皇上也還是妳的五哥，歷來以『國』為封號的公主有幾人？」

周媛點頭。「是啊，我知道五哥待我之心。可是那座宮城，我真是想起來都覺不快，越發覺得像現在這樣遠離中樞，偶爾收信知道時事，安生過我們平靜的日子，簡直不能更舒心了。」京師現在百廢待興、千頭萬緒的局面，她想起來就頭痛。

「那我們就留在島上不走了。」

第五十九章

周媛聽了站住腳，拉著謝希治的胳膊，去瞧他的臉，追問：「你說真的？」

謝希治正色點頭。「當然說真的。妳不喜歡進京，我們就不去。」

「我不過發幾句牢騷，你還當真？」周媛笑起來。「我平日是自私涼薄了些，也無擔當，可五哥與七哥都已經走到現在，正要全力中興大秦，我身為皇室公主，難道還能置身事外、冷眼旁觀？」

謝希治還是一臉正色，回道：「我就知道妳不過是說說。」

周媛忍不住啐了他一口。「呸！怎麼都是你有理。」說完又拉著他繼續走，跟他商量。「我是這樣想的，眼下宋俊拜相，宋家闔家進京，嶺南這處難免要交出來，可不管交給誰，一時要上手都不容易。你跟著宋俊的時候不短，我們一時又不能回京，不如你主動上書，替五哥分一分憂吧。」

「原來妳說了這麼多，是想要使喚我。」謝希治做出恍然大悟的樣子。

周媛瞪他。「我是怕你整日在家看著我，早晚對我生厭！」

謝希治看她佯怒的樣子分外可愛，忍不住伸手捏了捏她小巧的鼻尖，笑道：「怎會生厭？我越看妳越喜歡呢。」後面一句刻意壓低音量，近乎耳語呢喃。

周媛繃不住了，笑意瞬間占領了雙眸。「不害臊。」悄悄捏了謝希治的胳膊一把。「說正事呢。我只是有這個想法，一是不想你整日在家荒廢時光，二呢，也能為國家效力。你若是不願去，那就算了，明日咱們演練新曲譜。」

「十娘有此美意，我怎會不願？」謝希治正經起來。「前日往京裡寫信，我已經透露這個意思，估摸不久就有回音。只是若真插手嶺南事務，就不能再留在島上，我又不放心妳和暉兒……」

「我知道，那我跟你上岸好了。我們不趕路，不長途跋涉，暉兒那裡也無礙。」

「嗯，那就等京裡的消息。」謝希治執起周媛的手，笑道：「不過這也不耽誤咱們明日演練新曲。」

兩人商定了此事，回去以後，周媛就開始命人整理東西，有些暫時用不到的，都讓裝箱封了起來。等收拾好了，讓謝希治去尋一艘船，先把東西運到岸上，送去郁林信王府。

這邊東西剛運走一批，朝廷的旨意也來了，命謝文莊接任嶺南節度使，掌嶺南軍事；謝希治暫代邕州刺史職，主理政事。同時嶺南幾處重鎮的刺史也有調換。

謝希治告訴周媛：「叔父已經進京面聖，我們慢慢啟程去邕州即可。」

周媛點頭。「你若是急，可以先行。我這裡有衛兵，又有周祿他們陪著，不用惦記。」

謝希治很猶豫，但想到楊川的用意，還是決定以大局為重，回道：「那好，我先去赴任，再請馬刺史派一隊府兵護送你們。妳不要急著趕路，慢慢來。」

「我知道，好歹我是南國長公主，這還是在我的封地上呢。你不用擔心我，暉兒我也會照看好的，你先去忙正事。」周媛只差沒拍胸脯保證了。

謝希治還是又仔細叮囑了半天，最後留下無病照應，才帶著隨從先去邕州赴任。

周媛晚他三天啟程，另派了一隊人馬護送行李，並不與自己一路，沿途也沒擺出公主的儀仗和派頭，只輕車簡從，帶著暉兒一路慢行，花了半月餘，就到了邕州。

周媛到達邕州兩月之後，謝文莊返回，正式接手嶺南軍務，同時還帶來韓廣平定罪伏法的消息。楊川並沒有按大理寺上奏的處韓廣平凌遲之刑，而是定了梟首棄市，並滅韓廣平父子三族，作為韓家的親家，鄭家自然也在此列。當日沒能逃出城的鄭三娘自盡而死，榮華夢斷。

「邸報裡還有歐陽大官人的消息呢。」謝希治說完上述消息，又道。

周媛伸了脖子過去看。「歐陽明？有他什麼消息？他沒受楊宇的牽連？」

謝希治指給她看。「這裡。赴洛陽上任河南尹。」

周媛仔仔細細讀了好幾遍，然後不敢置信地抬頭看謝希治。「他去東都任河南尹？五哥怎麼信得過他？」河南尹以前可都是給皇子掛職用的啊！

「我猜，大皇子能如此平安順利地與二哥到京，歐陽明應是出了力。」謝希治把邸報收起，總結道：「而且國家現在是用人之際，洛陽又遭戰火荼毒最深，歐陽明是個懂民生的，用他也不失為一個辦法。」

周媛失笑。「說得這麼勉強，他好歹還比你年長幾歲呢。你當你做邕州刺史，服氣的人就很多嗎？」

謝希治聞言，也微笑起來。「我會讓他們服氣的。」語氣平淡，卻不難聽出傲氣。說完這句，話鋒一轉。「平步青雲，也不是誰都能成的。」

不知為何，周媛覺得他這個樣子分外可愛，忍不住倚過去在他臉上親了一口，笑道：「是啊是啊，誰讓你是我的謝三公子呢！」

謝希治被她親得心裡癢癢，順勢伸手環住了她的腰，在她臉上回敬一個吻，低聲糾正：「是妳的三郎。」

與此同時，身在洛陽的歐陽明，既沒有謝希治的底氣和傲氣，也沒有溫柔解語的嬌妻在旁，只能頂著各方懷疑的目光，從頭重建洛陽城。

他還記著自己在皇上面前說的豪言壯語。「……小人往來洛陽十數次，曾親眼見過其繁華勝景，也親眼見其毀於一旦，心中甚為痛惜。小人無德無才，只願盡己所能為皇上效綿薄之力，為恢復洛陽往日榮光效犬馬之勞。」

皇上問他，若把洛陽交到他手裡，需要多久才能把洛陽重建成往日模樣？他熱血上頭，只覺若能得如此信任，還有什麼幹不成？於是不假思索，答了：「八年！」

八年，自己真的能做到嗎？歐陽明立於城頭，往暮色四合的城內遙望，看著處處升起炊煙，心裡的豪情壯志似乎也隨著炊煙再次升騰起來。

怕什麼？先做了再說，若是不成，大不了回揚州做個富貴閒人！歐陽明暗下決心，扭身下了城牆，回府邸安排事項去了。

忙忙碌碌中，不覺又到三月，暉兒滿了周歲，謝希治給他取了大名謝士俊。

三月初五，邕州刺史府邸大開筵席。周媛抱著穿了一身新衣的暉兒到正廳，在觀禮眾人的注目下，把暉兒放到堆滿各種各樣物事的大案上，讓他去抓周。

暉兒坐下以後，只顧好奇地望著四周的人，對身旁等物一概視而不見。

周媛就哄他：「暉兒，你看看這都是什麼？喜歡哪一個，拿來給阿娘。」不敢具體指某一樣東西，怕吸引了暉兒的注意，影響他的「判斷」，便隨意比了下暉兒身周。

暉兒順著周媛的手轉頭，終於去看身旁那一樣一樣的東西。他左看看、右看看，最後往前一撲，從旁邊揪起一個用紅布包裹著的物事。

「啊喲，是官印！將來大郎必定肖似乃父，前途無量！」贊禮的婦人立刻開口讚嘆，隨之又說了一串吉利話。

在場觀禮的眾人立刻跟上，各自搜腸刮肚，想了許多奉承話來說。

這一日，府裡空前熱鬧，直到天都黑了，客人才陸續散去。謝希治最後送走了叔父一家，才進後院去尋周媛。

「暉兒睡了？」他坐下來，邊喝茶邊問。

周媛點頭。「玩累了。」又問他：「你也累了吧？」起身過去幫他脫外衫，要他去沐浴。

謝希治往四處看了一眼，見侍女們都在外間，就湊近周媛說：「是累了。無力沐浴，煩勞十娘幫一幫我。」

周媛輕拍了他的後背一記，最後挨不過他磨，還是去「幫」了他一回。

給暉兒過完生日，謝希治說朝中很快就會派遣新刺史到任，他們可以開始著手準備回京了。

周媛這裡正處置一應雜事，周松忽然來見她，說自己年紀不小，進京後能為周媛做的事不多，不如留在嶺南，還可以照管瓊州和郁林的產業。

「這些事自有人管，哪裡就非你不可了？」周媛捨不得周松。「我還想讓你帶著暉兒長大呢。」

周松輕嘆。「老奴也想看顧著大郎長大，可老奴年紀在這裡，只怕等大郎大了，要跑要跳的時候，老奴跟不上。好在還有周祿，春杏的孩兒也比大郎大，到時都可侍奉大郎。」說到這裡，眼含欣慰。「如今公主已經苦盡甘來，日後不知有多少人擠破頭想侍奉大郎呢。」

這番話說得周媛極為心酸。「淨說些胡話，你哪裡就老了？再說了，就算真是年紀大了，也該跟我回京享清福，哪裡還能叫你留在這裡操勞？」

周松一時不知該如何再說，春杏走上前來解圍。「我看你還是說實話吧！」

周媛一怔，問道：「莫不是還有什麼隱情？」

春杏給周松使眼色，周松只是垂頭不語，最後春杏等不得，自己附在周媛耳邊說了幾句。

周媛聽完，瞪大雙眼。「有這種事？」居然有寡婦看中了周松？

她追問了幾句，見周松只是垂頭不答，有幾分信了。

「你先回去，這事我再想想。」

周媛讓周松回去，自己另尋人去查了，結果還真如春杏所說，那寡婦就是喜歡上了周松的人品，願意帶著孩子嫁給他，還肯讓一個兒子改姓，給他承繼香火。

那寡婦是郁林人，娘家姓李，前夫出海遭遇風暴，淹死了，留下她帶著三個孩子，還有年老的公婆。她只得挑起家庭的重擔，自己醃果子去各食肆兜售，因她生得還算秀麗，在外面受人調戲欺負，只是迫於生計，不得不隱忍。

後來周媛跟信王開了五味樓，她就常去兜售自做的各種果子。周松看她做的東西乾淨又好吃，人也老實本分，便有意照看，讓夥計們注意著，別叫客人欺負她。

但總有客人酒後無德，想動手動腳，他們開門做生意的也不好太強硬，周松就跟她商量了，讓她把做好的果子寄在櫃上賣，到時一總結錢，也不用她再拋頭露面來兜售了。

李大嫂千恩萬謝，索性也不去別家食肆賣了，只把果子寄在五味樓，自己在家另做些旁的活計貼補，日子倒也與以前不差什麼。

兩人時常這麼見面往來，李大嫂感激周松，還給他做鞋襪。周松本是無根之人，於這等事上不留心，卻不過盛情，也就收了，並沒多想。後來還是春杏撞見了幾回，發現苗頭，私下拉著李大嫂問了幾句。李大嫂也不扭捏害臊，竟直接認了，只是擔心她拖家帶口的，高攀不上周松。

春杏把這事與周松說了，周松怔了半晌，末了嘆氣。「妳與她實說吧，就說我是王府的內侍。」

李大嫂得知以後，非常驚訝，因周松生得十分有男子氣概，說話也不尖聲尖氣，除了沒什麼鬍鬚，還真瞧不出是個內侍。她失魂落魄地走了，一連一個月都沒再來。周松與春杏以為她是就此死心了，只讓夥計去她家裡結帳。

不想夥計回來說，李大嫂是因公公病死了，家裡正辦喪事，這才許久沒來。

周松聽了，讓夥計又送些錢去，說權當是先結了下月的錢，讓李大嫂先用著，然後便把這事丟開了。

「李大嫂辦完喪事，又來五味樓尋奴婢，說是想到五味樓尋個活計做。奴婢看她老實可靠，就跟周松說，留下了她。」春杏細細給周媛說了原委。「奴婢也沒想到，他們後來竟日久生情。李大嫂還說，男人啊，有了點家底就要動心思，還不如周松這樣的可靠。」

周媛噗哧一笑。「那倒是。這李大嫂多大年紀？家裡孩子都多大了？」

春杏答道：「李大嫂今年三十七歲，她家長子已經十六了，中間有個女兒十三，最小的兒子九歲。」

「依妳看，這李大嫂是真心想跟周松過日子？」

春杏點點頭。「李大嫂不是那等有花花心思的。公主要是不放心，不如親自見見？」

周媛正有此意。「嗯，是要見見的。」把周松找來，讓他帶李大嫂來見，說要親自給他們主持婚事。

周松一去一回的工夫，周媛這裡收到了京裡來的旨意。

果然如謝希治所料，新任刺史已在京面過聖，往邕州來了，他們只需等他到任，交接完畢，即可啟程回京。算算日子，新刺史約在六月到達，那他們七月就可以北上了。

周媛在整理行裝時，抽空見了李大嫂。

李大嫂好像特意打扮過，穿了件八成新的青色褙子，頭髮整整齊齊綰在頭頂，整個人看起來樸素整齊。她很緊張，但答話還算有條理，也無心虛閃躲之相。

周媛也沒多問什麼，說了幾句話，賞了李大嫂一對金簪，就讓春杏送她出去了。

「我看著是挺好的人。」周媛跟周松說。「你要是早說這事，我何必還攔著你？有人知冷知熱地照顧你，我自然就放心了。日後有時機，不妨帶著他們進京去。」

周松撩起袍子，跪倒在地。「小人慚愧……」他不能陪周媛進京，繼續伺候她，總覺得心中愧疚，現在周媛如此欣慰，心裡更覺過不去了。

周媛親自上前把他扶起來，安撫道：「你瞧你，這是做什麼？這些年你們跟著我，也吃了不少苦，我只怕不能讓你們過好日子。現在有人能跟你攜手百年，好好度日，我真是再高興也沒有了。」又把周祿叫進來，讓他跟二喜去幫周松張羅婚禮事宜，要在走之前把他們的事辦了。

謝希治聽說這事，很是驚嘆了一回。「不想民間也有此等奇女子。」還讓長壽跟著去幫忙。

周媛由此事想到，二喜也是有父母兄弟之人，便叫來春杏，問他們夫妻的打算。「要是你們想回揚州，我就打發人送你們走，隨你們想開店做小生意、還是置下田產都好，我這裡都給妳預備下本錢。」

春杏道：「我們早就商量過，公主去哪兒，我們就跟著去哪兒侍候，直到公主煩了，不用我們為止。」

周媛失笑，又道：「我也捨不得與妳分開。那好，就一同上京。妳叫二喜往揚州去封信，再捎點錢，看張大嬸想不想來京城。」

「公主放心吧。上次駙馬給家裡送過信後，我們已經聯繫上了，也送過錢回去。家中一切都好，大伯沒有隨軍北上，馬上就要成親了。他們離不得故土，揚州現下也安定，應是不會想進京的。」

周媛這才安心。之後，在眾人齊心協力操持下，周松與李大嫂正式完婚，了了周媛一樁心事。

第六十章

等周松帶著李大嫂回了郁林，新刺史也如期到任。謝希治與他交接完畢，跟謝文莊一家道別，就與周媛帶著暉兒，踏上北上京師的路途。

「我從來沒想過，有一天還會回京師。」周媛看著謝希治跟暉兒玩，忽然說了一句。

謝希治抬頭看她，笑道：「那妳現在是想回去，還是不想？」

周媛掀開車簾，探頭望望離得越來越遠的邕州城牆，回道：「想啊，我還真想看看五哥治下的京師是什麼樣。」說完放下車簾，跟他們父子一起玩起了布老虎。

七月的天，雖然已經有了秋意，可他們身處嶺南，總歸還是熱的時候多。周媛和謝希治顧慮暉兒，只早上早起趕路，午間尋有蔭涼的地方歇著，晚上趕到哪個城鎮，就在哪個城鎮投宿，從不露宿荒郊野外，所以這一路行程自然快不起來。

等他們一行終於看到長安城牆時，天上都開始飄雪花了。

「你們可到了！再不到，我都要派人去尋了。」來接的楊重一看見謝希治和周媛，就說道：「我還以為十娘不願回京，又拐著你改道遁逃了呢！」

周媛坐在車上，懶洋洋地回了一句：「出逃這麼辛苦，你當我很喜歡嗎？」這段旅程可把她累壞了。

楊重也不跟她鬥嘴，只探頭問：「外甥呢？」

「睡著了。」周媛往旁邊讓了讓，指指身後呼呼大睡的暉兒。「他這一路比我們舒服多了。」

楊重嘿嘿一笑。「走吧，先進城。」讓周媛放下簾子，他跟謝希治翻身上馬，一起進了城門，又陪著他們進宮。「先去見皇上。」

周媛在車內敏感地發現，楊重改了稱呼，想到要進去那座她分外厭惡的宮城，不由皺起了眉頭。

她轉身把暉兒抱了起來，想試著在進宮之前把他叫醒，結果她又是揉臉、又是捏鼻子，那孩子就是睡得香甜，根本叫不醒！

眼看著到了，周媛只能把暉兒交給乳母抱著，先下車去。

「姑母！」一個童聲天外飛來。

周媛循聲望去，看見一個藍色的身影飛奔而來，還沒等看清楚，那個孩子已經直撞入懷裡，把她撞得連退兩步。

「哎喲，是堅兒？」周媛站穩以後，伸手抱住了懷裡的孩子，又托著他的臉細看，可不就是堅兒。

堅兒一個勁兒地點頭，嘴裡不停歇地說：「姑母，堅兒可想您了！」

周媛伸手摸摸他的臉，又比了比他的頭，笑道：「堅兒長高了，也長壯了，真好。」

跟在堅兒身後過來的熙兒，先跟楊重和謝希治見了禮，又等著周媛和堅兒說完話，才上前行禮。「姪兒楊熙拜見姑母。」

周媛忙鬆開堅兒去扶熙兒。「免了免了。熙兒都長這麼大了，當初我最後一次見你，你才五歲。」

熙兒笑笑，順勢拉住堅兒的手，把他拉出了周媛的懷抱，然後說道：「爹爹一直等著姑母和姑丈呢！」請楊重跟周媛、謝希治先行，他拉著堅兒陪在周媛身邊，聽堅兒喋喋不休地跟周媛說話。

「姑母，表弟呢？」堅兒說完他對周媛的想念，終於想起大人們總提的表弟。

周媛指了指身後。「睡著了。」

堅兒好奇地望望乳母懷中的暉兒，說道：「表弟這麼小啊，比慧娘妹妹還小。」

熙兒終於忍不住了，接道：「表弟本就比慧娘妹妹小兩歲呢。」

周媛仔細打量這對兄弟，發現楊熙果然更像楊川，楊堅則像他母親多些，但兄弟倆手牽著手走路，也還是能看出相似之處。

一行人很快到了紫宸殿前，以前周媛並沒到過這裡，所以等待傳喚時，忍不住抬頭四顧了一圈，見大殿軒敞，廊柱卻色澤古舊，透出久經滄桑的意味，不由感慨：就為了住進這裡，有多少人殫精竭慮、不惜代價啊！

正在發呆，進去通傳的內侍出來請他們進去。

周媛收斂心神，跟在楊重身後進殿。

楊川並沒有像周媛猜想的那樣，靜坐在寶座上等候，而是站在殿內門邊相迎，一開口，說的話跟楊重差不多。「可算是回來了。我還以為你們倆不願回來，半路偷跑過自己的小日子去了呢！」

周媛心裡的疑慮一掃而空，笑著回道：「我倒是想呢，可你這位妹婿不肯，他憋著勁要報效國家呢！」

謝希治正對著楊川行大禮，被楊川扶住之後，笑著回道：「現在妳又這般說了。當日非要我上書為皇上分憂的，也不知是誰？」

「好了好了，知道你們兩個都是有良心的。」楊川帶著他們入座，然後第二句話也是問：「外甥呢？」

暉兒剛才由乳母抱著跟在身後，已經行過了禮，此時聽見楊川問，周媛就轉身接過兒子，抱到楊川跟前再次行禮，口中替他說道：「外甥謝士俊拜見舅舅。」

楊川看那孩子趴在周媛懷裡，雖然動了兩下，卻沒醒過來，不由笑道：「這孩子睡得真香。」

誰知他這話一說完，還在周媛懷裡換姿勢的暉兒忽然睜開了眼睛，他正面對著楊川，所以一睜開眼看見的第一個人便是楊川。

楊川見暉兒一雙眼睛酷似周媛，黑漆漆、圓溜溜的，還帶著點剛睡醒時的迷濛，瞧著分外惹人憐愛，就伸出雙手說道：「暉兒醒了?來，舅舅抱。」

暉兒盯著楊川看了半天，還打了個哈欠，等發現不認識這個人時，就一扭頭鑽回了周媛懷裡。

「這是五舅舅，你躲什麼呀？」周媛拍了拍暉兒的小屁股。「快，舅舅要抱你呢。」

暉兒聽了，又悄悄轉頭打量楊川，楊川把手又往前伸了伸。「過來，舅舅抱，舅舅這裡有好東西給你。」

周媛正想再開口哄一哄，沒想到暉兒那孩子一聽說有好東西給他，居然很爽快地轉身投入了楊川的懷抱，還脆生生叫了一聲：「五舅舅。」

「哎，暉兒真乖。」楊川抱穩了他，就勢在他圓臉上親了一口，然後伸手從身後內侍手裡接過一塊福壽雙全玉珮，給暉兒綴在衣襟上。「拿著，這是舅舅給你玩的。」

暉兒雙手捧著玉珮端詳一會兒，然後就在眾目睽睽之下，塞進嘴裡啃了。

周媛忙上前去奪。「跟你說了這些不能吃。」又拿帕子給他擦口水，端是手忙腳亂。

楊川哈哈大笑。「這孩子莫不是餓了？」叫乳母抱他去餵奶。

堅兒對這個小表弟很好奇，悄悄跟著跑了出去。剩下的大人們則開始互道別來情形。

楊川問了他們路上的情況和見聞，又問邕州的情形，謝希治一一答了，又把自己發現的一些問題和想到的解決方法說了。

「我知道了，這些事容後再說，你先歇一歇。」楊川說完轉向周媛。「我另給妳安排了府邸，就在崇仁坊裡與七郎比鄰而居，離宮城也近。那宅子雖不甚大，卻勝在精緻，七郎已經命人拾掇好了。」

周媛站起身來，向兩位哥哥道謝，心裡卻有些驚奇，楊重竟然沒有住在十王府，而是單獨有居所？歷來暫不就藩的藩王，都是住在十王府的，楊重封地改在洛陽，他的王府也應當在洛陽才是啊。

等到在宮裡領完楊川的賜膳，出宮回去的途中，周媛忍不住悄悄問了楊重這個問題。

「早先楊宇和他的人一直住在十王府，我帶著妳嫂子和姪兒們住在裡面也不方便，皇上就另賜了我住所。洛陽如今百廢待興，哪裡有空閒給我建王府？再說我瞧皇上的意思，一時半刻也不會叫我去就藩。」說著惆悵地嘆了口氣。「妳瞧，我都累得瘦了。」

周媛左右打量了他一番，點頭。「是瘦了，不過瘦點好。」無視楊重的瞪視，又問：「楊宇還被軟禁在京裡？」

楊重搖頭。「開春就回揚州了。妳不知道嗎？懷仁的兄長把兵權交了，皇上就讓他隨著楊宇一同回去了。」

「你們信裡又沒寫，我哪知道呀？」

楊重便給她細細解說了一番。原來謝希齊兩次勸說謝希修無果，就給家裡寫了封信，然後謝文廣帶著謝岷的親筆信到京，親自與謝希修談了。

謝家見風使舵的本領超絕，此刻大局已定，正愁下不了吳王的船，沾惹嫌疑，此番自然使出渾身力氣去勸說謝希修立功。謝希修一向敬畏父祖，雖心中鬱鬱不服氣，到底在父親擺下的利弊面前低了頭，親自去見吳王，哭著說大勢已去，勸他顧念裴太妃和王妃。

吳王被軟禁許久，自然明白，除了那幾萬兵馬，自己再無別的籌碼，可他自己都在人家手中，有兵馬又有何用？只能拿去換些實在的利益罷了，比如淮南鹽業，比如世襲不降等的親王位。

周媛感嘆一聲。「識時務者為俊傑。」又想起歐陽明來。「那歐陽明跟胡長史家的親事還能成嗎？」

楊重笑道：「有皇上作主，怎會不成？歐陽明八月裡已經成親了。他如今與你們論親，正經還小了一輩。」

周媛也笑起來，回頭看謝希治，見他也是面帶笑容，就跟他說道：「看來我們還得補一份賀禮去。」

幾個人一路說著話，很快到了周媛的長公主府。車駕進府前，楊重將自家王府指給周媛看，周媛一見，果然是比鄰而居，只隔著一條窄巷，就說道：「這可好了，等我回去沐浴更衣，一會兒去見嫂嫂。哎呀，這一路竟忘了問嫂嫂，她和大郎、二郎、慧娘都好吧？」

「好得很。」楊重有些得意。「妳嫂嫂又有了身孕。」

周媛瞪大眼。「怎麼不早說？你還真能憋著。你先回去，我馬上就來。」

她忙忙跟謝希治回府收拾了一下，留下春杏安置東西，然後就帶著暉兒去了洛王府。

信王妃——現在是洛王妃了，與楊重攜手出來相迎。「可把妳盼回來了。」

「嫂嫂當心。」周媛快步上前扶住洛王妃另一邊的胳膊。「給嫂嫂道喜啦。」

洛王妃抿唇微笑，與謝希治互相行禮致意，請他們一家進去坐，又叫抱過暉兒來仔細打量。

「這孩子真是越長越俊，還是像駙馬多些，但眼睛像妳。」

暉兒這會兒正精力充沛呢，坐在楊重腿上四下張望，聽見洛王妃誇他，就仰起臉來，衝著她咧嘴笑。

「幾個孩子呢？」周媛也很想姪兒姪女。

洛王妃往外面看了一眼，笑著回道：「那不是來了。」

周媛順著她的目光往外看，果然看見大郎左手牽著二郎，右手牽著慧娘，已經走到了門邊。

「先生！姑母！」大郎走過來的時候還算穩重，可一看到周媛和謝希治，那穩重勁兒便不翼而飛，立刻歡快地叫了起來。

周媛和謝希治笑著答應了，等幾個孩子過來行了禮，又拉住問了幾句話，然後周媛就把慧娘抱到腿上，大郎二郎則分別依著謝希治和她站了。

「孩子們長得真快，這才一年，都長高了不少。」周媛感嘆。

洛王妃笑道：「可不是嘛。我們走的時候，這一個還不認人呢，現在可不是都會走、會說話了。」說著摸了暉兒的臉蛋一把。

周媛又關心了洛王妃的身體。楊重看她們倆說得高興，就把暉兒放下，讓大郎哄著他玩，自己跟謝希治去書房，留她們姑嫂說私房話。

「對了，妳二嫂也有孕了，你們還不知道吧？」洛王妃忽然想起來，跟周媛說。

周媛驚喜不已。「是嗎？那可是大好事！幾個月了？」

洛王妃答道：「比我這胎小兩個月。他們夫妻也真不容易。」若說她這一胎是錦上添花，杜氏的就是雪中送炭了。

「是啊，來日我去的時候，還得多添些禮。」希望好人有好命，杜氏能一舉得男，免了後患。

洛王妃點頭。「前兩日我打發人去探過，不過我現在出門不便，還不曾親自去看，妳去了，替我多問候幾句。」一同在島上住了那麼久，又同路進京，洛王妃喜歡杜氏的為人，與她也有了交情。

周媛應了，忽然想到一事，笑道：「妳們兩人這般湊巧，若是來日生了一男一女，結為兒女親家，豈不正好？」那可就是正經的指腹為婚了。

洛王妃失笑。「哪有這麼草率就結親的？總得看孩子如何。若是茜娘那樣的，我自然求之不得，可惜咱們大郎年歲小了些。」

這倒也是。周媛笑道：「茜娘這樣的孩子誰不喜歡？不過嫂嫂竟然想到這裡了，大郎才幾歲呢，妳就操心媳婦的事了？熙兒那麼大了，皇上都還沒急呢。」說到這裡，想起另一個自己很關心的問題。「皇上還沒開始選妃？」

「禮部在選呢。皇上拖了許久，還是耐不住總有人上書啟奏。不過後宮空無一人，也實在不像話，有些該皇后行的禮儀無人去行，正旦時，外命婦連個朝賀的人都沒有。早先是諸事雜亂，便也罷了，現在可不能一直這樣下去。」

一國皇后就像是一家主母，總空著確實不好。退一步說，哪怕沒有皇后，有貴妃之類的代行職責也好，偏偏楊川至今也沒有冊封妃嬪，怎樣都說不過去。

周媛又問了人選，聽說是要從沒落世家中選，不由笑道：「原來竟是我白擔心了，五哥還是個有良心的慈父。」

「是啊。妳七哥私下還與我說，選妃恐怕拖不過今年去，皇上的意思，等納了妃嬪，就要準備冊封太子、納太子妃了，已經開始使人留意京中年紀合適的女孩。」洛王妃壓低聲音說完，又加了句：「妳七哥還曾問過我茜娘如何，我只實實在在講了，因不知妳二嫂的意願，便沒有多說。」

茜娘與熙兒？周媛還真有點連不到一處去。從熙兒姑母的角度想，能娶茜娘這樣美麗又懂事的妻子，自然是極好的，何況還有個那麼天縱奇才的岳父；可是若從茜娘嬸嬸的角度，又捨不得姪女去宮裡受苦。

皇帝與皇后，實在是這天下最苦的差事。

晚間回家，周媛在聽完謝希治說皇上跟楊重商量、有意讓他進戶部任侍郎並參知政事後，憋不住跟謝希治說了選太子妃的事，最後問他：「你說，若來日茜娘真的做了太子妃，是好事還是壞事？」

「好與不好，都不是咱們說的。」謝希治伸臂攬住周媛。「這天底下的夫妻，若都能如妳我二人一般，心中只有彼此，以彼此的歡喜為歡喜，為讓彼此歡喜而努力，那麼無論是身處深宮，還是獨居海島，都會覺得再沒有比這更好的了。反之，若是同床異夢、各懷心思，那無論是什麼身分，處在什麼樣的地方，必然也不會覺得有任何好處。」

這番話說得周媛心裡熱熱的，放下對旁人的操心，回抱住謝希治，在他唇上飛快親了一下，笑道：「你說得沒錯。有了你，便是這當初讓人奮不顧身逃離的京城，現下也不覺有何不好了。」

能與他相知相許、心心相印，她已經得到了這世上最珍貴難得的東西，還有什麼不滿足的呢？

——全書完

2016年1月出版

今宵美人嬌

文創風 370～371

純情少年的真心告白：
喂，本人可是第一次主動討好人唷，還不快來領情！

懷春少女的驚人告解：
爹，娘，請原諒女兒，今晚女兒墮落啦～～

若遇情竇雙開綻 最是人生好時節／糖豆

雖說爹娘本是冀望人如其名才喚她湯圓，但她未免太不負厚望了吧，
不僅吃得身材圓滾滾，亦被寵得性子軟趴趴，任人搓圓捏扁，
結果便是慘遭下人嘲笑，還被夫君利用，就連懸樑用的繩子也欺負她胖！
生生從中斷裂，害她自盡都落人笑柄，不得已只好改為割脈了卻一生……
豈料醒來竟重回十歲，雖未釐清狀況，可至少她知道，要拚死減肥，還有——
往後取名絕對得三思！瞧，這世她遇上個叫「元宵」的神秘少年，
按理兩人該是同類呀，可字詞不同他便與她天差地遠，
先別提那張精緻的相貌有多讓人自卑，光論他囂張及毒舌的程度她就望塵莫及。
這人初見面旋即數落她胖，她聽了不爽理他，他竟小肚雞腸地展開報復，
害她在王府聚會上出醜，成了舌戰箭靶，最後甚至遭人推落水池——
好啦這純屬意外與他無關，不過見她如此狼狽也算稱了他的心，
那……為何他會挺身替她出氣，還第一時間下水救她？
如今又趁夜偷偷闖入她房內，笨手笨腳地替她搽藥到底是怎麼回事？
而這不但不尖叫、不抵抗，反倒還有點開心的自己又是怎麼回事?!

天上人間　與君結髮／慕童

2016年1月出版

龍鳳呈祥

她生平無大志，只想美美地過日子，
幸好她家世不賴，父兄疼愛，長得又美，
而且最棒的是早早就迷住了未來夫君，
讓他甘願為了娶她回家而苦情地等等等，
唉唉，她簡直要讓全天下女子羨慕嫉妒恨啦～～

文創風 372 **1**

她是極罕見的龍鳳胎，一降生便是祥瑞喜慶的代表，
加之又是家中唯一嫡女，爹娘對她的疼愛那是誰都看得出來的，
更別提她上頭的大哥哥、二哥哥，對她簡直有求必應，
就連跟她同胞出生的六哥哥都沒得到她這種規格的待遇呢！
所以她的日子過得挺美的，整日只要吃喝玩耍、逗人開心便好啊～～

文創風 373 **2**

說起她這位四姊姊，那也算是個奇葩了，
她們二人年歲相仿，差別只在於一人是嫡、一人為庶，
當然，在美貌這一點上，她謝清溪是無人能敵的啦，
至於其他的氣質、談吐、才智、討人喜歡的程度等等，她也是不輸人的，
咦？這麼一比，四姊姊跟她還真是沒得比啊！

文創風 374 **3**

說句不客氣的話，她家裡個個都長得很好看，她本人更是美呆了，
可沒想到，那位神神秘秘出現在她家藏書樓的小船哥哥竟比她更漂亮！
初次見面時她才兩歲，他瀟灑地越過欄杆，從二樓一躍而下，
看著他那張傾城的臉，她一時就犯了傻，竟脫口問他是不是書精來著？
結果……當然不是啊！真不知道她在想什麼！

文創風 375 **4**

有個拐子將她給擄走，他為了救她而被刀砍傷，
事後，她聽到了爹爹跟他的對話，原來他是當今聖上的親弟弟——恪親王。
說實在的，小船哥哥真是個萬中選一的夫婿好人選，
可惜他們兩人間差的不僅是身分，還差了十歲，
等她長大到能嫁人時，他孩子都不知道生幾個了，唉……

文創風 376 **5**

打從大哥哥出現在她的生命起，她就最喜歡大哥哥了，
不管是說話也好、做事也好，她從來都覺得「我的大哥哥是天底下最好的」！
而且大哥哥不僅長得好看，又很會唸書，是本朝第一個連中三元的狀元郎，
她真是發自內心地崇拜著他的，誰家的大哥能跟她家的比啊？
就連她好喜歡好喜歡的小船哥哥，在她心裡的地位也還及不上大哥哥啊！

文創風 377 **6** 完

謝清溪真沒想到，陸庭舟居然頂著山大的壓力不娶，硬是等她長大！
而且這麼大年紀了不僅沒大婚，府裡竟連個通房都沒有，
就算是一般人家，誰能看著兒子到二十幾歲還不成婚的？
況且他還是個親王，是太后最疼愛的么兒、是皇帝嫡嫡親的弟弟呀！
也難怪她娘心裡會忐忑不安，認為他該不會是哪方面有問題了，哈……

為流浪貓狗加油 和貓寶貝 狗寶貝 廝守終生(一定要終生喔！)的幸福機會

對人來說，貓寶貝狗寶貝只是生活的一部分，
但妳（你）對牠們來說，卻是生活的全部，領養前請一定要考慮清楚——

▲ 擁有燦爛笑容的可愛女孩Ruby

性　　別：女孩
品　　種：米克斯
年　　紀：3歲
個　　性：親人、親狗；不會護食，會坐下指令；不會亂叫，會自己進籠內
健康狀況：已結紮；已施打狂犬疫苗及七合一疫苗；四合一、血檢都過關
目前住所：新北市淡水區
本期資料來源：台灣認養地圖

『Ruby』的故事：

Ruby在幼犬時期就被送進五股收容所，當時Ruby和她的兄弟姊妹都不慎染上犬瘟，唯有Ruby撐了過去，存活下來。沒想到這麼一待就是三年的光陰。

Ruby個性很好，許多假日會去收容所幫忙的志工都很喜歡她，大家都認為她的笑容十分燦爛，於是將她取名為Ruby，在法文中是「紅寶石」的意思。

去年的十二月初，我接到五股收容所長期志工的通知，Ruby因為在收容所待的時間太久，所以要被轉介至更偏遠的瑞芳收容所。

當下得知這個消息，毅然決然把她接出來，在朋友的幫忙下將Ruby安排到寄養家庭生活。

Ruby的寄養家庭是由一位單親媽媽跟三個就讀小學的小朋友組成，他們也都很喜歡她，卻因為家庭、經濟因素不能長久照顧。

寄養媽媽說，Ruby是一個活潑調皮的女孩，經常在大家出門上班、上課時跑去偷翻垃圾桶。回家後唸她，Ruby又會一臉無辜地撒嬌，一副壞人不是她的樣子，把責任都推給寄養家庭本來養的老瑪爾濟斯身上，真是讓人又好氣又好笑。

希望這樣活潑又可愛的Ruby能夠找到適合她的主人，一同分享她的活力，體驗未來充滿朝氣的生活，我相信，這一天一定會到來！如果你/妳願意給Ruby一個溫暖有愛的家，歡迎來信carolliao3@hotmail.com(Carol 咪寶麻)，主旨註明「我想認養Ruby」，謝謝大家。

認養資格：

1. 認養者須年滿25歲，有獨立經濟能力，並獲得家人、同住室友或房東的同意。
2. 認養前須填寫問卷，評估是否適合認養。
3. 須同意簽認養寵物切結書。
4. 同意送養人日後之追蹤探訪，對待Ruby不離不棄。

來信請說明：

a. 個人基本資料：姓名、性別、年齡、家庭狀況、職業與經濟來源等。
b. 想認養Ruby的理由。
c. 過去養寵物的經驗，及簡介一下您的飼養環境。
d. 若未來有當兵、結婚、懷孕、畢業、出國或搬家等計劃，將如何安置Ruby？

文創風 387

必求良媛 下

國家圖書館出版品預行編目資料

必求良媛 / 林錦粲著. --
初版. -- 臺北市 : 狗屋, 2016.03
冊 ; 公分. --（文創風）
ISBN 978-986-328-564-9（下冊：平裝）. --

857.7　　　　105000273

著作者	林錦粲
編輯	安愉
校對	黃薇霓　周貝桂
發行所	狗屋出版社有限公司
地址	台北市104中山區龍江路71巷15號1樓
電話	02-2776-5889～0
發行字號	局版台業字845號
法律顧問	蕭雄淋律師
總經銷	知遠文化事業有限公司
電話	02-2664-8800
初版	2016年3月
國際書碼	ISBN-13　978-986-328-564-9
原著書名	《公主的市井生活》，由北京晉江原創網絡科技有限公司授權出版

定價250元

狗屋劃撥帳號：19001626

網址：love.doghouse.com.tw　E-mail：love@doghouse.com.tw